U0112431

后浪出版公司

威廉武士

Samurai William

[英]贾尔斯·米尔顿 著　　袁皓天 译

中国·广州

目　录

前　言　　1
第一章　府内城　　7
第二章　东方的冰山　　29
第三章　大航海　　51
第四章　以神之名　　75
第五章　武士威廉　　99
第六章　前往未知之地　　119
第七章　问候亚当斯先生　　139
第八章　平户商馆长科克斯　　165
第九章　武士间的冲突　　187
第十章　家康之死　　213
第十一章　商馆破产　　239
第十二章　破裂的友谊　　255
第十三章　最后的命令　　275

注释和参考文献　　297
出版后记　　313

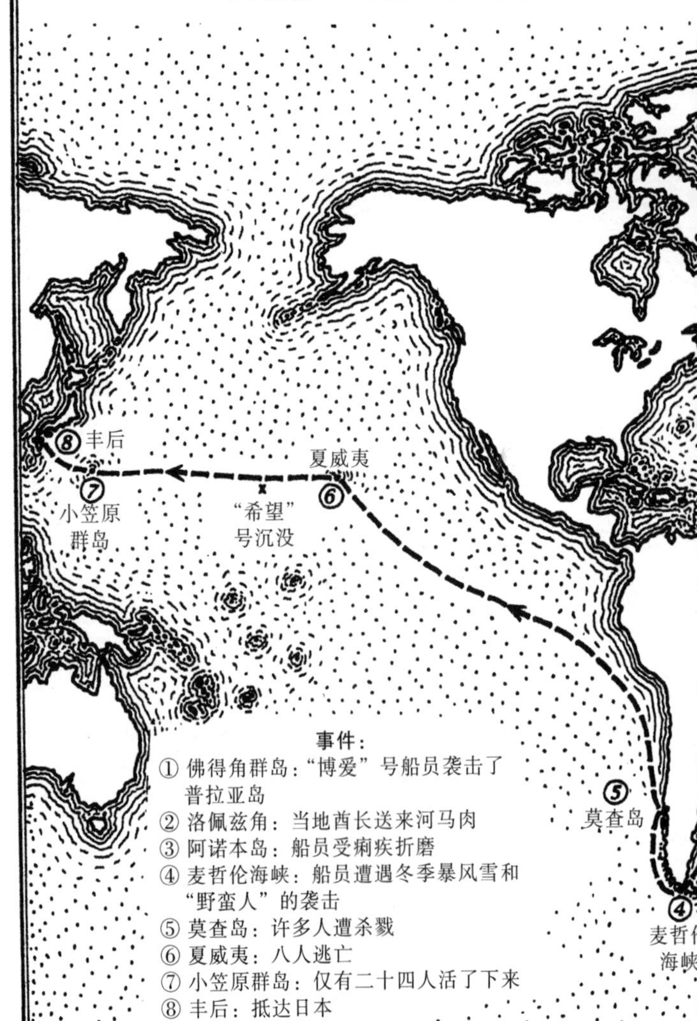
威廉·亚当斯前行日本
⑧ 丰后
夏威夷
⑥
⑦
小笠原
群岛
“希望”
号沉没
事件：
① 佛得角群岛：“博爱”号船员袭击了普拉亚岛
② 洛佩兹角：当地酋长送来河马肉
③ 阿诺本岛：船员受痢疾折磨
④ 麦哲伦海峡：船员遭遇冬季暴风雪和“野蛮人”的袭击
⑤ 莫查岛：许多人遭杀戮
⑥ 夏威夷：八人逃亡
⑦ 小笠原群岛：仅有二十四人活了下来
⑧ 丰后：抵达日本
⑤
莫查岛
④

的航线（1598—1600）

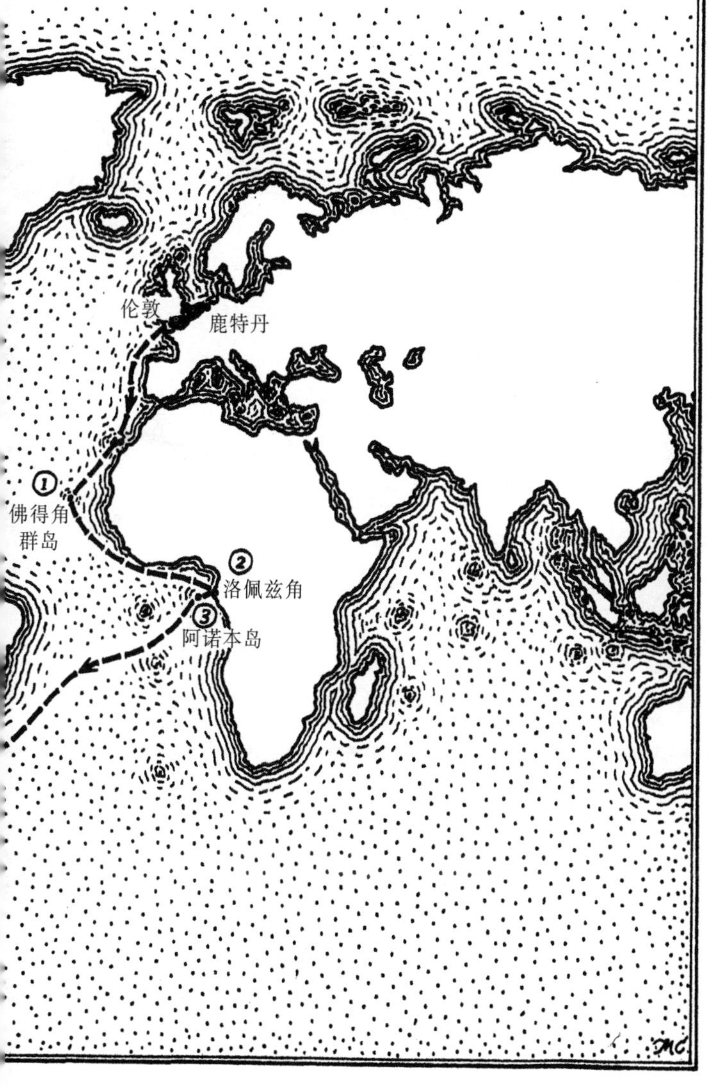

伦敦
鹿特丹
① 佛得角群岛
② 洛佩兹角
③ 阿诺本岛

前　言

他们到了世界的尽头。一场暴风雨将他们推向未知之地——地图和地球仪上只标着深海怪兽的地方。星星在夜空中闪耀，但对于迷途的孤独探险者来说，它们却是不怀好意的向导。

近两年来，威廉·亚当斯和他的船员在狂野、澎湃的大海上劈波斩浪。他们与岛屿上执矛的酋长起过争执，一路忍受着病痛和饥饿的折磨。1600 年 4 月 12 日，所剩无几的幸存者再次见到陆地，他们暗暗担心，自己或许会死于那里的野蛮人之手。

天刚亮，恢宏的万寿寺（位于今日本大分市）钟声大作。当春日的曦光洒向南部的群山时，几十座寺庙钟声齐鸣。日光已经照亮大分川潮湿的三角洲，而丰后大友家的居城府内城和当地的佛塔下依然一片漆黑。它们的坡屋顶挡住了阳光，要再过几个小时，迷宫般的街道才会由暗转明。

这艘无助漂进港口的船看起来破败不堪，船帆早已成碎片，船木被日光晒得发白。不过，其壮观的船尾楼和突出的船首非常罕见，与偶尔在日本南部海岸下锚的中国平底帆船截然不同。它的出现引起一片骚动，十几个当地人划船靠近这艘船。攀上船的人看到了一幅凄惨的画面。几十个探险者无助地躺在自己的秽物中呻吟。很多人身上长满瘀点（这是败血病晚期的症状），其他人患上了严重的热带疾病。他们的食物早已耗尽，只能靠吃在肮脏的船舱中寻觅残渣的老鼠或害虫苟活。只有威廉·亚当斯意识犹存，尚有气力迎接登船者。他勉强抬了抬眼皮，瞥见了一个比他的祖国英国更加古老，可能也更加成熟的文明，惊讶地眨了眨眼睛。

亚当斯很快意识到，这些人不是来救他们，而是来劫掠这艘船的。他只希望自己和其他船员能在岸上受到欢迎。他们刚刚完成横渡大西洋和太平洋的壮举，途中通过了危险的麦哲伦海峡，经历了南极的暴风雪和热带的暴风雨，此外还要惊恐地目睹同伴渐渐虚弱、死亡。舰队的五艘船中，只有一艘最终到达日本。最初的一百来名船员中，只有二十四人活了下来，其中六人濒临死亡。

亚当斯在海上漂泊了十九个月后，终于抵达传说中的日本列岛，此前还没有一个英国人到过这里。上岸后，他祈祷自己的冒险之旅到此为止。但事实上，它才刚刚开始。

伊丽莎白时代的伦敦探险家对日本几乎一无所知。他们展开地图，凝视遥远的东方时，只能看到曲线、圆点和奇怪的海兽。1569 年，赫拉尔杜斯·墨卡托在绘制世界地图时将日本画成菱形的水滴和两个像触手一样伸出的小岛。爱德华·怀特的地图也好不到哪里。他发挥极大的想象力，将日本画成一只长着蓬松须子的怪虾。他虽然骄傲地称自己的地图反映了“真实的水文状况”，但也承认自己只精确绘制了“世界上的已知区域”。不幸的是，日本并不在其中。

北欧其他国家的博学之士同样对日本的方位和人民一无所知。低地国家、法国和神圣罗马帝国对这个神秘“王国”的了解仅限于威尼斯伟大旅行家马可·波罗《东方见闻录》(或译《马可·波罗游记》)中的只言片语。该书成书于三个世纪前，关于日本的内容完全依据传闻。马可·波罗本人没有去过日本(他把这个地方称为“Chipangu”)，只是听中国人说“那里的人皮肤白皙、举止文明、相貌端庄”。他特别指出，他们自视甚高，“不听命于任何人”。他还补充道，很少有人(包括与他们一水之隔的中国人)敢驾船驶向日本，因为路途既远且艰。

冒险家习惯将与世隔绝的王国想象成富庶之地，而这个遥远的“日出之国”被认为是一个到处闪耀着金色光芒的地方。“他们拥有数不清的黄金，”兴奋的马可·波罗写道，“均产自他们的岛屿。”皇帝的宫殿富丽堂皇，“屋顶覆盖金箔”，窗户闪耀着炫目的光辉，“宫殿的奢华程度超出最大胆的想象，令人难以置信”。

诱人的财富吸引英国冒险者前赴后继驶向未知海域，希望能得到上帝和海风的眷顾。他们仔细研究地图和航海图后，得出了一个符合逻辑的结论——通过冰封的北冰洋前往远东的航线距离最短。他们几乎没有想过脆弱的盖伦船会被巨大的冰山和半透明的冰崖撞得粉碎。1553年，休·威洛比爵士率舰队前往东方，但惨遭厄运。他的船被俄罗斯北部白海的冰层困住，船员死于北极的一次暴风雪之中。

经北美洲北部前往中国和日本的西北航线距离稍长，不过同样激起了伊丽莎白时代探险家的欲望。北极探险家乔治·贝斯

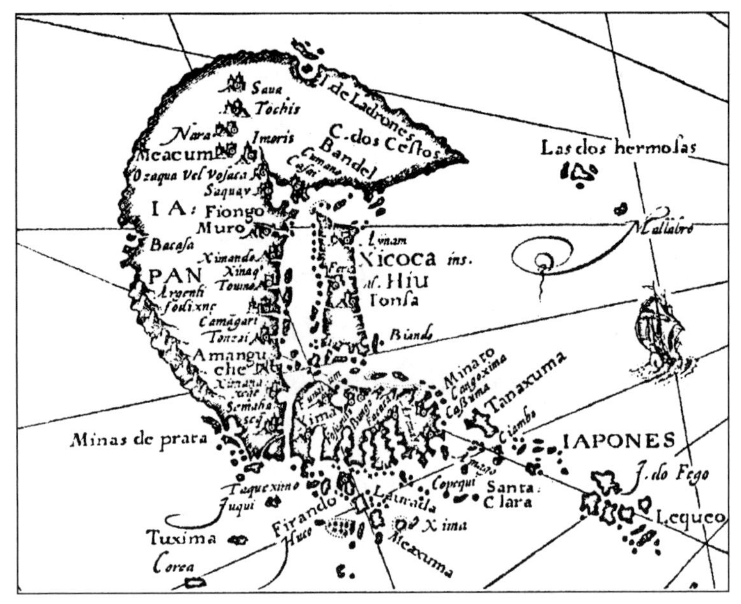

不准确的航海图是造成许多船只失事的原因。这是1596年的一幅荷兰地图，一名船长称它“非常真实”，该图继承了之前地图中虾形的海岸线

特写道，这条航线“异常寒冷，不仅人的身体，就连索具都会冻上”。即使在盛夏，海面也会被冰块阻塞，因为可怕的暴风雨会破坏极地的冰盖，将碎冰吹到他们的木船的航路上。“我们被冰包围了，”一名船员写道，“既看不到陆地，也看不到大海。”

乔治·贝斯特号召同胞前往东方，因为那里有超出想象的巨额财富，“整个世界都在向他们招手，等待他们去占有、定居、耕耘”。16世纪，世界上的财富等着被人取用，许多大洋尚待探索。“是的，还有没有主人的国度，那里的沃土可以出产数不胜数的玉米和谷物。”不过，如果贝斯特知道热带海域的危险，他或许就不会这么热情了。伊丽莎白时代的盖伦船十分脆弱，它们的行动全靠风和浪。南海的浅滩和沙洲还未被绘入欧洲人的海图中，据说神秘的日本列岛被难以预测的暴风雨包围，大海会吞噬船只。

事实证明，在前往东方的航行中，勇敢的葡萄牙探险者比他们的英国同行更加出色。他们于 1488 年第一次绕过好望角驶入印度洋的未知水域，十年后抵达印度，1511 年夺取马六甲港。随后，他们继续向东，在中国沿岸和明朝商人做起瓷器、丝绸生意。不过，绕过这个庞大帝国漫长的海岸线后，他们失去了进取心，止步不前。由于人力、物力均已达极限，而且继续东进也未必能找到贸易机会，他们选择不再前进。

直到三十多年后，可怕的热带季风才将第一批欧洲人带到日本。他们发现自己来到了一个与众不同的国家。那里有苦行僧和身上散发着香气的官员，有辉煌的宫殿和上漆的寺庙。这些新来的探险者吃惊地发现，日本人追求最为精致的生活，拥有一整套令人费解的复杂礼仪。

然而，这个古老文明也有阴暗面。大名相互杀伐，战争规模远超当时的欧洲。数百乃至数千名战士在战场上厮杀，战败者宁愿选择仪式性的自杀，也不愿耻辱地向对手投降。在这里，在世界的另一极，存在着一个既迷人，又令人忧郁的国家。

武士威廉的传奇是詹姆斯时代最引人注目的故事之一。故事中的文明非常成熟，远超时人想象。而在它四分五裂的过程中，欧洲人也扮演了重要角色。这个故事始于 1544 年，大约在威廉·亚当斯到达日本六十年前，热带季风将载着几个葡萄牙人的帆船吹过东海，吹到日本西南树木丛生的九州岛。1544 年，三名葡萄牙探险者在历史悠久的丰后上了岸。

第一章

府内城

丰后人从未见过长相如此怪异的男子。他们都是高鼻梁，蓄着大胡子，穿着蓬松如灯笼的裤子，似乎并不了解日本的风俗和礼数。对于聚集在府内码头的一小群旁观者来说，这三名航海者仿佛来自另一个世界。

这艘船是被暴风吹到日本的，这股风在日本外海已处于强弩之末。横渡东海而来的帆船非常罕见，因此这艘饱受大海摧残的船甫一到达，便引起府内代官的注意，他闻讯立即赶往码头。在那里，那些陌生人通过中国翻译告诉他，他们“来自世界彼端一个名为葡萄牙的国家”。

府内代官不知该如何处理这件事情，便派人将他们到来的消息报告给丰后大名大友义鉴。义鉴担心，让这些人活下来可能会招惹不必要的麻烦，于是下令处死他们并没收他们的财物和船只。这件事引起藩内重臣的非议，义鉴的长子义镇的反应尤其激烈。他告诉父亲，这么做会玷污丰后在全日本的名声，他不会容忍这样的谋杀。

义鉴极不情愿地收回了命令。不过，听说了更多关于这些“异国”之人的消息后，他开始为自己的决定感到庆幸。据说这些人穿着考究、谈吐得体，在秩序井然、等级森严的日本，这点至关重要。最令他满意的是，这些人“身着丝衣，腰间佩剑，与一般商人迥异”。他给府内代官写了一封信，命令后者立即带其中一人或所有人来见他。他在信中写道：“我已经听说，这些人给你们讲了世界上的种种趣事，还发誓说外面有一个比我们的世界更大的世界。”

丰后大名之所以突然对这些外来者感兴趣，只是出于无聊的好奇心。当时他正受数种或真实或想象的疾病折磨，生活无趣。他在信中写道：“你知道我一直不舒服，受病痛折磨，急需一些事来转移注意力。”因此，他承诺，无论何人作为客人来访，都将受到最高规格的礼遇。

在三名葡萄牙人当中选出前去谒见大名之人并不困难。费尔南·门德斯·平托，一个巧舌如簧的探险家，立即被府内代官看中，因为“他言语幽默，还挺受日本人欢迎，也许可以让那个病人振作起来”，可以“让大名开心，而不仅仅是转移他的注意力”。

事实确实和预想的一样。平托是一个非凡的探险家，同时是一个古怪的贵族，喜欢穿华丽的服装，极具人格魅力。他还是一个浪漫主义者，喜欢搜集奇闻异事，六年多前离开葡萄牙，满世界寻找古怪的故事。多年之后，当他开始整理自己的旅行记录时，他在扉页上写下了一段极有吸引力的介绍语：“我五次遭遇船难，六次被卖，十三次为奴。”

他的作品名为《远游记》，记载了发生在这个无畏的作者身边的各种突发事件和冒险故事。他写这本书的初衷只是与亲友分享冒险经历，但很快就出版了，成为当时的畅销书。但需要注意

日本人对葡萄牙船长既着迷又反感。这些趾高气扬的探险家虽然穿着华丽，却很少洗澡，而且丝毫不尊重日本礼仪

的是，平托是一个彻头彻尾的剽窃者，他随心所欲地将别人的冒险成果据为己有。他自称是第一个到达日本的欧洲人，而众所周知（他自己也知道），在他之前已经有一些遭遇船难的欧洲人漂到日本海岸。他为了让自己的书更具娱乐性，不惜篡改日期、剽窃

故事、夸大其词。不过，他对日本经历的描述大多确有其事，他确实和同胞若热·德·法里亚到过丰后，关于日本海岸线的情报基本准确。他在丰后期间的经历应该也是真实的，因为可以和其他资料相互印证。义鉴之子义镇后来对一名日本史作者讲过类似的故事，后者记下了它。平托游记的英译者写道，“在他之前……没有人如此详尽地描述过东方”——这种说法不算过分。

众多家臣和侍从身着华丽的长袍，拿着象征他们官职的权杖，带平托去见丰后大名。平托对这些人绣着精美花瓣、镶着金线的华丽服饰印象深刻，不过后来的访客更在意日本人的长相。耶稣会士路易斯·弗洛伊斯写道，他们的“眼睛和鼻子都很小”，不像葡萄牙人那样留着大胡子，反而会用镊子“拔光面部的毛”，使皮肤光滑且有光泽。他们的发型同样可笑。日本人会剃掉头顶大部分头发，把其余头发留长，梳成马尾，“盘在脑后”。就连日本人挖鼻孔的方式也引发了欧洲人的评论。“我们主要用大拇指或者食指挖鼻孔，”一个欧洲人写道，“他们却用小拇指，因为他们的鼻孔很小。”

平托很快被带入府内城，直接被带进义鉴的寝室，后者有气无力地躺在床上。他看到平托后，费力地爬起来，露出了久违的笑容。“你来到我的国家，”他说，“对于我来说，就如同从天而降、滋润我们稻田的雨露一样令人愉悦。”平托被这种非同寻常的欢迎仪式吓了一跳。他在书中写道，他“被大名的话和这样的问候方式弄得不知所措”。但他很快镇静下来，为片刻的沉默向大名大人道歉，并解释道：“伟大的国王如此威严，令我不敢吐半个字。”他接着写道：“与他的伟大相比，我与愚蠢的蝼蚁无异。”

平托当时很可能认为义鉴就是日本国王，他在几年后才知道义鉴只是日本众多封建大名中的一个。他的小封地只占九州岛的一小部分，九州岛是组成日本列岛的四个主要岛屿之一。

义鉴并没有纠正平托的错误，对平托的那个世界也没有任何兴趣。相反，他一直在谈论他最喜欢的事——他自己，他让平托的中国翻译把他的病情告诉葡萄牙客人。“你一定要让我知道，在你的国家，在世界的尽头，有没有什么可以治疗正在折磨我的疾病的方法。”义鉴患的是痛风，不过这不是他唯一的问题，每次吃海鲜或者贝类时，他都没什么胃口。他告诉平托，自己“没有食欲……已经差不多两个月了”。

平托惊慌地发现自己被要求制作药剂。他想拖延时间，于是告诉义鉴，他“不通医术”。但由于担心义鉴会失望，他突然改口说他的船上有“某种木头”，泡在水里就“可以治愈比他抱怨的病严重得多的顽疾”。这块木头被带至府内城，平托用它泡水，义鉴“连饮三十天后……彻底恢复了健康”。

尽管义鉴和平托很快建立起友谊，而且他似乎确实很感激平托的药，但他的同胞并不认为早期来日本的欧洲人有任何值得称道的地方。“这些人是柏柏里（指埃及以外的北非地区）商人，”一部史书记载道，“他们虽然对高低贵贱略有所知，但是我不清楚他们是否有一套得体的礼仪。”其他人则惊恐地发现，这些外国人肆无忌惮地大喊大叫，彼此咒骂。“（他们）毫不掩饰自己的情感，”一名书吏轻蔑地写道，“（而且）不识字。”更糟糕的是，他们的衣服又脏又臭，不刮胡子的邋遢外貌也惹人不快。

如果不是因为一种重要的货物，日本人很可能立即把这些葡萄牙人打发走。这种货物就是他们的武器——火绳枪，其杀伤力令日本人叹为观止。“那个国家的人从来没有见过枪，”平托写道，“也无法理解枪是什么。由于不了解火药的秘密，他们断定这是一种妖法。”

义鉴向平托打听葡萄牙国王麾下火枪手的数量，平托编造了一个迄今为止最荒诞不经的故事。平托声称葡萄牙国王手下有二百万名火枪手。“（丰后）国王感到不安。”平托写道。他还得意地补充说，那是“一个绝妙的回答”。

义鉴的儿子义镇很快便意识到这种武器的价值，而当时的日本人还在用刀和弓箭作战。他想亲自测试火绳枪，但由于担心平托可能拒绝他的要求，便在晚上潜入客人的房间，偷走了武器。这是愚蠢之举。年轻的义镇不知道如何装填火药，也不知道如何开火。他在枪管里装入大量火药，塞入弹丸，点燃火绳。伴随着一阵亮光和巨大的爆炸声，“火绳枪断成三截，他受了两处伤，失去了右手大拇指”。年轻的王子看着断掉的大拇指，一阵眩晕，“像死人一样倒下了”。

对于平托来说，这可能是最坏的消息了。大友家年轻继承人的事故在城中引起骚动和愤怒，他们将矛头指向这个不速之客。“他们断定是我杀了他，”平托写道，“两个人拔出他们的短刀想要杀死我。”但是丰后大名阻止了他们，他要先弄清楚情况。平托双手反绑，跪在大名面前。一名翻译仔细盘问他，旁边站着一名负责审判的官吏，手里握着一把“沾了王子鲜血”的匕首。平托被简单告知日本人的处罚方式。被定罪的犯人通常会被当众切断手脚，然后被鞭打致死或被斩首，尸体留在原地直至腐烂，作为对其他人的警告。平托将遭受的处罚同样很可怕。“如果你答不上我的问题，”审讯者说，“你会被挫骨扬灰，就像死鸟的羽毛一样，被风从一个地方吹到另一个地方。”

负责审判的官吏迫不及待地想要把他剁成齑粉，好在义鉴更理智一些，提议道，既然他的客人造成了年轻的义镇的意外，那么他就有责任使义镇活过来，他或许可以再用一种新药剂让大名之子复活。这是平托到日本后第二次发现自己在扮演医生的角色，只是这次他本人也处在生死关头。

年轻的义镇看起来已是死人。他倒在地上，“躺在血泊之中一动不动”。但是，经过初步检查之后，平托确信他的伤势并不像聚集在周围的家臣们想的那么严重。他前额的伤口看起来虽然可怕，但其实“并无大碍”；他的大拇指几乎断掉，仅靠肌腱和手相连，但仍有保住的可能。“现在，因为右手大拇指的伤势最重，”平托写道，“我从那里开始，缝了七针。”他的技术非常粗糙，伤口还在流血，于是他用了一种更为传统的药剂——“蛋清……我在东印度群岛见过有人用这种方法”。这个疗法见效了，血止住了，世子恢复了意识，渐渐苏醒过来。不到二十天，他就康复了，“没有任何不便，只是大拇指还不太灵活”。这次事故证明了火绳枪的致命效果，它在日本未来的战争中被广泛使用。事故后的几个月里，当地铁匠一直忙着仿制这种武器。

日本人繁复的礼节令平托感到吃惊，而义鉴的家臣则震惊于葡萄牙人粗鲁的饮食习惯。1556年，当平托第二次来到日本时，他被邀请参加了一场庄重的宴会。在宴会上，他很快发现自己成了被取笑的对象。他写道：“我们开始按照自己的方式，吃掉面前

日本海
朝鲜
本州
江户
京都
山口
大阪
静冈
逸见
（威廉·亚
当斯的
封地）
平户
四国
丰后
长崎
濑户内海
九州
鹿儿岛
东海
琉球群岛
太平洋
0
150
公里
日本
北
西
东
南

所有食物。”他还写道，对于“国王”和“王后”来说，看他吃东西（比）看任何一出喜剧都更有意思。日本人“习惯用两根小棍子进餐……而且认为用双手触碰肉类是十分无礼的行为”。宴会快结束时，日本人的好兴致变成了赤裸裸的轻蔑，参加宴会的家臣“用我们来打发时间，他们嘲笑并愚弄我们”。宴会结束时，一个日本商人带着一些木头假肢进入房间。他向平托和他的人解释

馈赠礼物在日本很常见，而且颇具仪式感。将军和他的家臣期望从欧洲商人那里得到昂贵且具有异域风情的礼物

说，既然他们的手“免不了会沾上鱼腥味和肉味……这件商品正适合他们”。其他客人在一旁大笑不已。

平托在大友的府内城待了几个月后，结束了第一次日本之旅。他一直着迷于日本的富饶和辉煌，尽管他的故事听起来像杜撰的中世纪寓言，但这是世人第一次得到了一窥这个国家的机会。平托生动地描述了自己见到的种种不可思议之处，后来前往日本的人和他的看法大同小异。一个刚到日本不久的人在给家乡的信中震惊地写道，日本人在几乎所有方面都很优秀。“你不应该把他们当作野蛮人，”他说，“除了宗教，我们与他们相去甚远。”

平托依靠虚张声势、勇气和幽默感在日本活了下来。他只能待在丰后国，从未远离日本海岸，因此似乎不知道16世纪的日本其实是当时世界上最危险的国家之一。这个“日出之国”正处于可怕的战国时代，权力完全取决于军事实力。“人们互相谩骂，杀伐不已，”一名早期欧洲到访者写道，“他们会随心所欲赶走他人，肆意抢劫财产，背信弃义司空见惯，人们甚至无法信任自己的邻居。”

这个国家名义上由天皇统治，他在京都御所过着与世隔绝的生活。在中世的黄金时代，他立于由宫廷女官和公卿等组成的贵族社会的顶点，这些人整日沉溺于对美学的追求之中。后来由于天皇的府库空虚，许多贵族不得不放弃这种仪式性的消遣，离开京都，前往地方，留天皇独自忧心生计。根据一名日本史官所述，天皇的御所和农民的茅草屋并无二致，所剩无几的公卿靠在京都后街贩卖古玩字画勉强为生。退位是不可能的，因为朝廷负担不起必要的仪式的开销。1500年，当后土御门天皇驾崩时，由于皇室财政捉襟见肘，他腐烂的尸体六周没有下葬。继承他的后柏原天皇的情况没有任何好转，他的即位仪式因为资金不足被推迟了九年。即使在正式即位之后，他也只是一个没有任何实权的傀儡。“（他是）真正的国王，但没有人服从他的命令。”

天皇的保护者是统率诸大名的将军，正式称呼是“征夷大将军”。但是到了16世纪40年代，将军同样失去了实权，整个国家陷入无政府状态，数百名武将、山贼头目和佣兵首领互相攻击。像丰后国的大名大友义鉴一样的封建领主，不断卷入血腥的战争，侵略对方领土，屠戮敌人的家人和亲属。

实权掌握在最残忍的战国武将和僧兵首领手中，他们常常蹂躏乡村。战国大名的崛起很大程度上是因为其麾下佩双刀的武士阶层的军事实力。这些战士历来以对主人绝对忠诚而著称。他们的信条是：“我们不会安然死去，我们将死在主君身侧。”但是，此时的武士不再忠心耿耿，生活在国境的人随时准备改换门庭，转而投靠更加富有或实力更强的大名。

对于大名和将军来说，僧兵也是一个不容忽视的威胁。日本的史书无数次记载了这样的例子——僧侣嘲笑那些威胁要攻下他们堡垒般的山寺的人。僧人安全地躲在坚固的城墙之后，有恃无恐，许多人放弃修行，沉迷于狂饮、鸡奸和通奸。不过，发生在那个动荡年代的事并不总是坏事。著名禅寺的僧侣和一些大名留下了精美的书法作品，连歌、能剧和优雅的茶会在这个兵荒马乱的年代依然盛行。

尽管时局动荡且权力纷争不断，穷困的朝廷并未彻底失去昔日的荣光，人们依然对其尊崇备至。“虽然他（天皇）在四百年前就失去了地位、权力和经济收入，”耶稣会士路易斯·弗洛伊斯写道，“现在只是一个偶像，但仍然受人敬重。”剃掉头顶头发，为天皇服务的公家（宫廷贵族），虽然没有实权，但地位颇高。在等级森严的日本社会，这种荣誉头衔不仅仅是空洞的象征。只要被天皇认可，得到贵族头衔，甚至连最贫困的公家都可以蔑视最强大的大名。这是日本独有的现象。外国人或许永远无法理解，为什么一个控制着两三个国（日本行政单位）的实力强劲的大名，如果没有官职，便不会得到人们的尊重。

继平托之后，另外几名葡萄牙探险者很快也来到日本。1547年冬，若热·阿尔瓦雷斯船长来访，并宣称这里比中国沿海地区和东印度群岛更令人印象深刻。他在报告中详细记述了这里的群山和果园，还在最后简略评价了日本人。他对日本人的印象不错。阿尔瓦雷斯船长满意地写道：“他们是白人……长相俊朗。”他很喜欢他们以煮过的糯小麦为主食的饮食。“他们把它煮成粥，”他写道，“每次吃一点。”

日本人十分虔诚，每天早上会花很长时间“数着念珠念经”。许多人到了晚年会进入寺院，烧香拜佛，度过余生。葡萄牙的教职人员肯定很憧憬这样的生活。美中不足的是，念经结束后，僧侣们会拉起法衣“和弟子行苟且之事”。

阿尔瓦雷斯的报告令他的同胞方济各·沙勿略十分着迷，后者是一个年轻的传教士，在印度和马来群岛待过八年。他将日本视为一个全新的传教机会。当阿尔瓦雷斯将思想开放的日本浪人弥次郎介绍给他后，他更加兴奋。1548年，弥次郎皈依基督教，带着仆人和一名朋友陪沙勿略前往日本。

旅途并非一帆风顺。沙勿略及其同伴乘坐的中式帆船一路险象环生，遭遇了飓风、暗礁、海盗和浅滩。当船长的女儿落水溺亡时，不信基督教的中国船员举行了恐怖的仪式。他们杀死一只海鸟作为祭品，把血涂在他们信奉的女神的画像上。最终，在海上辛苦漂泊了三个星期后，沙勿略和他的同伴于1549年8月15日（日本纪年为天文十八年七月二十二日）抵达日本南部鹿儿岛绿意盎然的海岸。

鹿儿岛位于府内城西南约二百公里处，比府内城更加引人注目。它是萨摩国首府，树木茂盛的山上点缀着五重塔。沙勿略来时，正值这里景色最美的季节。就在一周前，当地居民刚刚庆祝了盂兰盆节，这座城市的墓地前摆满了鲜花。

沙勿略欣喜地发现这个岛上的居民比他预想的更好。他写道，日本人“对荣誉的重视程度令人惊讶，他们看重荣誉胜过其他一切”。然而，他失望地发现，佛教僧侣认为“人并非生而有罪”。尽管如此，他依然信心十足地认为，日本将成为基督教的沃土。“如果我们知道如何讲日语，”他写道，“我毫不怀疑，许多人将成为基督徒。”

鹿儿岛是日本最保守的地区之一，也是传统神道教的堡垒，古老的木造神社及其标志性的被称为“鸟居”的双梁式入口遍布在这座城市的大街小巷。这里也有佛寺，昏暗的香室内，镀金的佛像在烛光中闪耀。鹿儿岛活跃着各个宗派的佛教徒，包括衣着怪异、狂热的法华宗（日莲宗）信徒和穿着灰色法衣的时宗僧侣。这些人和尼姑住在一起，据说到了晚上，他们会做一些与身份不符的事。

沙勿略来到恢宏的曹洞宗福昌寺，它离港口不远。这里环境优美，樟树成荫，梅花香气袭人。寺庙的院落里有一些石灯笼、一个莲花池，还有一座龙门桥和一些面目狰狞的大石像。沙勿略见到受人尊敬、年过八旬的禅僧忍室，发现他十分和蔼。忍室因为灵魂是否不灭的问题苦恼了很久，沙勿略的布道和对信仰的虔诚吸引了他。通过弥次郎的翻译，两人交谈了很长时间，忍室将客人领进经堂，观看正在诵经的僧人。沙勿略问他们在做什么，忍室沮丧地耸了耸肩。“有的人在计算过去几个月里从他们的信徒那里得到了多少东西，”他说，“其他人在想去哪里能得到更好的衣衫……简而言之，没有人在想有意义的事。”

九州本地人（上图）穿着精致的衣服，谈吐有礼，举止优雅。方济各·沙勿略写道：“他们看重荣誉胜过其他一切。”

沙勿略到达鹿儿岛后不久，夏去秋来，秋风带来阵雨，天气渐凉。花期过后，菊花凋谢；收割后的稻田变成灰褐色的沼泽；橡树叶子短暂变为鲜艳的颜色，然后开始掉落。只有福昌寺院子里的樟树四季常青，毫不畏惧寒冷的北风。

沙勿略和他的同伴裹着棉长袍瑟瑟发抖。他们的住处很冷，因为纸窗无法阻挡从海上吹来的刺骨寒风。冬天到了，初雪降临，沙勿略离开葡萄牙后就再也没有见过雪了。他躲在屋子里刻苦学习日语，不过遇到了不小的困难。他试图通过以拉丁字母标记日语发音的方式编写一本教义问答书，但并不成功。他每天两次攀上福昌寺陡峭的石阶，坐在龙门桥的另一边，俯瞰平静的莲花池，试着大声朗读自己的书。但是，书写得很差劲，僧侣们完全无法理解基督教的教义。更糟糕的是，这种笨拙的方式冒犯了这些拥有高深学问的禅僧，他们嘲笑他疯了。

私下里，他通过弥次郎的帮助向当地人布道，并收获了几名信徒。第一个受洗的是一个穷困潦倒的武士，取教名贝尔纳多，埋头钻研圣经。弥次郎的母亲、妻子、女儿，以及沙勿略的房东，都皈依了基督教。但是，这样的例子非常罕见。沙勿略发现，甚至连那些对他的布道感兴趣的听众也无法完全相信他的话。他尝试使用日语词向当地人传教，但很快就一筹莫展。日本的宗教词汇过于抽象，很难用它们来传播福音。

到目前为止，沙勿略还没有深入日本内陆。像平托一样，他对这个国家的了解仅限沿海地区。从踏足日本的那一刻起，他一直打算前往传说中的京都（当时被称为“都”），请求天皇敕许他布道。他还希望前往著名的比叡山，同博学的僧侣辩论并使其皈依。

1550年8月末，沙勿略一行踏上了前往京都的艰辛旅程。首先是危险的海上航行，他们小心翼翼地避开暴风雨和海盗；接着，他们徒步翻越白雪皑皑的山脉。沙勿略对旅途的艰辛毫不在意，他甚至拒绝骑马，只以少量熟米饭维生，这使他备受煎熬。“他如此专注于上帝，”同行的人写道，“有时会迷路而完全没有察觉，裤子破了或脚受伤了，他都不会在意。”他在途中没有让多少人皈依，因为他被视为怪人，而且其寒酸的模样几乎得不到任何日本人的尊重。到达京都时，他的无袖黑色罩衣已经破烂不堪，用绳子束在头上的小暹罗帽让他看起来像一个小丑。

沙勿略曾对久负盛名的皇城抱有很高期望。“我们听到了一些好消息，”他写道，“据说它的人口达九万多户，还有一所很好的大学。”他还听说，那里有著名寺院、金堂，以及御所——天皇会在那里和他的臣下进行智力的角逐。然而，现实让他大失所望。此时的京都近乎废墟，城中满是破败的房屋和寺庙，瘟疫和洪水摧毁了它。曾经辉煌壮丽的御所日华门和月华门已经被台风毁坏，这座建筑四周曾有一片整齐的竹林，但这些竹子已经被洪水冲走。皇女和女官不再整日吟诵和歌，而是躲在栅栏后向路过的商人讨要食物。天皇本人已避居御所深处。

如果沙勿略被允许进入禁地一探究竟，他将看到一幅出乎意料的景象。天皇徒有其名，外表和举止与傀儡无异。他戴着一顶夸张的帽子，有巨大的帽翅和垂下的流苏，鞋跟高约二十二厘米。“这位高贵之人的脚从不触碰地面，”后来的一名访客写道，“前额涂成白色和红色。”

沙勿略对京都之行感到沮丧。他意识到，如果想在日本获得成功，必须从实力强大的大名那里获得布道许可。他还意识到，破烂的长袍和蓬乱的头发（这些明显意味着他很穷）不会给日本人留下好印象。当他到山口城请求拜会大名大内义隆时，他穿着新买的丝衣，称自己是印度总督的大使。他将原本打算送给天皇的礼物送给大内，包括一块表、产自葡萄牙的葡萄酒和两架望远镜，并开始向这位大名炫耀自己的学识，向后者介绍了天文学和世界地理的知识。最后这件事终于使日本人提起了兴趣。“他们不知道地球是圆的，”他写道，“也不知道太阳运行的轨迹，他们还问了其他事，比如彗星、闪电、雨雪。”看得出，大内和他的人对这些问题很感兴趣，“而且将我们视为学者，这有助于使他们相信我们的话”。离开这座城市时（他听说一艘船正在府内的港口等他），他已经使五百人皈依基督教。多少有些讽刺的是，很多人并不是因为他的布道，而是因为他的天文学知识而皈依。

沙勿略在日本待了两年多，于1551年11月离开日本。那时，他明显老了很多，头发斑白。但是，他不顾自己经历过的种种困难，给耶稣会的同伴写了一封介绍这次日本之行的信，内容令人振奋。他说日本人“是迄今为止见过的最优秀的民族，在我看来，我们在异教徒中再也找不到一个可以与日本人媲美的民族”。和他们的接触虽然有限，但已经足以让他得出结论：“他们是一个非常讲究礼仪的民族，整体上来讲非常优秀，不怀恶意。”

就在沙勿略忙着布道的同时，葡萄牙商人一直忙着获取丰厚的利润。他们发现日本人对中国的丝绸有着贪婪的欲望，愿意花高价购买丝绸。日本人无法从中国进口丝绸，因为明朝皇帝对频

很少有佛教僧侣（上图）会被沙勿略的布道打动。沙勿略糟糕的日语，令那些博学（却一贫如洗）的人不悦

繁骚扰沿海地区的倭寇深恶痛绝，禁止任何日本人登陆中国海岸，违者将被处死。在禁海令中，日本人被称为“盗贼、猛禽和反抗天子的叛乱者”。葡萄牙人非常欢迎明朝人的这种情绪。“中日纷争对葡萄牙人帮助颇大，”一名耶稣会士写道，“（因为）葡萄牙人可以利用这个好机会和日本人做生意。”

1555 年前后，葡萄牙人在中国南部海岸的澳门获得立足点，从而得以进入广州大型丝绸市场。他们以其独有的热情购入大量丝绸，为与日本人的第一次大规模贸易做准备。除了丝绸，他们还购买了其他“中国货”，包括瓷器、麝香、胭脂和大黄。

1555年，杜阿尔特·达·伽马船长指挥一艘满载丝绸的卡瑞克帆船驶向日本，卖出货物后载着大量白银返回澳门，船上白银的数量令传教士目瞪口呆。“十天或十二天前，一艘前往日本的大型船只回到这里，”耶稣会士巴雷托写道，“它满载而归，以至于在中国的所有葡萄牙人都想驾船前往日本。”这次航行的成功促使狂热的葡萄牙商人纷纷开始从事油水丰厚的贸易活动。利润的确惊人，评论者兴奋地记录下从日本获得的白银数量。一份资料称每年可从日本获得两千万克。迪奥戈·德·库托吹嘘说“所有货物……都换成了白银，总价值超过一百万克鲁扎多（当时的葡萄牙金币）”。第三份资料称，日本每年出产的白银，近半被葡萄牙人运走。

为将白银运回，澳门商人建造了两千吨级的笨重巨兽——“大船”（nao do trato）。这些大船的船身很宽，拥有四层甲板，船舱大得惊人，可容纳约三千四百立方米银锭。以当时的标准来看，它们是名副其实的庞然大物，在停泊于海湾的帆船当中非常显眼。葡萄牙人与日本的贸易以一种显然相当古怪的方式加以管理，每年一次前往日本的特权被卖给澳门出价最高的人。一些成功的船长常常被日本贸易带来的财富和权力冲昏头脑，他们会带着武装卫队、乐队和黑人奴隶在日本港口耀武扬威。当地的日本人从未见过这样的光景。

虽然日本人仍将葡萄牙人视为蛮夷，但他们颇有远见地意识到，这些商人有充足的资金，能够源源不断带来他们渴求的丝绸。他们还发现，将商人吸引到自己领地的捷径是讨好与成包的丝绸一同来到日本的耶稣会士。精明的丰后大名大友义镇最早意识到宗教和贸易密不可分。他给耶稣会高层写信，低声下气地恳求他们说服商人在他的港口靠岸。他向他们保证："这样我就可以再次让神父在我的领地布道……他们会得到比第一次更多的帮助。"不过，贸易并不是唯一原因。丰后大名急于得到葡萄牙人的武器，尤其是可以发射十二磅（约合五千五百克）实心弹的"埃斯佩拉炮"。他申明："如果我的王国安全、繁荣，那么上帝的教会也会如此。"在信的最后，他极尽逢迎之能，称自己一直十分享受葡萄牙人的陪伴，将葡萄牙女王的信当作最重要之物，"我如此爱惜它，把它视为珍宝，揣在胸口"。

但是，可怜的义镇的请求被拒绝了。葡萄牙商人和神父在九州西北海岸发现了地理位置更佳的港口——长崎港。从 1571 年开始，他们驾大船驶入这个安全的深水港口。"这个地方是一个天然要塞，"一个葡萄牙商人写道，"没有一个日本大名可以用武力征服它。"事实很快证明，它对商人和神父都有益。1562 年，长崎的大名大村纯忠皈依基督教，取教名巴托洛梅奥。当看到绸缎和瓷器源源不断运抵自己的海岸时，他更进一步，宣布自己的领民将全部皈依基督教，不愿意皈依新宗教的人都将被驱逐。他的目标很快达成，一群耶稣会士"在强大的侍卫的陪同下……四处游走，将外邦人的教堂（佛寺、神社等）……夷为平地"。不到七个月，约两万人受洗，包括大约六十座寺庙的僧人。耶稣会士大喜过望，尤其当他们看到这些僧人"之前将我们看得比奴隶还要低贱……现在（在我们面前）将手和前额伏在地上，表示顺从"。

耶稣会士意识到，巴托洛梅奥的行为与其说受基督教的启发，不如说出于商业目的。他之所以这样做，他们写道，"是因为这样就可以确保大船停在那个港口，他可以凭此赢得巨大的声望，并获得大量关税和利润，成为强大的大名”。1580年6月9日，他做出重大妥协，将长崎港交给耶稣会士，表面理由是为他们的传教活动筹措足够的资金。不过，他也可以从中受益，因为他可以继续收税，而且一旦遇到危险，可以将长崎当作避难地。

只要能够垄断对日贸易，葡萄牙人就可以获得丰厚的利润。然而，他们并不知道，在伦敦莱姆豪斯的码头，有人正准备渡海前往这个日出之国。

第二章

东方的冰山

退潮时的莱姆豪斯码头呈现出一幅破败景象。发黑的木头已经开裂，滴着水。在黎明的微光中，码头看起来就像一艘失事盖伦船的龙骨。

从码头的栈桥可以看到圣邓斯坦教堂，从泰晤士河上可以望见伦敦塔。再往上游一点的处决码头是著名的海盗行刑地，人们聚集在那里，呆呆地看着挂在河边绞刑架上僵硬的尸体，那些被水泡胀的尸体被当成一种严厉的警告。这些人生前大多是海盗，在抢劫盖伦船或货船时被逮捕。他们一旦被认定有罪，就将接受可怕的惩罚——他们会在退潮时被吊在水边，“涨潮后海水将没过他们的头顶，这样反复三次”。

在平常的日子里，码头在黎明之后才会焕发生机，但在 1580 年 5 月 20 日，这里从黎明前几个小时起就开始忙碌，水手和装卸工忙着为两艘即将远航的小船做准备。虽然工人们不清楚它们将驶向何方，但船上非同寻常的货物还是引发了议论。货舱里放着精美的水晶高脚杯、锡酒壶、威尼斯眼镜、象牙梳子。在驶往蛮荒之地的船上，这样的货物并不常见。

这两艘船的主人是伊丽莎白时代英国两位杰出的企业家。乔治·巴恩爵士是一名探险家，他在将近三十年的时间里一直参与“新贸易领域的开辟”。他的冒险事业始于16世纪50年代，最初的目的地是非洲。随后，他几次派探险队前往几内亚，有一次，他的队员们带回了一个大象的脑袋和五个黑人奴隶。这些被迫与家人分开的奴隶显然丝毫不感谢他们，一直在抱怨英国阴雨不断的天气（这样的评价不算偏颇），探险队的记录提到“寒冷潮湿的天气使他们很难受”。多年来，乔治爵士一直在拓展自己的贸易网络，现在他把目光投向了遥远的亚洲大陆。

他的伙伴罗兰·海沃德爵士也曾组织探险队前往未知的国度。作为莫斯科公司（它垄断了与伊凡雷帝治下广袤的俄罗斯之间的贸易）创始人之一，罗兰爵士拥有大量特许经营权，不仅对莫斯科，还包括一些遥远的地区，如阿斯特拉罕、诺夫哥罗德和鞑靼人位于伏尔加河畔的大城市喀山。罗兰爵士还请求沙皇授予他在全帝国范围内从事建筑活动的特许权。不明就里的沙皇应允道：“我们授予该英国商人……在沃洛格达、霍尔莫戈雷及白海沿岸地区，在伊万哥罗德，在卡累利亚，在我们统治的所有其他地方建造房屋的权利。”尽管如此，贪得无厌的罗兰爵士仍不满足。几年后，他开始谋求和波斯通商，试图说服伊丽莎白女王向“皇帝”做自我介绍，并要求获得贸易权。

现在，这两名商人将注意力转向远东的中国和日本，据说这两个国家拥有惊人的财富。罗兰爵士知道，如果能够作为第一个对这些地区提出权利主张的人，他将获得惊人的财富和名声。他没有被海上航行的后勤困难吓倒，也毫不担心航行的距离。他和乔治爵士一起，开始收集所有可用信息，以一如既往的热情和活力为自己的项目制订计划。

两人很快发现，许多困难的准备工作早就有人为他们做好。1577 年，不到三年前，充满激情的英国人理查德·威尔斯偶然发现了两份截至当时无人知晓的文件，其中有对中国和日本的描述。威尔斯意识到人们对这两个国家几乎一无所知，于是想到了一条致富之道。他决定将这些信息整理出版，并将书名定为《旅行记》。

书中关于中国的记录是一个不知名的葡萄牙商人所写，这名商人曾经被明朝官员抓住并被关押起来。根据这份记录，中国由一位强大的君主统治，他以严刑峻法统治自己的臣民，这个大国的人口正以不可持续的速度增长。“这个国家到处都是人，”威尔斯写道，“土地开垦殆尽。”庞大的人口意味着巨大的潜在市场，这对伦敦的商人来说是个好消息。中国人的饮食习惯不怎么讨人喜欢。据说，他们会吃掉所有会动的东西，威尔斯吃惊地听说“市场上青蛙的价格和鸡肉相同……其他商品还包括狗、猫、老鼠、蛇等动物不洁的肉”。

对日本的记录则乐观得多。威尔斯得到了几封提及“日本人”的私人信件，作者是耶稣会士路易斯·弗洛伊斯。这些信本来是写给耶稣会的，并不打算让信奉“异教”的新教徒研究它们，也没有公之于众的想法。但是，威尔斯很快意识到信的价值，开始“逐字逐句、如实”翻译它们。

这本书的出版令伦敦探险家激动万分，因为它证实马可·波罗是正确的。日本是“一座值得称道的岛屿，被众多未开化之地和野蛮国家包围”，它很富裕，除了以货易货，还可以通过其他方式购买商品。虽然不像马可·波罗保证过的，那里没有太多黄金，但“白银储量丰富”，每年产量可达上千吨。更令人振奋的消息是，日本人和居住在东方绝大多数岛屿的野蛮人与食人族不同，他们“顺从、文明、聪明、礼貌，而且不会骗人”。威尔斯向读者保证，英国商人将见到一个文明的国家，这个国家因为“美德和诚实”在东半球诸国中出类拔萃。

当然，这个迷人的国家并非完美无缺。日本的海岸线蜿蜒曲折，有传言称周边水域“海盗猖獗”。据说它的天气极其恶劣，令人难以忍受。威尔斯写道：“那里的雪非常大，房屋会被大雪覆盖，人们只能躲在屋中。”他告诉读者，雪很深很实，如果想出门，就得把屋顶的“瓦片打碎”。但是，甚至连这样的坏消息也得到了乐观解读——寒冷的天气意味着英国羊毛制品将大受欢迎。

日本的仪式性自杀——切腹令理查德·威尔斯的读者震惊。切腹的人会用刀“切开自己的身体，从他的胸口切到腹部”

虽然据说日本人礼貌且诚实，但他们同样表现出了一些令人不安的暴力和残忍倾向。他们经常为节约宝贵的粮食勒死自己的孩子；他们有一种古怪的阴郁性情，自杀司空见惯，而且方式十分血腥。想要结束生命的人会穿上最好的丝衣，用刀“切开自己的身体，从他的胸口切到腹部，以这样的方式杀死自己”。

虽然日本本岛的住民据称很有教养，但北方偏远地区，也就是巴恩和海沃德的探险队最可能登陆的地方的人则野蛮得多。据说虾夷地（现在的北海道）住着“野蛮人，他们穿兽皮，身体结实，蓄着大胡子”，据说由于胡须过于浓密，他们饮酒时会用特别的叉子撑起胡须。

两位企业家听说这个东方国家拥有巨大的财富后，决定不再拖延，立即开始说服投资者，同时着手收集信息，为远航做准备。最显而易见的路线是向南沿非洲海岸线航行，绕过好望角，横渡印度洋。但是这条航线充满了危险。葡萄牙商人和探险家已经沿这条航线航行了将近一个世纪，并控制了沿途许多良港和水源地，他们不太可能会欢迎英国的异教徒水手进入他们的港口。第二个选项——绕过北美洲最南端，然后横渡广阔的太平洋，似乎也没什么吸引力。甚至连最有才华的引航员都对礁石密布的麦哲伦海峡望而生畏，而太平洋更是一片未知、不可预测的海域。更糟糕的是，他们登陆的第一个岛屿极可能是菲律宾群岛，当时那里被西班牙国王腓力二世牢牢控制。

罗兰爵士和乔治爵士认为，这两条路线的风险都太大了。他们对寒冷的北部航线要比对热带航线熟悉得多，认为俄罗斯北部航线虽然危险，但优势是航程相对较短。他们咨询了伊丽莎白时代伟大的探险家理查德·哈克卢特之后，想出了一个简单而大胆的计划。他们将在北极众多岛屿中的一个岛（也许是位于喀拉海和巴伦支海之间的瓦伊加奇岛）建立基地，作为补给站。这个基地可以在漫漫寒冬的几个月里挽救生命，而且有朝一日将成为远东和英国之间的一个重要贸易站。这是一个简单而且直接的想法，优势在于可以避免与葡萄牙人或西班牙人发生冲突，也可以避免类似于1553年休·威洛比爵士遭遇的那种规模的灾难再度发生。

罗兰爵士和乔治爵士知道，之前的行动之所以失败，是因为“缺乏天文学知识和航海能力”。他们从一开始就决定在力所能及的范围内雇用最好的船长。寻觅了许久之后，他们物色了两个坚韧可靠的水手——亚瑟·佩特和查尔斯·杰克曼，他们都有在北极地区航行的经验。杰克曼两次参加马丁·弗罗比舍爵士寻找西北航线的航行，佩特在俄罗斯极北地区待过很长时间。两人都愿意参与这次危险但令人兴奋的冒险。伦敦商人尼古拉斯·钱瑟勒也加入他们的行列，他希望成为第一个在远东发财的英国人。

事实证明，寻找船员更加困难。当罗兰爵士和乔治爵士在泰晤士河岸的船坞宣传他们的计划时，响应的人寥寥无几，最后只有十三个成年人和两个男孩报了名。虽然他们对怂恿更多探险者加入不抱希望，但这两个商人还是决定不顾一切地继续推进自己的计划。探险家理查德·哈克卢特为人手不足感到不安，并警告说，哪怕几个人死亡都可能毁掉整个事业。“你们必须小心保护你们的人，”他建议，“由于你们的人数严重不足，无论如何不要让他们冒险。”

罗兰爵士和乔治爵士雇了两艘小船——“乔治”号和“威

廉”号，它们停泊在“莱姆豪斯对岸”。接下来，两人开始制订详细计划，首先是继续为两名船长招募船员。此次航行的主要目标是“寻找一条海上航线……通向强大的中国皇帝统治下的国家，以及汗八里（北京）和行在（杭州）等城市。”他们此次旅程将极度考验船员的忍耐力，因此教导船员“要和其他人友好相处，把他们当作至亲的兄弟……和他们的感情要像此次航行一样持久”。他们应当互相关爱，为对方祈祷，并且“竭尽自己所能，做好你们两人的工作”。

理查德·哈克卢特被要求准备一份详细清单，列出航行中所需物品。著名的数学家、星象学家约翰·迪伊爵士给出了导航和地形方面的建议。他建议船员不要在中国杭州下锚，而应“直接驶向日本，在那里你们会遇到来自各国的耶稣会士……可以从他们那里得到许多指示和忠告”。接受咨询的还有海事专家威廉·伯勒。他此前绘制过白海部分海岸线的地图，这次请求佩特和杰克曼继续他的工作，并告诉他们要标注出“哪里是悬崖，哪里是低地，以及沙滩、山丘和森林的位置”。作为劳动的回报，他们可以“随心所欲”命名任何一处海湾和岬角。

罗兰爵士和乔治爵士仔细思考应当将哪些货物运往远东。他们听取了哈克卢特的意见，后者认为这次冒险活动不仅仅是一次贸易活动，也是英国器物和商品的巡回展览，它们将向世界展示伊丽莎白时代英国的先进和文明。

哈克卢特的清单表明，他对前往一个据说拥有和欧洲一样成熟发达的文明的异教徒之地感到不安。在此之前，欧洲人去的都是“野蛮”和“未开化”之地，探险家在那里看到的是一群穿着发臭的皮毛、手持长枪的原始“野蛮人”。威廉·霍金斯的南美之行使英国人知道了印第安人，他们在脸颊上钻孔并将骨头穿入孔中。威廉·塔沃森在几内亚发现了“生活在原始环境中的黑人”，他们吃生肉，住泥屋。英国人对世界了解得越多，就越发相信，居住在化外之地的都是原始部落，他们赤身裸体，蹦蹦跳跳，炫耀他们的“私处”。这些无非是一厢情愿的想法或盲目的偏见。美洲最北部的住民是相当出色的狩猎采集者，显然不会吃人，和他们有过接触的探险者却将他们贬低为“贪婪、血腥的食人族”，嘲笑他们喜欢一些廉价的小玩意，如“铃铛、眼镜和玩具”。伊丽莎白时代的伦敦人甚至认为居住在不列颠群岛偏远地区的人都是原始的，威尔士人尤其落后，他们迷信、崇拜偶像，生活在“野蛮的无知”之中。

哈克卢特知道，佩特和杰克曼的远东航行将使英国人遇到一个总体上讲更加文明的民族，他强烈建议只带最好的货物。他还坚持认为，两名船长应使用能够准确测量长度和重量的工具，他说只有具备“一定智力水平的”社会才会这样做。他建议他们带

理查德·哈克卢特听说日本人过着精致的生活，特别是贵族（见上图）。因此，当佩特船长和杰克曼船长扬帆远航时，他们只带了上等品

少量印有女王伊丽莎白一世头像的银币，“出示给当地官员……它们虽然不会讲话，但对于聪明人而言，这些银币能够传递的信息远超你们想象”。他还建议他们带上一张英国地图，但是警告说不能是随随便便的一张，而应当“是用美丽的色彩填充过的……而且还必须是最大的那种”。船员们还带上了英国铁匠的杰作——“锁和钥匙、铰链、螺栓、搭扣等，有大有小，做工精湛”。他们还带上了眼镜（或称“玻璃之眼”）、精美的玻璃器皿、沙漏、“象牙梳”、威尼斯镜子、手套、锡瓶和皮扣。船员们当然不会忘记英国的主要出口商品——毛纺织品，他们带了手工编织的袜子、手套、睡帽和毯子。此外，船员们还带上了一种很香的花的种子、火绒箱、风箱和印刷书籍。每件物品都经过精挑细选，以表明英国是一个富有、成熟、高度文明的国家。

1580年春，“乔治”号和“威廉”号静静地从莱姆豪斯起航，在哈里奇短暂停留以补充额外的食物后，向北海驶去。两艘船起航后不久，哈克卢特收到了受人尊敬的佛兰德制图师赫拉尔杜斯·墨卡托的回信（此前哈克卢特给墨卡托写过一封信），为佩特和杰克曼提供了重要建议。遗憾的是，这封回信晚到了几个星期。墨卡托警告说，向北航行的一大危险是罗盘的准确性大为降低。“你们越靠近它（北极），”他写道，“罗盘的指针就越可能偏离北方，有时向东，有时向西。”他说罗盘失准是造成北极探险灾难频发的原因之一，还告诉哈克卢特，“如果亚瑟（·佩特）先生事先毫不知情……或者不够机敏，他就察觉不出错误，更谈不上纠正，我担心他会葬身冰下”。

罗盘失准不是佩特和杰克曼将面对的唯一风险，冰山同样不可忽视，冰山在海面以下的部分可以轻而易举地将伊丽莎白时代船只脆弱的橡木船体撞得粉碎。当数年前马丁·弗罗比舍探索西北航线时，他的船员不得不时刻观察冰山，而且“多次陷入极端的险境”。他们惊恐地看着“约七厘米厚的橡木板被生生切开”。即使在北极气候最温和的盛夏，一阵强烈的北风仍然很可能将冰山吹到之前开阔的水域。

北方的海域很少有晴天。对于引航员来说，这是另一个障碍，因为他们的仪器需要准确观测太阳的位置。“在北边，太阳离地平线很近，”一个人解释道，“水汽和浓雾笼罩着那里。”到了冬天，情况更加恶劣，因为陆地“会一直笼罩在令人恐惧的黑暗之中”。

尽管伦敦弥漫着悲观情绪，但佩特船长和杰克曼船长的旅途还算顺利，很快就到达了繁忙的沃德豪斯港（位于今芬兰和俄罗斯边界），在那里得到了新的补给品。“威廉”号接受了紧急维修，因为在此前的航行中船舵受损，船身“有点漏水”。修复工作进行了一天。

离开沃德豪斯后不久，佩特船长和杰克曼船长发生了第一次争执。因为某些现在已无从知晓的原因，杰克曼希望驶入下一个港口。佩特船长嘲笑他是懦夫，以讽刺的口吻对昔日的朋友说，“如果他觉得无法再待在海上，那么就去做他认为最好的事情吧”。他还补充说，“乔治”号的船员打算独自继续航行。这是一个非常愚蠢的决定，而且显然违背了“你们应该永远待在彼此视野范围之内”的命令。

仅仅过了四天，佩特船长就在航海日志中写下了一句简单且不祥的话：“今天我们遇到了冰山。”当时正值盛夏，他们还在预定航线以南很远处，但已经看到了冰山。他命令船员升起所有帆，迅速驶离冰山。佩特船长得出结论，冬天过后，冰山一直漂浮在白海的背阴处，因此没有融化。

船员们又航行了一周，经过浓雾、雷雨、狂风的洗礼后，总算见到了位于新地岛以南的瓦伊加奇岛的海岸线。这个小岛将巴伦支海和喀拉海隔开，是他们驶向远东的一个里程碑。驶入喀拉海，就意味着离开欧洲，夹杂着大量冰块的海水拍打的是亚洲的海岸。

正因如此，瓦伊加奇岛具有一定的战略意义，哈克卢特认为它一直未得到应有的重视。他曾经建议佩特和杰克曼将这座岛或者附近一座岛设为基地，“这样我们就可以和那些异教国家做生意……而不需要让全体船员冒险进入他们的国家”。他建议他们修建一座要塞和一个小货栈，并鼓励北京的商人定期来访。英国人可以通过这些中间人建立一个贸易网络，将触角伸向远东。

哈克卢特的计划几乎是完美的，只有一个缺陷——瓦伊加奇岛到北京的距离比他预想的更远，事实上，它距离中国的皇城约四千公里，途中须跨越荒无人烟，只有桦木、苔原和冻土的西伯利亚，以及戈壁沙漠和蒙古北部的山脉。中国商人不太可能只为了英国的袜子和手套而长途跋涉。

而且，正如船员所见，这里并不具备作为基地的条件。荒凉的瓦伊加奇岛是一个无人岛，食物匮乏，穿着类似坎肩的无袖皮革短上衣的船员们在寒风中瑟瑟发抖。一些人穿过“浓雾”上岸，立即发现了一个巨大的石十字架，“下面埋着一个男人”。此情此景令现实的佩特船长感触颇深，他突然对没有和“威廉”号共同进退感到十分愧疚，于是在十字架上刻下自己的名字，“如果‘威廉’号机缘巧合来到这里，他们或许可以知道，我们也到过这里”。

佩特船长也许已经意识到他离中国还很远，他命令船员回到船上，继续航行。他们很快便发现，即使对佩特这样的老手来说，喀拉海仍然是一个巨大的挑战。那里有无数的岩石小岛、激流，以及更加令人不安的“大量浮冰”。恶劣的天气使情况更加糟糕。“大风、暴雨、浓雾”，佩特记录道，风要么无情地摧残他们的船，要么让他们寸步难行。不过，他们很快得到了一个好消息。8月23日“晚9时，我们看到了‘威廉’号”。对于两艘船上疲倦、绝望的船员来说，他们的相遇值得庆祝一番。佩特船长和杰克曼船长都十分开心，之前的不愉快全部烟消云散。为了表示欢迎，“乔治”号船员擦亮了铜管乐器，为他们的姐妹舰演奏——“我们吹响了小号，并鸣礼炮两次”。佩特更喜欢用祈祷来表达感激之情——“我们知道这次见面乃是拜上帝所赐，同时也要感谢女王陛下”。

不过，佩特船长很快发现，“威廉”号在喀拉海走得很慢。它的船尾和船舵已经损坏，很难继续前进。修复受损的船舵十分困难，因为海水太冷，以至于船员无法在海上进行维修作业。他们不得不把大炮和货物都转移到船头，这样船尾就像跷跷板一样被抬出水面。随后，木匠开始工作。经过几个小时紧张的作业，他们修好了船舵，“威廉”号又可以继续航行了。

佩特船长和杰克曼船长不期而遇几天之后，他们终于可以仔细思考下一步行动了。他们对接下来的航程忧心忡忡。阵阵寒风从北方吹来，海冰正以令人不安的速度不断增加。“风正合我们的心意，”佩特写道，“海冰和大雾则不然。”另一个问题是情报不足。到达瓦伊加奇岛之前，威廉·伯勒的建议足矣，但此后就没什么帮助了。他告诉他们，“也许你们可以在右面发现那个国家”，暗示北京在大约六百公里外。不过，他也承认，自己并没有十足把握。

虽有充分的理由返航，但驶向未知之地的激动心情驱使着这些勇敢的人继续前进。为了推动这项伟大事业，许多人付出了大量心血，不去尝试，对这些人实在无礼。再者，他们还期待见到东方的文明人。哈克卢特已经详细说明了与东方人的交往之道，他说中国人和日本人不是野蛮人，不能像对待非洲部落民或者南美的“未开化之人”那样粗暴地对待他们，而应以礼相待，邀请他们上船，盛情款待他们。“首先，”他建议道，“舱门下面应该放上最高级的香水，让船内香气四溢。”得到应有的礼遇之后，日本人将品尝到船上的美食——“果酱……梅干……杏仁……梨干”。他们还会得到糖、产自赞特岛的油、桂皮水和醋饼干（在伊丽莎白时代的英国，醋饼干是美味佳肴，用它蘸糖可以“使人心平气和，心情舒畅、神清气爽”）。哈克卢特还建议打开玻璃“香水”瓶，“当客人登船时便洒向他们”。当客人离开时，他们将得到果酱和蜜饯作为礼物。“用这些礼物，”他写道，“你们或许可以满足（他们）。”

哈克卢特认为英国人会被邀请上岸，这样他们就可以四处侦察。“尤其注意他们的海军，”他写道，“看看他们的船帆、索具、船锚等装备，还有大炮、护具和弹药。”英国人还要设法弄到一些

理查德·哈克卢特敦促探险家收集关于日本武器的情报。后来，武士刀的质量（及杀人效率）令英国人震惊，它们出自能工巧匠之手

火药以测试其性能，检验日本人护具的质量并研究“日本城墙和城防工事”的坚固程度。不过，哈克卢特关心的并不只有军事。他还要求船长带回一些“奇花异草”的种子，以及一些“旧书”，这样就可以学习他们的语言。他甚至建议他们带“一个或几个他们的年轻人”回英国，教他们英语，从他们口中打探那个国家的秘密。

两位船长决定无视风险，继续前进。他们小心翼翼避开冰山和浮冰，但最终还是发现航路不通。“这里的冰块太大了，”航海日志记录道，“望不到另一侧。”船员们无所事事地等了差不多一周之后，决定尝试强冲过去，但这并不容易。“我们被冰困住了。”佩特写道。他们刚刚摆脱这些冰块，就狠狠撞上一座冰山，船体猛的一震，船锚扭成一团。他们很快又撞上了其他冰山，每次撞击时他们都会听到从船舱底部传来巨响。“我们经受了多次撞击，”佩特写道，“船竟然挺住了，实在令人高兴。”“威廉”号就没有那么幸运了，它遭受重创，小艇被撞得粉碎。更糟糕的是，两艘船很快又被冰困住，而且遭遇了一场暴风雪，甲板上堆满积雪。船员们危在旦夕，他们的信心开始瓦解，前往远东的希望也随之破灭。事实上，船员们已经闭口不谈驶往中国或日本。现在，他们开始祈祷，希望在船沉没或自己饿死之前可以破冰返回英国。

他们的祈祷应验了，冰稍稍融化，船员抓住机会扬起风帆，从一个缝隙溜了出去。上午 9 时，他们突围成功，驶入开阔水域。“我们很高兴，由衷赞美上帝。”他们抓住挽救自己的生命和船的机会，直奔挪威北角。两位船长在特隆赫姆道别，渴望继续探险的杰克曼驶向冰岛，而佩特一心想着烛光摇曳的酒馆和南华克的妓女。他驾船驶往伦敦，于 12 月 25 日返回泰晤士河，“那天正是圣诞节”。船员们跪下祈祷，感谢上帝“让他们活着回来”。“威廉”号的船员就没有那么幸运了，他们再无音讯。

佩特船长的探险是一次彻头彻尾的失败。他既没能通过俄罗斯北部冰封的海域，也没能激励更多人北上探险。他的船员曾经期望穿着中国的绫罗绸缎，载着日本的白银返回英国。然而，他们带回来的只有冻伤和冻掉的脚趾。雪上加霜的是，就在佩特船长耻辱地返回伦敦的同时，弗朗西斯·德雷克刚好完成环球航行，胜利归来。1580 年 9 月，德雷克指挥他的“金鹿”号驶入普利茅斯港，在那里他被当作英雄，不仅因为他是第一个完成环球航行的英国人，还因为他带回了数量惊人的战利品。他从西班牙人手里抢来了价值一百五十万比索的货物，包括五大箱黄金、二十吨白银，以及大量硬币和珠宝，单是盘点这些战利品就花费了数周时间。

伊丽莎白女王大喜过望，当德雷克到达伦敦时，女王允许他觐见，和他足足谈了六个小时。女王之所以这么高兴，不仅是因为巨额财富，更重要的是，德雷克的航行是一次令人瞩目的航海壮举，打破了南部海域由西班牙人和葡萄牙人垄断的神话。英国人曾屡次尝试突破遍布浮冰的北方海域，他们认为向南航行实属自杀之举。现在，德雷克证明，印度洋和太平洋并非遥不可及，英国水手可以去任何他们想去的地方，再也不需要在天主教敌人面前躲躲藏藏。女王宣称，“海洋和空气为所有人共有”，这样今后她的船员就可以随心所欲地航行了。

她对佩特船长失败的北极航行不闻不问，船长虽然一度成为名人，但现在再次沦落为无名之辈。女王更青睐胜利者，她为纪念德雷克的伟大功绩举办了一场奢华的庆祝活动。她命令“金鹿”号停泊在德特福德码头，以此来永远纪念其历史性的远航，并提议在船上举办一场宴会。1581 年 4 月 4 日，宴会开幕，这是亨利八世逝世后最盛大的一场宴会。“金鹿”号上挂着旗子和三角彩旗，德特福德岸边也装点着五颜六色的旗帜。女王兴致很高，或许是因为她意识到德雷克的胜利为英国商人和探险家赢来了转机。

她登上焕然一新的“金鹿”号，向德雷克展示了她的金剑，开玩笑说要用这把剑砍掉他的头。德雷克当然知道她不会这么做。女王命令德雷克跪下，将剑递给她的贵宾、法国大使马尔肖蒙侯爵，命令他册封这位英勇的探险家为骑士。弗朗西斯·德雷克爵士以厚礼相报，这些礼物都是他从西班牙人手里夺来的，包括五颗巨大的绿宝石、“一篮白银”和一个令人赞叹不已的黄金地球仪，地球仪上的大海由绿色珐琅制成——它们正是现在伊丽莎白女王的探险家们想要征服的地方。

天色渐晚，宴会变得喧闹起来，维奥尔琴和小鼓的乐音在泰晤士河上下游飘扬。夜色更深，旁观者越聚越多，他们都是为了见证这历史性的一幕。河岸和船之间的浮桥上站满了人，木头嘎吱作响。突然，随着一声巨响，一百多人掉进浑浊的水中。聪明人也许会将这起事故视为一次警告——伊丽莎白时代的技术远远跟不上人们的热情。

并非所有人都有机会来分享德雷克的胜利。位于德特福德上游的莱姆豪斯是穷人聚居区，伊丽莎白时代的劳苦大众像鲱鱼一样挤在肮脏的房子里。莱姆豪斯在伦敦的城墙之外，随意搭建的棚户和简陋的住宅承载了过多人口，已经超出极限。古董收藏家约翰·斯托哀叹道，最近有许多新建筑，“造船业者和……航海家为自己建造了很多结实的大房子，只给普通水手建了些小屋”。新建房屋的数量远远不及这座城市的发展速度，人们对此怨声载道。就在德雷克归来的同一年，伊丽莎白女王下令禁止在城门周边约五公里内新建住宅。莱姆豪斯因为“放荡、粗俗、无礼的居民”而臭名昭著，但并不是所有住在那里的人都犯过诸如偷窃之类的轻罪。很多水手、木匠、引航员和造船工人都住在那里，他们为著名探险家建造船只，提供船上所需的人手。泰晤士河是“这个国家各式商品的集散中心”，岸边乱糟糟地建了许多码头和栈桥。船员们聚在这里寻觅工作机会，包括登船前往未知海域。

威廉·亚当斯便是其中之一。德雷克被封为骑士时，他只有十七岁。他出生在肯特郡吉灵厄姆镇，一个渔夫经常光顾的地方。他于 1564 年 9 月 24 日受洗，当时刚刚出生一两天。他出身卑微，家境贫寒，家族几乎没有留下任何存在过的痕迹。年轻的亚当斯本来可能像祖辈一样默默无闻，但好在命运女神垂青，他在地球遥远的彼端开始了波澜壮阔的新生。

许多年后，由于思乡而积郁成疾的亚当斯写了一封信，我们因此得以一窥他的童年生活。伊丽莎白时代的医师或许会将他的病归咎于黑胆汁分泌过多，然后开一大剂蓟花来“使大脑放松”。不过，亚当斯更喜欢用给久未谋面的老朋友写信的方式来缓解自己的病症，他还会在信中写下自己的出身。“我是肯特郡人，”他告诉他们，“出生在一个叫吉灵厄姆的镇子，距离罗切斯特两英里，距离查塔姆一英里。”他继续写道，十二岁以后，他“在伦敦附近的莱姆豪斯长大”。

根据这些信件推断，他没有系统接受过教育，对生活抱着一种随遇而安的态度。他的拼写非常随意，完全按照发音，不过他的用词生动有趣。伊丽莎白时代的人很少受语言规则的束缚，而亚当斯完全不遵循任何规则，他的语法和拼写非常古怪。他会把“drizzling rain”写成“drisslling rayne”，把“very fair weather”写成“veri ffayr wether”，把“spice”写成“spiss”，还会把“elephant teeth”写成“ollefantes teeth”。

亚当斯的画像没有流传下来（当然，日本古屏风上的某个欧洲人可能正是他，但是我们无从知晓）。他的信件显示出他是一个古怪的人，一方面鲁莽、自大，但同时又具有稳重、安静的风韵，这样的性格将帮助他在异国取得成功。后来，他的同胞发现，他在东方的王子和统治者面前的谈吐，与面对地位最低下的仆人时没有任何差别，同样粗鲁，这令他们震惊。同样令他们震惊的是，他竟能摒弃旧习，入乡随俗。

他想必是一个强壮的人，像腌肉一样坚韧，生来就是为了承受苦难。当其他人渐渐虚弱、死亡，被败血病、毒箭和“血痢”击倒的时候，亚当斯安然无恙。为了维生，他可以大口生嚼企鹅肉，可以把骨髓吸食干净，实在没有食物，就开始吃包在桅绳外面的腌牛皮。亚当斯还有更复杂的一面。有时，他很冷漠，落落寡合；有时，他又诚实得让人放下戒心。他的同胞会误把他的莽撞当作傲慢自大，并因而指责他目中无人。他们没有意识到，他恰恰因此才能够逢凶化吉，转危为安。

亚当斯在著名的尼古拉斯·迪金斯门下学习航海术和造船知识。有这样一位导师实属幸运，迪金斯是技艺高超的造船师，曾为伦敦许多有钱的探险家建造过船只。他教亚当斯如何建造小型快速帆船，这种船很受英国船长欢迎；他还教亚当斯如何装船肋，如何铺船板。有朝一日，这些知识将挽救亚当斯的性命。

然而，与造船相比，年轻的亚当斯对驾船航行的兴趣更大，他在河上和海上度过了很长时间。1588年，他刚刚结束学徒生涯便受命指挥补给船“理查德·杜菲尔德”号，为正在和西班牙无敌舰队作战的英国舰队运送食物和弹药。当霍华德勋爵和弗朗西斯·德雷克爵士与敌人厮杀时，亚当斯要为那些生病和垂死的士兵送去给养。

西班牙国王腓力二世的无敌舰队被击败几个月后，亚当斯和玛丽·海恩在斯特普尼的圣邓斯坦教堂举行了婚礼，它就在伦敦塔东面。玛丽将发现，在这段婚姻的大部分时间里，她只能独守空房，因为丈夫有了新欢——大海。亚当斯被巴巴里公司聘用，在接下来的十年间，他往返于英国和北非荒凉的海岸之间。这是一份危险的工作，因为巴巴里诸国的港口控制在肆无忌惮的奥斯曼官员或贪婪的军阀手中，他们蔑视英国商人。“耶稣”号不幸被土耳其禁卫军俘虏后，船员遭到惨无人道的对待。“他们搜了我们的身，剥下我们的衣服，”船长写道，“撬开我们的箱子，弄坏了我们所有东西。”数人被吊死，剩下的人被“粗暴地剃了胡子”，然后被用铁链拴在一起，在船上当奴隶。

在亚当斯的时代，航海技术发生了质的飞跃。长久以来，英国探险家对“不确定的科学和无用的几何学”不屑一顾，更愿意依赖传统海洋知识。他们知道“暴风雨”来临前会有“‘咔哒咔哒’的巨大噪音”，周边若出现异常状况，如“海豚跃出水面，（海鸥）远离大海，飞向陆地”，便预示着灾难即将降临。许多陈旧的航海手册和航海日志仍被奉为圭臬，它们多是以船员朴素的智慧为基础编写而成的。如果只是近海航行，这些知识已经足够了，因为近海航行成功与否取决于对海岸、珊瑚礁和潮汐的细致了解。但是，驶入未知海域的远洋航行需要一套全新的技能。德雷克本人已经敏锐地意识到这点，并且催促正在受训的引航员学习航海科学。曾经帮助罗兰爵士和乔治爵士规划东方航线的约翰·迪伊爵士同样如此。在他看来，优秀的引航员必须“精通水文学、天文学、星象学和计时学”，而“所有这些的基础……是代数和几何”。

威廉·亚当斯是最早接触新航海科学的学徒之一。1577年，威廉·伯恩的《远洋指南》出版，这本书与众不同的地方在于，它介绍了如何处理远洋航行中遇到的危险。伯恩教英国引航员如何用直角器和水手的指环测定纬度。他还发明了一个复杂的半圆罗盘，据他说，该仪器可以测出大致准确的纬度值。其他航海手册，包括荷兰人卢卡斯·瓦格纳的杰作《水手之镜》和马丁·科尔特斯的西班牙语名著《航海的艺术》的英译本，也纷纷出版。科尔特斯教船员如何在没有海图的海域为自己定位，他还得出了一个重要结论，一个懂天文学和数学的引航员可以驾船在地平线以外航行，甚至在夜幕下航行，而且“依据这种确定的技术……可以知道自己的航路”。

在一次前往巴巴里港口的航行中，亚当斯听到传言，有人在鹿特丹秘密计划组织一支大舰队前往传说中位于东印度群岛的香料群岛。五艘船已经集结起来，不情愿的船员被从城中的酒馆和地牢中拉上船。现在，探险队的赞助人需要一名技艺精湛的引航员，引导他们的舰队安全穿越大西洋和太平洋。风险虽高，但潜在回报同样巨大。如果计划能够顺利进行，引航员可以支配一艘满载香料和黄金的船。

亚当斯没有丝毫犹豫。他现在三十四岁，已经厌倦了和巴巴里人交易英国羊毛。他知道国籍不会妨碍他为荷兰人工作，因为英国人经常随荷兰船队出航。他似乎也不觉得长期远离妻子和年幼的女儿有何不妥。就像许多伊丽莎白时代的探险者一样，他迫切想抓住时代的机遇，于是签下契约，抱着可能收获大量掠夺品和战利品的期望，参加了这次航行。

1598 年春，亚当斯收拾好行囊，登上一艘前往鹿特丹的船。蜿蜒曲折的泰晤士河不适合长时间道别，莱姆豪斯很快就消失在视野之外。船坞渐远，圣邓斯坦教堂的高塔也消失在天际。很快，亚当斯看到的便是一片截然不同的景色——一望无际的大海。第二天夜幕降临时，亚当斯的小船已经离荷兰低洼的海岸线不远了。

第三章

大航海

威廉·亚当斯并没有独自前往鹿特丹。他的兄弟托马斯和其他十一个人也加入了探险队。其中，蒂莫西·肖顿曾经在 1586 年随托马斯·卡文迪许完成了环球航行，他激励了这一小群奔赴荷兰的人，因为他带回了许多关于遥远东方的消息。

这支探险队的荷兰组织者欢迎亚当斯等人的到来，答应雇用他们。不过，到了解释此行目的时，他们吞吞吐吐，欲言又止。鹿特丹坊间流传着一种说法，船队的投资人对远东贸易的兴趣不大，前往香料群岛只是幌子，这些精明的商人实际上指示船长们复制德雷克和“金鹿”号的壮举，劫掠西班牙在南美洲的据点，抢夺他们储藏的黄金。

船队在北海和鹿特丹之间的深水港湾整装待发，气势十足。船队由五艘船组成，包括“胡博”号、“吉罗夫”号、“利弗德”号、“特罗夫”号、“布里杰布德肖普”号。记下这段探险经历的英国人后来把它们（不太准确地）翻译为“希望”号、“信仰”号、“博爱”号、“忠诚”号和“欢乐使者”号。这些名字并不恰当，那里没有希望和信仰可言，博爱是不存在的，忠诚也很容易被人忘记。当“欢乐使者”号的幸存者最终返回家乡时，他们带

荷兰贸易舰队中的五艘船皆全副武装，很多人怀疑它们的真实目的是劫掠

回来的故事唤起的是听众的眼泪和叹息，而不是欢乐的笑声。

舰队司令雅克·马胡是一个聪明、年轻的单身汉，以举止优雅闻名。他热情欢迎亚当斯，邀请他担任旗舰“希望”号的引航员。亚当斯的兄弟被安排在“忠诚”号上，其他英国人被分配到各艘船上。

1598年6月末，亚当斯带着珍贵的世界地图、青铜地球仪、星盘和指南针登上了船。这些仪器，再加上他的天文学知识，就是他带领“希望”号绕地球半圈所需的一切。

对于亚当斯来说幸运的是，蒂莫西·肖顿能够为他说明前往东方的两条航线，它们都危险重重。向西的路线需要先绕过美洲最南端，然后还要花很长时间独自横渡太平洋；向东绕过非洲南部海角的航线同样没什么吸引力，它早就因为变幻莫测的天气而恶名昭著。七年前，当英国探险家詹姆斯·兰开斯特尝试沿这条航线航行时，他的船被飓风摧残，被雷劈中，很多船员遭遇了不幸。“有的人被击中后失明，其他人的手臂和腿上出现淤青，还有一些人胸部受伤，两天后开始渗血。”

本次探险活动的金主更倾向第一条路线，这进一步印证了人们的猜测——他们真正的目标是西班牙人的金银。但是，肖顿早在1586年便已发现，前往藏有这些财宝的地方并不容易。肖顿和他的同伴进入南部海域后经历了各种考验，最困难的航道莫过于连接大西洋和太平洋之间的麦哲伦海峡。他们被“逆风和极端天气蹂躏，暴风雨……摧毁了我们最好的索具和船锚”，这片贫瘠的土地也很难进行补给。船员尝试上岸寻找一些可以食用的植物，却发现自己面对的是“一大群野蛮人”。他们很快便发现，这些野蛮人正用打量食物的眼光看着他们。“他们是食人族，”航海日志记录道，“完全依靠生肉和其他肮脏的食物过活。”

巴塔哥尼亚狩猎采集部落原始的生活方式令肖顿和他的同伴震惊。他们用石斧作战，吃腐烂的鱼肉，简直“像野兽一样野蛮”。有的人身材高大，肩膀一高一低，还有的人手脚大得出奇。“我们量过一个人的脚，足足有四十五厘米长。”

亚当斯和其他船员将有机会见到这些奇景。除此之外，从鹿特丹前往巴塔哥尼亚的途中同样有很多危险。1598年6月24日清晨，荷兰舰队起航，向西驶出英吉利海峡。“我们五艘船一同出发，”亚当斯简单写道，“7月5日，离开了英国海岸。”这支舰队正好赶上顺风，很快驶入大西洋，向南驶往比斯开湾。

舰队副司令西蒙·德·科德斯为了招人上船，曾承诺“食物将应有尽有”。事实证明，他没有食言。他的船长们在食品供应上非常慷慨，以至于船员们看到配给食物的分量时，几乎不敢相信自己的好运。他们分到了“大量饼干……根本吃不完，于是把它们装在自己的箱子和木桶里”。当船靠近北非海岸时，科德斯意识到，他在前几个星期的航行中过于慷慨。为了纠正这个错误，他制定了“口粮政策”，规定没有新鲜食物时，船员的配给会减少。但即便如此，舱中的食物还是严重不足。8月中旬，出海后不到两个月，食物储备已消耗殆尽。此后，船员每天只能得到半磅面包和三杯红酒；当风平浪静，可以生火做饭时，他们还能额外得到少量烤鱼。对于饥肠辘辘的船员来说，这些显然是不够的。

亚当斯知道（他已经被调到“博爱”号上），如果不在非洲某地停下来补充淡水、水果和盐，这艘船不可能到达麦哲伦海峡。不过，他也知道，这是非常危险的，因为葡萄牙人的海岸要塞是一个严重威胁，使他们无法顺利获取食物。但是，当饥饿、脱水的船员饱受赤道的高温摧残时，淡水和新鲜的水果的重要性越发突出。“污浊的空气导致许多船员患病”，亚当斯写道，他刚从肖顿那里了解到热带水域的危险。败血病和痢疾（令人谈之色变的“血痢”）开始缠上因为食物不足而变得虚弱的船员，威胁他们的生命。

继续向南航行的船通常会在佛得角群岛停泊，它是进入南大西洋前最后一个可以补给的地方。这些“欣欣向荣的绿色”岛屿上虽然长满了野柠檬树和橘树，但同时也弥漫着瘴气。奴隶贩子理查德·霍金斯爵士说，它们位于“世界上最不健康的气候区之一”。他还补充道：“我去过那里两次…… 各种热病和痢疾让我们损失了一半的人，有的人打颤，有的人高烧不退，有的人同时有两种症状。”

佛得角群岛同样在葡萄牙人的控制之下，他们不可能欢迎这些看起来与海盗无异的新教徒。当雅克·马胡给岸上送去一封信，表示他没有任何敌意时，葡萄牙人粗暴地告诉他，“他们不相信他的话”。他们拒绝给他提供水和食物，除非接到总督命令，不过总督当时并不在岛上。

“博爱”号船长范伯尼根愤怒至极，轻率地建议占领普拉亚岛。其他船长同意了这个大胆的提议，派一百五十名士兵登陆，爬上悬崖，占领要塞。“他们向城堡前进……打着两面军旗。”这是一项危险的行动，因为要塞坐落于高耸的岩壁之上，入口“如此陡峭，六个意志坚定的人或许足以挡住一千人”。不过，进攻者仅仅开了九或十枪，葡萄牙驻军就逃跑了，范伯尼根的部下胜利进入要塞。得胜的荷兰人将“长椅、箱子和木板”当作路障，加强这里的防守。他们自信地认为，目之所及处皆在他们的控制之下，于是开始思考下一步行动。

他们渐渐意识到，占领这座要塞绝非上策。他们现在躲在荒凉的山顶，仍然无法获得急需的食物补给。事实上，他们只是加深了葡萄牙人的敌意。范伯尼根开始意识到，他们的胜利毫无意义，他不得不放弃这座山顶的要塞。他的部下羞愧地拆除路障，收好大炮。根据一份探险日志的记载，“他们赞成放弃要塞，用正当手段取得他们想要的东西”。

葡萄牙总督得知荷兰人的暴行后非常愤怒。他说：“他们如果表现得像朋友一样，或许可以轻而易举地得到想要的东西。”现在，怒火中烧的总督责令他们立刻离开佛得角群岛，还命令部下将所有火炮搬到岸边，准备发起进攻。荷兰人无可奈何，只能携

“博爱”号船员仅仅开了九或十枪便占领了普拉亚峭壁上的要塞。但是他们缺乏食物和水，很快意识到这是一场空洞的胜利

带为数不多的食物和水继续航行。

事态的发展令亚当斯恼羞成怒，他很清楚谁应该为这次失败负责。“我们耽搁了二十四天，”他后来写道，“我们之所以在这些岛上耽搁了这么久，是因为舰队的一名船长让我们的司令相信，我们可以在这些岛上找到大量食物，比如山羊或其他东西。”对于饥饿、健康状况不佳的船员来说，未能获得食物是一个噩耗，沉重打击了士气。9月22日，“希望”号升起一面旗，命令所有船长集合。他们得到了一个令人不安的消息。司令雅克·马胡死于高烧，舰队群龙无首。船长和船员都很悲伤，因为马胡颇有人望，“他性情温和，诚实、谨慎、勤奋、体贴部下”。他的葬礼庄严肃穆。“遗体被放入棺材，棺中装了石头，棺上蒙黑布以示哀悼，

船长们抬着棺材从船尾走到船头，在军鼓、小号、风笛悲伤的乐曲声中，将其葬入大海。”马胡在密封的信里写下了继任者的姓名——副司令西蒙·德·科德斯。

舰队陷入困境，亚当斯忧心忡忡。返航当然不可能，因为他们现在逆风逆水。但是，在船舱和肚子都空空如也的情况下前往未知之地，同样是自寻死路。当务之急是找到食物，而且由于败血病“在每艘船上肆虐”，他们不得不扬起船帆，“前往阿诺本岛，使船员能够恢复体力，同时获得水和其他必需品”。

这是一个危险的选择，但鉴于当前状况，这是最好的选择。崎岖而肥沃的阿诺本岛位于赤道几内亚外海，长满了热带树木，冒着浓烟的火山使人们一眼便可以知道它的位置。前往阿诺本岛最安全的（也是最长的）路线是沿非洲海岸线航行，到达洛佩兹角，那里距离这座火山岛只有几天的航程。沿着海岸线航行，船员便可以补给淡水，但劣势是他们不得不面对住在岸边的野蛮部落。当肖顿和卡文迪许沿这条路线航行时，他们的船多次遭到当地部落袭击。肖顿的一名船员被箭“射中大腿，他拔箭时折断了箭柄，箭头留在肉里”。这是一个致命错误，因为“箭头涂了毒。当晚，他浑身肿胀，肚子和私处像墨水一样黑，第二天就死掉了”。

最终，舰队还是没能上岸。每次荷兰人的舰队想靠近海岸时，他们都会遇到激流和危险的海浪，舰队被迫一直航行到洛佩兹角才抛锚，然后“将我们的病人送上岸”。此时，他们在赤道非洲的核心地带，海岸遍布着绿色植物，如高大的月桂树和香桃树、开花的金合欢和可怕的热带蕨类植物，这些蕨类植物触手般的鲜绿叶子垂入浑浊的水里。腐败的植物散发的臭气飘进了船，船员们大声咒骂“该死的闷热天气和携带着传染病病菌的脏空气”。更糟糕的是，雨季已到，丛林酷热难耐。几乎没有船员经历过这些。

不过，既然已经到了洛佩兹角，人们有理由稍微乐观一些，因为据说这里的部落相对友善。当英国探险家威廉·托尔森访问这片海岸时，当地部落令他喜出望外，尤其是那些丰满的女人，她们让在海上漂泊数月的托尔森大饱眼福。“（她们的）乳房特别长。”他写道。由于实在太长了，“有的人会把它们叠放在地上，然后侧身躺下”。他的同伴很开心地发现，这些女人“放荡且不洁”，喜欢引诱水手到她们的茅草屋。对于英国人来说，这些传言已如音乐般悦耳，而荷兰人则更加兴奋，因为他们发现这些部落的女人“将和荷兰人共处一室视为莫大荣幸，会四处炫耀”。

这些部落的男人似乎比他们的女人更天赋异禀，而且非常乐意公开展示他们的私处。“（他们的）那玩意儿真大，”荷兰探险者彼得·德·马雷什写道，“他们大肆吹嘘了一番。”小酌之后，他们会变得“非常好色”，但是纵欲也让他们付出了高昂代价。很多男人感染了蠕虫，这些虫子寄居在“他们的阴茎和睾丸里”。虽然这些部落民既“粗鲁”又“野蛮”，但他们对放屁非常敏感。“有人在身边的时候，他们会小心翼翼地不让自己的屁放（出来），”马雷什写道，“我们荷兰人经常（放屁），他们感到很奇怪，因为他们不能容忍其他人在自己面前放屁，认为这是极大的耻辱和蔑视。”

舰队司令科德斯知道自己的当务之急是取得食物和水。于是，他派“信仰”号的西博尔德·德·韦尔特上岸和当地酋长联系。

洛佩兹角的非洲酋长坐在“仅有三十厘米高”的宝座上，戴着一顶圆锥形的小丑帽。荷兰人为他演奏小号，给他留下深刻印象

船长对他的发现不以为然。酋长身材矮小，他的“宝座”像鞋匠的凳子，“仅有三十厘米高”。他用毛茸茸的羊皮裹脚，穿着“镶金边的紫色衣服，看起来就像一个桨手”。他“没有穿衬衫、鞋或袜子，头上戴着一块杂色的布，脖子上戴了很多玻璃珠”。他的帽子尤其古怪——一顶圆锥形的小丑帽，还在脸上涂了白粉。他的侧近也毫不逊色，将自己涂成亮红色，而且都戴着一模一样的怪帽子，“装饰着公鸡的羽毛”。

进到酋长住的泥屋后，韦尔特更加不以为然。“这座宫殿，”他轻蔑地写道，“还不如马厩。”韦尔特船长决定用一小段华丽的表演打动酋长。他命令号手吹号，在演出结束后解释道，他来“为我们的船员寻找食物”。酋长点了点头，对妻子们嘀咕了几句。

韦尔特船长希望能得到新鲜的肉和水果，但他的期望很快落空了。当地人端上了几个陶罐，一个陶罐装着熏河马肉做的炖菜，其他罐子装着“一些烤过的香蕉”。

更令人失望的事情在等着他们。酋长期望这些荷兰人能回报他的善意，要求得到船上的食物。韦尔特船长极不情愿地命人从船上带下来少许食物，以“堵住（这个酋长的）嘴”。船员带来一瓶西班牙葡萄酒，酋长一饮而尽，“由于西班牙葡萄酒的缘故，这个几内亚人忘记了节制，很快就醉倒了”。当酋长沉睡时，船员们只能任凭自己的肚子咕咕作响。

舰队的船长们意识到，他们无法从洛佩兹角得到足够的食物，而且越来越担心热带气候对健康不利——“很多人病倒了，因为那里的空气不干净”。十六个人病死，被葬在非洲丛林中，韦尔特本人也“持续发高烧”。船长们决定继续前往阿诺本岛，但他们刚登上这座岛屿，就发现岛上聚集了很多葡萄牙火枪手。更糟糕的是，那里的空气“甚至不如几内亚，越来越多的船员病倒了”。他们发动了一次夜袭，缴获了少许食物——饼干、一些奶酪和几瓶酒，但这些远远不足以喂饱几百名饥饿的船员。很多人受痢疾折磨，高烧带来死亡。死者中包括托马斯·斯普灵，“一个前途光明的英国年轻人”。

1599 年 1 月 2 日，舰队再次起锚，向南美洲驶去，船员祈祷他们的船能平安抵达目的地。热带的海水已经对船木造成了严重损害，舰队离开阿诺本岛时又遭遇暴风雨，情况进一步恶化。“信仰”号的主桅断成三截，露在外面的木头像海绵一样柔软，布满了虫洞。“博爱”号拖着这艘船前行；与此同时，船上的木匠加紧赶制新桅杆。他们其实不需要费这么大气力，因为风很快便停了下来，舰队一动不动，无法前进。他们现在已经进入南大西洋的无风区，如果“没有浪，也没有风”，一艘船甚至可能在这里“待上半年……（因为）那里没有一丝的空气扰动”。司令科德斯预计舰队在到达南美洲之前将不得不在这里待上几周，因此只能进一步削减本来就不多的口粮。“我们的司令命令，”亚当斯写道，“一个人每四天只能吃一磅面包，也就是说，每天四分之一磅，酒和水的配给也像这样。”“博爱”号上的一名船员饥饿难耐，偷偷爬进船上的厨房，偷走了一些面包。他立即遭到无情的惩罚。他被绞死，尸体抛入大海，作为对其他人的警告。

亚当斯知道，配给减少会使患病和死亡的概率急剧上升。“食物匮乏使人变得虚弱，”他写道，“饥肠辘辘的船员甚至开始吃包绳索的牛皮。”腌牛皮当然不适合病人食用，败血病在船上肆虐。

这种可怕的疾病是每次远洋航行痛苦的根源，所有人都非常熟悉它的症状。“病人极度口渴，”理查德·霍金斯爵士写道，“身体各部位都会肿起，特别是腿和牙龈，牙齿会从口腔中脱落。”患病的船员肤色蜡黄、长斑，口臭。随着病情加重，他们呼吸不畅，疲惫不堪，情绪低落。疾病进入第二阶段后，病人身体发青、肿胀，疼痛难忍，嗜睡，并伴有肾脏问题和严重的腹泻（这在船上是非常不方便的事，因为厕所在船尾，每次去厕所都要在摇摇晃晃的船上尽力保持平衡）。

人们对败血病的发病原因有不同解释。“有的人将其归咎于懒惰，”霍金斯写道，“有的人认为是自负。”其他人则认为是船上肮脏的环境导致的，还说“对于这种疾病最好的预防手段就是保持船内清洁，经常洒醋或者用焦油熏”。在这次探险中，没有人知道，英国探险家詹姆斯·兰开斯特七年前已经发现了治疗败血病的方法——他“带着几瓶柠檬汁出海，每人每天早上喝三勺，直到柠檬汁变质”。这种方法的效果显著，“治愈了很多船员，其他人都安然无恙”。不幸的是，兰开斯特的药方很快被忘记了，败血病又在船员中间横行了一百六十一年之久。

起风了，船开始加速。当船员们离开热带地区，驶入南大西洋时，已是冬季，气温骤降，很多人死亡。“忠诚”号的一名英国水手吃面包时四肢僵住。船医巴伦特·波特赫伊特对发生在自己眼前的一幕表示愕然。“他坐在长椅上……突然向后仰，倒在地上，看起来病得很重，口吐白沫。他没有说一句话，几小时后就死了。”两天后，类似的症状出现在第二名船员琼曼·冯·乌得勒支身上，“他大声尖叫，口吐白沫，四处抓挠，踹人，不断挣扎”。他被抬到甲板下，不吃不喝，随后开始自言自语，神志不清，大小便失禁。他的结局十分悲惨，“他疯了，不能清理自己，无法正常排泄，而且因为天气非常冷，他身体周围的水分凝结，他的肉被冻住，他们不得不砍掉他的双腿”。这次痛苦的手术仅仅让他多活了几天。

3月末，船员们看到了一幅让他们终生难忘的景象。亚当斯写道：“逆风航行了两三天后，我们在南纬五十度见到了陆地。”他们到达了今天的阿根廷海岸。船员们想立即下锚，但由于强劲的北风吹着船帆，船长们决定趁现在还安全，继续驶向麦哲伦海峡。这是一个明智的决定，因为他们进入麦哲伦海峡的时间已经不算早了。“等到了冬天，”亚当斯写道，“那里会下起大雪。”

对于伊丽莎白时代的引航员来说，麦哲伦海峡是一个巨大的挑战。那里遍布着暗礁浅滩，有些地方的水道十分狭窄，必须小心掌舵。海峡两侧无与伦比的景色令德雷克的船员叹为观止。“群山直耸入云，”一个人写道，“这么高的山举世罕见，四周云雾缭绕，仿佛环绕着大量凝结的云和冻住的流星。”不过，大自然的力量给德雷克的舰队造成了巨大破坏，他的几艘船被“狂风、大浪和令人望而生畏的陡峭岩壁”连番摧残。

作为引航员，亚当斯的工作是带领“博爱”号安全通过这片危险水域。他心情急迫，因为冬天渐近，附近水域迟早会结冰。但是，对于饥肠辘辘的船员来说，数千只企鹅的诱惑难以阻挡。

亚当斯船上的食物消耗殆尽，瞭望员在麦哲伦海峡的一座岛屿上发现了企鹅。船员们登陆仅仅几分钟便打死了一千四百多只鸟

他们停船上岸，仅仅过了几分钟，便打死了一千四百多只不幸的鸟。

亚当斯对天气的担忧是正确的，因为在接下来的几天里，“冰雪交加”。一艘船的绳索被风吹断，失去了锚。不久之后，浓雾使舰队无法前进。雾散去后，风向改变，现在它夹杂着冰雹和雪花从南面吹来。韦尔特把自己关在船舱里，在航海日志中写道，他和他的船员被困在“暴风雨不断的冬季……狂风似乎永远不会停，他们的辛苦毫无意义，计划中的航行没有任何进展”。很快，寒冷的天气使他无法继续写日志，他只能简单列出一份清单，上面写着让他不满的一切：“雨、风、雪、冰雹、饥饿、失去的船锚、破损的船只、疾病、死亡、野蛮人、短缺的食物和过度的欲望，共同造成了现在的凄惨状况。”

亚当斯仍然坚信舰队可以突破这片冰封的海域。他写道：“这个冬天，我们几次遇到了足以帮助我们穿过海峡的风。”但是，由于已经失去了几个船锚，再加上航海图也不准确，在这样的情况下继续向太平洋航行过于危险。

食物和柴薪短缺。降霜后，生活变得愈发痛苦，“因为船员的食欲大增，粮食储备消耗得更快了”。科德斯下令分发六吨干豆子，但仍不足以缓解饥饿。有的船员试图利用绝境赚钱，他们卖掉自己的配给，以生贝为食。“欢乐使者”号的两名船员因为偷油被判处死刑。船长命人在岸边搭起绞刑架，吊死了其中一人。另一个人表示悔过，因而被宽宥。但几天后，他又被发现偷油。这次他被鞭笞，被打得皮开肉绽。到了饭点，船长必须盯着船员，挥舞棒子痛打那些不守规矩的人。

船员第一次见到当地“野蛮人”是在5月初，当时一群部落民划船驶向舰队。船员们惊讶地发现，“(他们)差不多有三米多高(原文如此)……红皮肤，长头发”。这些“野蛮人”向船员投掷石头，骂了一些脏话，然后划船回去了。大约三个星期后，一小群水手在岸上偶然发现了“一群野蛮人”。这些“野蛮人”成功抓住了五个荷兰人，把“前三个撕成碎片”，把他们肢解了。其他两人被科德斯救出，他带着一个排的卫兵登陆。南美部落民让他们胆战心惊——“这些野蛮人全身赤裸，只有一个人在肩上披着一张海狗(海狮)皮”。他们手持木长枪，枪上锋利的箭头可以“深深刺入肉里，几乎不可能拔得出来”。在一次战斗中，这些长枪穿透了“四层衣服，最终深深插进胸口”。有的插得太深，拔不出来，“因此不得不把它们整个从伤口另一侧推出”。

南美部落民身材高大，“红皮肤，长头发”，作战勇敢

海峡被冰封住，岸上的野蛮人充满敌意，船员们别无选择，只能待在船上。科德斯试图办一次小庆典以提振士气。他组建了一个骑士团“来永远纪念这次危险而伟大的航行”，将其命名为“怒狮骑士团”，并封船长们为骑士。他们宣誓效忠，然后全员带着武器，划船上岸，吹响号角。部落民落荒而逃，船员们欢呼雀跃，发誓将竭尽全力去征服“西班牙人的领土”。随后，科德斯立碑纪念这次行动，将麾下骑士的名字刻在碑上，命人将死者埋在碑下。

那是一座壮观的纪念碑，这次行动确实在短期内极大提振了士气，但效果并不长久。纪念碑被毁，“是野蛮人干的，他们还将墓碑下的尸体挖出，将他们肢解，并带走了其中的一具”。科德斯的理发师的尸体遭到破坏，头被棍子砸碎，心脏被摆在几块岩石上，生殖器被砍掉。船员们收殓了他的尸体，连同能找到的残骸，再次匆匆下葬。

进入 8 月最后一个星期后，冬季渐渐过去，雪减弱为雨夹雪，然后又变成雨。9 月初，舰队终于拔锚起航，继续穿过海峡，驶向太平洋。虽然没有明确记载，但在被迫滞留海峡的这段时期内，他们肯定损失了上百名船员。许多人死于“冰雪”，亚当斯回忆道，“另有许多人死于饥饿”。韦尔特补充道，他自己的船——“信仰”号因为“疾病或其他原因”失去了许多人，“船上原本有一百一十名船员，现在只剩下三十八人”。

起航仅仅几天，瞭望员便望见了太平洋。这是他们期盼许久的时刻，值得庆祝。但是，他们根本没有余暇顾及这些。“我们到了南海，”亚当斯写道，“六七天后，遭遇了更强的暴风雨。”舰队被吹得“七零八散”，各艘船被吹到不同的地方。一艘被吹入太平洋，其他几艘被推回海峡。共同航行了一年多后，他们发现自己不得不孤身奋战。

好在科德斯早就有了应对方案，安排舰队在秘鲁海岸集结。不过，在遭受了数不尽的苦难和折磨之后，这次被迫的分离使很多水手情绪崩溃，整支舰队士气低落。“欢乐使者”号遭巨浪袭击，船首斜桅和前桅断裂，在海上孤独无助地漂了几个星期，最终被西班牙人俘虏。船员因驶入西班牙宣称拥有主权的海域而被囚禁、审问、处罚。只有少数船员最终侥幸生还。

“信仰”号船员无法继续忍受这样的磨难，投票决定放弃航行。他们重新驶入海峡，最终于1600年7月返回鹿特丹，最初的一百多名船员中，只有三十六人活了下来。

相比之下，“忠诚”号船员更加坚韧。他们一路向西航行至东印度群岛。事实证明，该决定并不明智，他们在香料群岛被葡萄牙人抓住。“忠诚”号原有八十六名船员，此时只剩下二十四人，他们要么被戴上镣铐关了起来，要么被处决。最后，六人成功脱身，返回荷兰。探险队中唯一的苏格兰人威廉·莱昂直到1606年仍被关押。

“博爱”号被吹离航线。“我们多次遭遇暴风雨，”亚当斯写道，“被向南吹到五十四度。”船员们花了三个星期才回到正确航线，结果再次被推向南边。“八到十天后的某个晚上，我们的前帆被狂风吹走了。”暴风雨终于停了下来，“天气和风向都合适，我们沿着预定航线前往秘鲁海岸”。

舰队的船长们同意在集合地点等候三十天。亚当斯希望利用这段时间获取新鲜食物，作为交换，他把小饰品送给当地的部落民。“博爱”号在莫查岛和圣玛丽亚岛短暂停留后，于1599年11月在一个“拥有美丽沙滩的海湾”下锚，船员们为了“和这里的人交换食物”划船上岸。

二十年前，德雷克的部下也做过相同的事，但他们的结局悲惨。野蛮人抓住他们，用“刀子在他们身上割，把他们的肉一块块切下来”，然后把肉块扔向天空，同时疯狂地跳起舞来。随后，“（他们）像狗一样，用最可怕、最残忍的方式吃光了这些肉”。

“博爱”号遇到的原住民并不比“金鹿”号遇到的更热情。“他们不让我们上岸，”亚当斯写道，“朝我们射了许多箭。”强烈的敌意令船员们不知所措，但他们很快意识到，如果不为食物而战，就只能忍饥挨饿。“船上已经没有食物了，我们只能寄希望于从岸边找到些吃的，于是派二十七到三十名船员强行登陆，试图把野蛮人从岸边赶走。”很多人在登陆时受了伤，但他们反而更加坚决地要找到食物。“于是我们向他们打手势，（告诉他们）我们想要食物，还向他们展示了铁、银和布匹，我们将用这些东西和他们交换。”

当地人见到“博爱”号上的珠子和小饰品后，扔下弓箭，同意交易。“他们给我们的人带来了酒和土豆，让我们吃喝，还带了其他水果。”这些并不足以填饱船员们空空如也的肚子，但部落民“向我们船员打手势，让我们的船员先回到船上，第二天再来，他们会带来很多食物。”

这是几个月来“博爱”号上第一次洋溢着乐观情绪。船员们相信印第安人将带来大量食物，足以装满他们的船舱；此外，他们到目前为止还没有遇到西班牙人，这让他们如释重负。船长范伯尼根决定第二天一早和军官们一起上岸，尽量多带一些食物。“船长坐在一条小船上，”亚当斯写道，“带着我们能派出的全部人手。”范伯尼根希望部落民把东西带到岸边，这样他的人就可以轻松将它们搬到船上，但部落民似乎无法理解他的手势，比画着告诉他，他应该上岸。船长很谨慎，他经验丰富，本能地有所警惕。上岸的话，他和他的船员将暴露在真正的危险当中，而他不想踏入陷阱。但这些印第安人拒绝靠近岸边，他没有选择的余地，“于是不顾之前在我们的船上做出的决议，决定上岸”。

范伯尼根力求万全。他挑选了包括亚当斯的兄弟托马斯在内的二十三名精锐船员，命令他们尽可能展示自己的实力。但他们不知道的是，“一千多名印第安人正埋伏在距离小船大约有火枪射程那么远的地方”。他们正拉弓等待事先定好的信号，一看见信号，他们“立即用这些武器攻击我们的人，据我所知，他们杀光了我们的人”。

突如其来的猛烈攻势一瞬间便结束了。船长范伯尼根和登陆的精锐船员全军覆没，只有留在小船上的人侥幸逃过一劫。他们几乎无法相信刚刚发生在眼前的一幕，慌忙逃命，以最快的速度返回“博爱”号报告噩耗。“他们（印第安人）在岸边等了很久，看我们的人是否还会回去，”亚当斯写道，“但是我们的人都被杀了，小船带回了……悲伤的消息，我们的人都死了。”

亚当斯很绝望。他在这次伏击中失去了最亲密的朋友——“我的兄弟托马斯也在其中”。十七个多月以来，他们作为亲密伙伴一起住在狭窄的船舱里。此次事件对他们的信心（和继续航行

荷兰人的舰队在麦哲伦海峡和南美洲太平洋沿岸遇袭。“博爱”号船员遭受了一次残忍进攻，二十三名船员瞬间遇难

的能力）造成了致命打击。现在，“博爱”号人手严重不足，士气跌至谷底。“我们所有人都非常难过，”亚当斯写道，“剩下的人几乎无法起锚航行。”

当船员们确定再没有幸存者之后，他们“极其沮丧地”开始向位于外海的圣玛丽亚岛航行。他们在这里终于听到了一些好消息。“我们发现了我们的旗舰（‘希望’号），”亚当斯写道，“看到它，我们松了一口气。”但是，“希望”号同样受到当地人的袭击。“他们和我们一样沮丧，他们失去了船长，二十七个人死在莫查岛。”

到了做决定的时候了。现在每个人都知道，他们再也见不到舰队其他人了。他们还知道，如果不能在船舱里装满食物，他们根本不可能横渡太平洋。但是，他们的人手不足，无法再次冒险登陆。

他们在思索摆脱困境的办法时，突然获得命运的眷顾。两个西班牙人（也许是沿岸的卫兵）登上“博爱”号打探它的目的地。他们问了亚当斯一些问题，检查了这艘船，然后打算回到岸上。“但是我们不允许他们走，”亚当斯写道，“他们觉得受到了严重冒犯。”亚当斯告诉他们，他们必须拿出些东西来换取自由。“我们告诉他们，我们急需食物，如果他们能够给我们很多牛羊肉，他们就可以回到岸上。”西班牙人虽然生气，但无可奈何，只能照办。他们命人送来大量食物。靠着这些粮食，“博爱”号和“希望”号的船员“基本恢复了健康”。两艘船终于可以继续航行了。

科德斯的首要任务是找到范伯尼根的后继者。他选择了颇有才干的雅各布·夸克接任“博爱”号船长，然后又召集更多人（包括亚当斯和肖顿）开会征求意见，以决定“怎样才能在这次航行中获取更大的利益”。他们有几个选项，最显而易见的是前往东印度群岛中有“香料群岛”之称的摩鹿加群岛（今马鲁古群岛），那里的肉豆蔻价格低廉。这将取悦赞助这次航行的商人，因为香料贸易的利润丰厚。前往东印度群岛还有另一个好处——那里的许多岛屿和环礁还没有落入葡萄牙人或西班牙人之手。菲律宾群岛是另一个选项，不过他们很可能和西班牙人发生冲突。“博爱”号载的货物最终起了决定性影响。它的货舱里塞满了毛织物，这些货物不大可能在位于热带地区的香料群岛找到市场。“我们一致认为……摩鹿加群岛和东印度群岛基本都在热带，”亚当斯写道，“羊毛织品不大容易被那里的人接受。”

这样的东西在北边更受欢迎，那里的天气更冷，冬季也更难以忍受。他们想来想去，想到了一个显而易见的答案——一个位于中国东北方向的国家，传说那里拥有无尽的财富。“（我们）最终决定前往日本。”亚当斯写道。他接着写道：“在那座岛上，毛织品价格不菲。”饱受大海摧残的船员们不想再经过麦哲伦海峡返回家乡，因此欣然接受了这个决定，“都同意去日本”。

如果船员们对这条航线的距离稍有了解，他们或许会三思。他们花了一年多的时间才渡过大西洋，而且还是在顺风的情况下；如果想前往日本，他们需要横渡世界上最大的大洋，他们对那里的洋流和风向一无所知。当费迪南德·麦哲伦横渡太平洋时，他和他的船员靠吃炖老鼠肉和锯末才活了下来。他在航海日志的最后严厉警告道：“我认为以后不会再有人冒这样的险了。”

1599 年 11 月末，“博爱”号和“希望”号驶入了完全未知的海域。刚开始时，风和日丽，他们的航行比预想的顺利得多。“（我们）在顺风的情况下经过赤道，”亚当斯写道，“一连几个月都是顺风。”两艘船一起航行到太平洋中间的“某个岛”，据说那里住着“食人族”。

部分已经对大海深恶痛绝的船员无法抵挡陆地的诱惑。他们长期漂泊在海上，近乎崩溃，对空旷的大海感到害怕。船员们暗自发誓，绝不能在腐烂的“博爱”号上继续航行，一定要在这座偏远岛屿上碰碰运气。“靠近这座岛时……八名船员乘小船逃走。”这几个人的出逃令亚当斯和其他船员大吃一惊，但船员们实在太虚弱了，无力追赶他们，只能任其自生自灭。亚当斯写道，他们“就像我们猜想的一样……被野蛮人吃掉了”。没有人知道这几个人到底在哪里登陆，因为亚当斯和船长都不清楚当时船的位置，但是“博爱”号很可能无意间到达（并发现）了夏威夷，比库克船长早了一百七十九年。1822年，当英国传教士威廉·埃利斯登陆夏威夷时，他听说在库克船长来到这里很早之前，已经有一船水手登上了这里的海岸。这些人受到当地岛民的热烈欢迎，娶当地女子为妻，还被封为荣誉酋长。

八个人的离去沉重打击了“博爱”号其他船员的士气。不久之后，天气突变，他们的好运结束了。“我们又像往常一样经受暴风雨的洗礼，”亚当斯写道，“大雨倾盆。”狂风吹过索具，发出极大声响，巨浪令船员胆战心惊。他们的船年久失修，承受不住如此猛烈的摧残。风越刮越凶，船倾斜得厉害。突然，“博爱”号的瞭望员大叫起来，“希望”号倾覆了，船上的灯光全部熄灭。数秒之内，它就不见了踪迹。它消失了，被大海吞没了。船上无人生还。

亚当斯没有时间去想“希望”号的沉没，许多工作等着他做。他以一贯的冷淡、简单的风格评论了这次灾难：“我们都很难过。”他的同伴则心烦意乱，担心遭受同样的命运。亚当斯是他们唯一的希望，只有他能够带领他们远离暴风雨。

“博爱”号现在孤零零地漂在空旷的海上，船员们完全不知道自己的位置。他们没有任何可用的地图和航海图，测量仪器因此失去了作用，他们只能沿着他们认为的西北方向继续航行。“我们按照原定计划驶往日本，”亚当斯写道，“但是很不顺利，因为所有航海图、地图和地球仪上标识的日本的位置都是错误的。”食物匮乏的问题比任何时候都更加严重。船员食不果腹，有的人得了败血病，有的人患上了急性痢疾。“我们的处境凄凉，”亚当斯写道，“只有九到十个人能够起身。”疾病不在乎级别高低，“我们的船长和其他所有人似乎随时可能死亡。”

亚当斯不再写任何东西，其他船员也是如此。他们太虚弱，或者说病得太重，以至于没法拿起羽毛笔在纸上写字。3 月下旬，他们到了乌那科隆纳岛（它可能是小笠原群岛中的一个），“那时我们的许多人又生病了”。让船员划船登上这个贫瘠的小岛几乎是不可能的，在海上航行了大约四个月又二十二天后，就连亚当斯都在绝望的边缘。他深信，如果他们不能在几天内登上陆地，他们一定会死。

1600 年 4 月 12 日，从鹿特丹起航二十个月后，亚当斯一觉醒来，看到了一片近乎奇迹的景象。地平线上升起淡紫色烟尘，而且越来越清楚。亚当斯叫起他的人，把病人抬到甲板。刚开始，他几乎不敢相信自己的眼睛，不过他很快就确信，他们的船即将抵达目的地。

之前一直与他们作对的风突然改变方向，将他们吹向陆地。海岸越来越近，船员们看到了悬崖、树木和一座座寺庙。“于是，我们在离这个名为丰后国的地方还有一里格（长度单位，约合五千五百米，一说五千米）的地方安全抛下船锚。”在平托到达日本差不多六十年后，威廉·亚当斯从同一个港口登陆日本。

第四章

以神之名

“博爱”号船员虚弱得甚至无法划船上岸。他们饱受败血病和痢疾的折磨，因为缺少食物而浑身疼痛。二十四名船员活了下来，其中大部分人无法站立，有些人濒临死亡。亚当斯写道：“除了我自己，只有六个人还可以站起来。”当他看到一群可怕的日本人奔“博爱”号而来时，他知道抵抗毫无意义，因为船员们甚至没有力气给火绳枪填上弹药。“我们只能听任他们登船，”他写道，“无力抵抗。”

登船的日本人与他们在这次航行途中其他地方见到的“野蛮人”大不相同。这些令人生畏的战士虽然矮小却很健壮，衣着华丽，头发梳得整整齐齐。他们迅速登上“博爱”号。亚当斯本人虽然没有记下他的第一印象，但大多数第一次来日本的欧洲人都会觉得，与日本人相比，自己的穿着显得很不得体。这个外表奇怪的民族会剃光头顶中间的头发，将剩下的头发蓄长，在脑后绑起，涂上有香味的油，束成发髻。他们穿着“像睡袍一样的”华丽丝袍，腰间别着令人胆寒的刀，略微弯曲的锋利刀刃可以轻而易举地砍断人的骨头。不过，对于“博爱”号船员来说幸运的是，这些日本人把刀收在鞘里。他们对亚当斯和他的船员似乎没什么兴趣，不理会甲板上呻吟的船员。“这些人没有伤害我们，”亚当斯回忆道，“但是偷走了所有能带走的东西。”劫掠进行得很有条理，他们非常小心。“博爱”号被翻了个底朝天，最贵重的物品自然难以幸免。“所有东西都被拿走了，”亚当斯写道，“不管好坏。”最令他悲伤的是，他赖以为生的航海图和导航设备都被拿走了。只有宝贵的世界地图幸免于难，它被藏在“博爱”号的船舱里，没有被发现。

他急于和袭击者对上话，想向他们讨要食物和水。他尝试用荷兰语和葡萄牙语与这些人攀谈（这两种语言他说得还可以），但是他们茫然地看着他，大声回了他几句日语。亚当斯放弃了尝试，“我们无法沟通”。他只能理解一个词——“丰后”，这是他和他的船员结束悲惨旅程的地方。

自从差不多六十年前平托登陆以来，丰后发生了很大变化。大友义鉴早已过世，大友家遭遇了一系列不幸和军事挫败。大友的几个儿子为争夺领地爆发了内讧。兵连祸结，人们对暴力习以为常。不过，运气这次终于站在亚当斯一边。支配这片海岸的领主对“博爱”号的到来很感兴趣。他听闻船只遭到抢劫，便下令阻止部下的行为，“派士兵登船，确保商人的货物完好无损”——不过为时已晚。一部分被抢走的货物被送回船上，犯罪者受到惩罚。

这名领主还意识到，这艘近乎报废的船不能继续待在海上，因为风和海浪会进一步摧残腐败不堪的船木。到达日本三天后，“我们的船被拖进一座良港，然后一直待在那里，我们到来的消息被人报给这个岛国的国王，他将决定如何处置我们”。亚当斯和他的船员突然发现自己的待遇改善了不少。他们被安排住进岸边的一座小房子，“我们把所有生病的船员都送上岸，这里有我们需要的一切”。对于一些人来说，新鲜的水果和干净的水来得太晚。三个最虚弱的人上岸后不久就过世了，还有几个人因为病得太重无法进食。“（他们）一直受病痛折磨，”亚当斯写道，“最后也死去了。”剩下的十八名船员很快恢复了体力，并暗自庆幸自己熬过了可怕的试炼。经过了难以用语言形容的艰苦航行之后，他们在世界的另一端收获了友谊。

至少他们是这么想的。不过，他们不知道的是，葡萄牙耶稣会士的势力在这里根深蒂固，半个世纪以来，这些传教士一直在这里活动。这些狂热的传教士的首领是一个名为范礼安的意大利贵族，他是一个魅力十足但颇为冷酷的人，从好望角到长崎湾的每一名传教士都听命于他。他视新教徒为“异端”，对他们恨之入骨。二十多年来，他一直致力于确保天主教是唯一能够在日本立足的西方信仰。

1579 年，范礼安带着对东方根深蒂固的偏见来到日本。他看不起“东方人”，认为他们是“卑劣的种族，非常愚蠢、邪恶，有着最低贱的灵魂”，绝大多数“与野兽无异”，几乎不能算作人类。但是，来到这个遥远的国家后，他彻底改变了看法。日本的文明程度令他惊讶，他不得不承认，这个陌生的民族无论在学识，还是在礼数上，都优于葡萄牙人。“我们这些欧洲人发现自己就像孩子一样……必须学习吃饭、正坐、讲话、穿衣的正确方法，学习如何举止得体。”日本复杂的礼仪同样令他惊讶，他称这个国家是“一个完全不同的世界，拥有迥异的生活方式、习俗和法律”。他

耶稣会士将长崎变为传教中心，花费数年时间学习日本的风俗和礼仪。截至1600年，他们已经使很多人，甚至包括幕府官员皈依基督教

意识到自己犯了错，坦言“日本和欧洲虽有诸多不同和差异，但并不意味着……他们是野蛮人，他们绝对不是”。

范礼安发现耶稣会的传教活动效果不彰，只有少数日本人皈依基督教。他很快意识到，最大的问题是传教士对日本人的态度。大多数人比他们传教的对象更没教养，而且没有能力解释他们的教义和信仰。传教士对穷人和病人的兴趣令日本人十分困惑，他们无法理解为什么有人会关心社会最底层。耶稣会士在丰后创建麻风病院后，当地贵族对他们避之唯恐不及。麻风病人被排斥在社会之外，“是日本最低级、最下贱、最微不足道的人”。慈善并不存在于日本社会，很多人认为传教士出于其他动机才照顾这些被遗弃的人。后来常见的情况是，“乞丐如果愿意皈依基督教，就能饱餐一顿”，贵族“会被一些新奇的小玩意吸引……还会得到一些华而不实的小礼物和玻璃珠”。

范礼安知道，这样的误解严重损害了耶稣会的事业。他还知道，如果传教士想使大众皈依基督教并影响统治者，只有一个办法。这个办法虽然简单，但出乎很多人想象——耶稣会士必须本土化。他们必须穿日本服饰，吃日本食物，接受这个等级森严的社会的各种繁文缛节。总之，他们的举止必须优雅、得体，他们必须像日本人一样，将温和、冷静、整洁视为美德。

范礼安知道，这些都需要他的传教士具有极强的意志力，而且他们必须放弃许多之前被视为理所当然的乐趣。为了帮助他们，他写了一本礼仪手册《日本耶稣会士礼仪指南》来规范他们的行为举止。后来，他在《日本巡察记》和《东印度耶稣会史》中给出了一些更加实用的建议。“我禁止神父做任何有损他们的信誉和权威的事，”他写道，“（以及）不符合他们的威严形象的事。”他定下的第一条规则是禁止养猪和羊，也不得宰杀牛，因为“日本人非常反感食用任何肉类”。长崎的耶稣会总部仁慈堂的食堂里再也见不到烤猪肉和炖牛肉。自此以后，耶稣会士改吃日食，包括“腌鱼或生鱼、酸橙、海螺和其他又苦又咸的东西”。传教士觉得生鱼很恶心，“我们欧洲人对它的厌恶程度不亚于（日本人）对我们的食物的厌恶程度”。但是范礼安不为所动。他建议传教士们在咀嚼海螺肉时吟诵感恩赞美诗，以此来提醒自己“一定要坚强，不要因为吃下这些（食物）的厌恶感而轻易放弃”。

范礼安还规定，厨房和食堂必须定期清理，盘子必须擦干净，桌布必须泡在水里清洗。传教士还要改善他们遭人鄙夷的餐桌礼仪。平托和丰后大名共进晚餐之后，葡萄牙人一直对日本人讲究的用餐方式十分着迷。现在，耶稣会士开始改用筷子吃饭。对于一些上了年纪的人来说，这是一种折磨，他们怨声载道。某个神父不满地写道：“你必须先用一只手拿起筷子，然后在桌子上轻戳一下，让两根筷子齐平。然后，你必须端起（大碗），吃三口饭，再把碗放回桌上。必须放回桌上，也就是说，不能放到其他地方。”日本人就这样不厌其烦地一口接着一口用餐，吃得很慢，直到吃光所有食物。范礼安还命令传教士将锡器换成精美的日本餐具——漆成黑色或朱红色的碗，“它们是木质的，精工细作而成”。

耶稣会士还需要习惯像日本人一样，进餐时要正坐。范礼安柔韧性不足，屈膝坐在脚后跟上的坐姿肯定让他十分痛苦。但他没有抱怨，也不想听传教士的反对意见。“我请求并要求，”他写道，“我最亲爱的神父……在日本时，一定要在饮食的各个方面克制自己”。只有当晚上日本仆人离开后，传教士才可以吃肉。即便在此时，他们也要当心“不要让碎骨头掉在桌上”。范礼安警告他的传教士，日本人对气味十分敏感，因此“牛肉汤应该装在盘子里，而不是（漆过的）碗里，这样当日本人来我们这里吃饭时，这些碗才不会有异味”。

范礼安并不满足于仅仅让他的传教士接受日本人的礼仪和习俗。他要他们像日本人一样思考和行动，做事情时要顾及面子并端庄得体。“（他们）必须非常小心，避免表现出不耐烦或愤怒”，尽量做到喜怒不形于色，否则将损害神父的声誉和尊严。

范礼安意识到建立麻风病院对耶稣会造成了负面影响，因此命令医院只能为上层人士服务。考虑到日本社会等级森严，范礼安做出了一个令人震惊的决定，他按照日本人的方式将自己的传教士分为不同等级，每名成员都要对自己的地位有清晰的认识，和上级讲话时要遵守相应的礼仪。耶稣会士慢慢地、痛苦地，很多时候不情愿地模仿着他们的东道主。1596 年，当一名新传教士进入长崎的修院（神学院）时，这里的耶稣会士入乡随俗的程度令他震惊。“他们简直和日本人一模一样，”他写道，“他们穿着日本人的衣服，说着日本人的语言，像日本人一样在地上吃饭。”更令他震惊的是，他们“用小木棍进食，遵循日本人的礼仪”。他接着写道：“他们写了一本关于日本风俗和礼仪的书，供神学院的学生阅读。”

范礼安的工作并非徒劳，耶稣会士取得了巨大成功。当亚当斯和他的船员来到日本时，已有十五万人皈依基督教。他们的影响力可及当时日本统治者，证据是他们频繁得到召见。他们与大名和奉行的关系也不错，遍布日本的耶稣会士可以使长崎的教会高层迅速了解发生在各地的大事小情。

没过多久，长崎便收到消息，一艘奇怪的破船出现在九州外海。最先看到这艘船的是两名神父，当时它远远漂在海上。这么大的一艘船向丰后驶来，多少出乎两名神父的意料。“这不是随季风从中国来的船。”迪奥戈・德・库托如此描述这艘船。传教士们得出结论，这是西班牙人的船，从菲律宾群岛起航，“由于暴风雨偏离了航线”。

他们以为这些随时可能葬身大海的船员是天主教徒，于是请求当地领主把这些船员救上岸，并且“驾了几条小船去帮助它”。但是，神父们惊讶地发现这艘船来自异端的新教国家——荷兰，于是直接划船回到岸上，并立即向葡萄牙人的总部长崎汇报。异端的出现是不祥之兆，他们应该立刻被沉默，也就是被杀死。

他们有充足的理由希望“博爱”号船员被处死，而且越快越好。这些天主教的敌人将在神学上对他们构成巨大威胁，很可能使范礼安的所有成果化为乌有。耶稣会士一直对外宣称，教会在信仰和教义上是统一的，教皇是所有基督徒的领袖。他们从来没有向日本人透露，由于新教的出现，西欧的基督教世界已经一分为二。

这则令人不安的消息传到仁慈堂，耶稣会的神父们惊慌失措。他们告诉当地官员，外国船只未经允许擅自前来是非常恶劣的行为，船和船员都应被消灭。“这艘船是路德宗的海盗船，”他们说，“是葡萄牙和所有基督徒的敌人。”

日本人非常重视耶稣会士的警告，特别是“当地的总督”长崎奉行寺泽广高，他“立即赶往丰后……抓住荷兰人，没收了他们的货物”。他对“博爱”号上的廉价布匹和小饰品非常失望，它们与葡萄牙人经常从中国带来的丝绸和其他奇珍异宝大不相同。这艘船载着十一大箱羊毛织品、一个装着四百支珊瑚的箱子，还有一整箱琥珀和几包猩红色布料，以及“一个大箱子，里面装着五颜六色的玻璃珠、一些镜子和眼镜、很多孩子用的笛子，（以及）两千克鲁扎多”。更出乎意料的是，船上还载着“大量钉子、烙铁、锤子、镰刀和鹤嘴锄……他们似乎打算征服这里并建立定居点”。不过，最令人担忧的是武器。这艘船载着枪支和盔甲，包括十九门青铜大炮、五百支火绳枪、五千枚炮弹、三百枚子母弹、三整箱铠甲和三百五十五个箭头。这些武器使日本人更加确信，这艘船的船员实际上是战士；在寺泽看来，这些蓬头垢面的人显然不是真正的商人。“他们和寻常的商人不同，来时衣衫褴褛，也没有仆人和随从服侍左右。他们一定是士兵或者水手。”葡萄牙人轻而易举地使寺泽相信“来者隐藏身份，另有所图”。

寺泽为了深入了解他们此次航行的经过和目的，让耶稣会士做他的翻译。亚当斯被选作这艘船的发言人，表现出色。他解释了他和他的船员如何来到日本。一个葡萄牙人对亚当斯表示了些许的敬意，他说亚当斯是一个“不错的天文学家，对星象学有一定了解”。另一个人就没有这么友善了。他说亚当斯的“说辞无法令人满意”，而且暗示他们之所以花了这么长时间才渡过太平洋，是由于航海技术欠佳。“他们上岸时虚弱得像死人一样。”

亚当斯担心耶稣会士篡改他的话。他说这些翻译是“我们的死敌”，他们的报告“使官员和百姓认为我们心怀不轨，应该被处以磔刑，这里的人用这种方式处罚小偷和其他犯罪者”。更令他不安的是，耶稣会士说他们是海盗。这样的指控定会引起日本官员的愤怒，因为很多丰后商人曾在海盗手里受过苦。在日本，海盗罪是重罪，日本人对海盗的处罚比英国人更加严厉。亚当斯想必已经对吊在伦敦沃平区岸边绞刑架上的海盗见怪不怪；在日本，海盗通常被处以磔刑，它可以确保缓慢而痛苦的死亡过程。受刑者会被绑在十字交叉的柱子上，然后慢慢被长枪刺死。据说最专业的行刑人可以将十六根长枪插入受刑者体内而不会刺穿任何脏器。“他们被用某种铁镣铐固定在柱子上，”佛罗伦萨探险家弗朗切斯科·卡莱蒂写道，“手腕、脖子和腿都被绑着。”固定好受刑者后，柱子就会被立起，行刑人开始其精巧的工作。“他用一根长枪自下而上刺入受刑者身体右侧……从左肩刺出，贯穿全身。”接着，他用长枪从左侧再次贯穿受刑者的身体，两根长枪会在体内交叉。有时，行刑者会使用许多根长枪，让受刑者看起来像一只大刺猬。

“博爱”号船员担心耶稣会士随意篡改他们的话。“就这样日复一日，”亚当斯写道，“葡萄牙人让越来越多的官员和百姓憎恨我们。”对于这些绝望的幸存者来说，在充满敌意的异国陷入困境再糟糕不过了。恐惧开始折磨他们，他们难以入眠，惶惶不可终日。最终，两名船员在压力下屈服了。希斯贝特·德·康宁和扬·阿贝尔松·范奥德瓦特密谋逃跑，企图投奔耶稣会士，通过背叛同伴来保全自己的性命。康宁悄悄溜出屋子，与耶稣会士取得联系，“自称是商人，船上所有货物都是他的”。范奥德瓦特很快步其后尘。“这些叛徒想尽一切办法把货物弄到自己手里，”亚当斯写道，“并且把我们这次航行的全部经历一五一十告诉了他们（耶稣会士）。”虽然这些叛徒使前同伴的处境更加危险，但寺泽大人仍然没有下定决心处死“博爱”号船员。这艘船来历不明，船上的货物又如此古怪，他觉得有必要征询上级的意见。他派人给大阪（“大阪”当时写作“大坂”）送信，询问应如何处理这些不速之客。

他很快收到了回信。“我们到达九天后，”亚当斯写道，“这

日本的磔刑会带来缓慢且痛苦的死亡。受刑人被绑在柱子上，行刑人小心翼翼地将长枪插入他的身体，确保不会伤及内脏

个国家的伟大国王命我去见他。”五艘帆船自大阪而来，“将我接到殿下的居城”。亚当斯既不清楚这位“殿下”是什么人，也不知道前往大阪需要花多长时间。但是他知道，这次航行将决定他和所有船员的命运。

大阪是一座令人印象深刻的城市。它规模宏大（不会比伦敦小），城中有一条河，“和泰晤士河一样宽”。不过，伦敦只有一座古老的桥供居民通行，而大阪有几十座桥，“每座桥上都装饰着大量雕刻”和拟宝珠（外形与佛教的舍利塔类似）。许多年后，一个英国人来到经历了一场惨烈攻城战的大阪，他写道：“我一生中从未见过任何能和这些桥的废墟相提并论的东西。”但大阪真正吸引人的是庞大、华丽的城堡——大阪城，它的宏伟和优雅远超伦敦塔。这是日本的奇迹之一，见过它的人都赞不绝口。大阪城修了“许多石垣（城墙）和橹（一种防御建筑，类似箭楼），橹上开有射击孔，可以开枪或放箭，还有数个通道，可以向蜂拥而至的攻城者投掷石块”。据说这座城堡永远不可能被攻陷，因为石垣几乎无法攀登。一座巨型吊桥连接着城堡内外。

大阪城坚固的城墙是为军事目的而建。不过，一旦入内，访客便会发现自己仿佛置身桃花源，那里有数不尽的建筑、雅致的庭院、供人赏玩的池塘和小瀑布。耶稣会士路易斯·弗洛伊斯几年前曾到过这里，他震惊地发现，城墙背后别有洞天，“这里的原石、高矮树木、花草等自然界的诸多事物再现了日本的四季”。人们耗巨资修建的精美庭院里有蜿蜒的小径和歪歪斜斜的树木，完全不同于伊丽莎白时代的绅士所钟爱的规规矩矩的景观。“（日本人）非常喜爱落寂、能引发思乡之情的场所，”耶稣会士若奥·罗德里格斯写道，“（比如）浓荫、悬崖、很多岩石、形单影只的鸟……和各种给人孤独之感的东西（的地方）。”大阪城里有装饰性的小建筑，观赏用的茶亭，“精美华丽的镀金座敷（会客厅）可以俯瞰下面的草地和小河”。

大阪城的内部设施令路易斯·弗洛伊斯神父倍感震惊。一间屋子金光闪闪，另一间银光闪闪，其他很多房间则装饰着绸缎。“虽然日本人不习惯睡在床或睡椅上，但我们看到了两张床，床上装饰着黄金饰品和其他奢侈品（它们只见于欧洲最奢华的寝室内）。”日本贵族斥巨资装饰的居城，给人们一种既奢华又简洁的奇妙感觉。房间里的家具很少，但门和柱子贴着金箔，墙上挂着

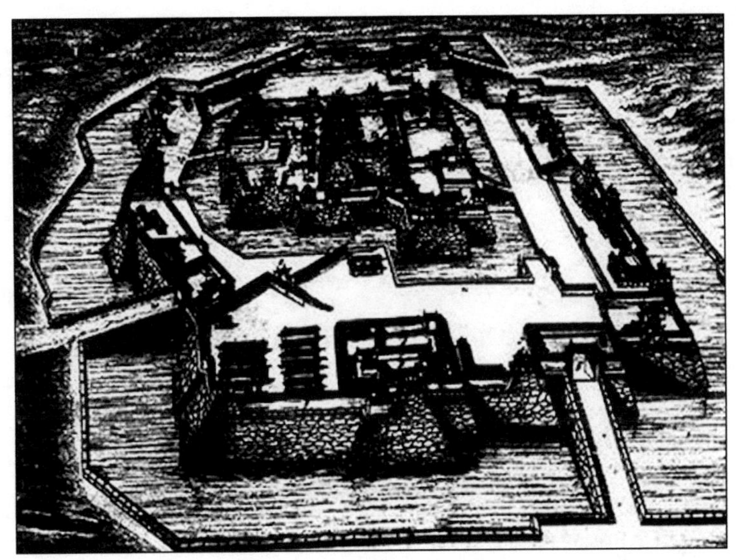

大阪城是日本的著名建筑之一。它的城防工事虽然是为军事目的修建的，但一旦进入内部，访客们就会发现自己置身于一座令人流连忘返的庭院之中

以树木、温泉、鸟、湖泊等为主题的画，其他主题还包括冬天叶子已经落尽的树木和雪景，秋天多汁的果实堆在一起的场面，以及象征着春天的五颜六色的鲜花。

亚当斯进入大阪城，一直被带到谒见家康的地方。他后来回忆道："一个富丽堂皇的房间，到处都镀着金。"门被人从两侧拉开，小娃恭恭敬敬地平伏在地板上，莱姆豪斯贫民窟出身的威廉·亚当斯发现自己正面对着一个胖男人，他的睫毛很长，胡子若有若无。这个人就是德川家康。

和亚当斯想的不同，家康不是日本国王，但是他确实大权在握。他通过残酷手段和阴谋诡计取得了巨大成功。家康出生于一个地方武士家庭，拥有一支规模不大，但作战勇猛的部队，依靠他们开疆拓土，最终成为一支不可小觑的力量。他的崛起恰逢其时。天才将领丰臣秀吉一步步消灭了日本绝大多数好战的大名，然后成为关白，也就是没有实权的天皇的首席大臣。秀吉梦想建立新王朝，但他于1598年去世，死时儿子秀赖只有五岁，权力落入摄政的五大老手中，他们发誓在年幼的继任者长大成人之前维护国内和平。家康是五大老之一，严格说来，他和其他四人地位平等。但是，家康和其他几位大老有很大不同。他无所畏惧，智慧过人且老于世故，见过他的人都对他钦佩有加。画师将他绘成山一样的男人，身材魁梧，穿着精美的丝衣。如果需要，他可以非常讲究，其华丽的服装令人折服。“他身穿绣着许多银色星星和半月图案的蓝色缎衣，腰间佩刀。”他仪表堂堂，令人肃然起敬，不过私下里有人会嘲笑他肥硕的身材。“家康大人与众不同，”当时的一个人写道，“他大腹便便，甚至都系不上腰带。”到了晚年，家康本人也不得不承认这个悲伤的事实：“（我的）肚子太大了，穿着盔甲就骑不上马，也无法下马。”他喜欢鹰狩和习武。有人说，战争、弓箭和盔甲是他仅有的爱好。

作为一名战略家，他运筹帷幄，决胜千里。虽然当时的人觉得他冷酷无情而且毫无幽默感，但沉闷的外表下隐藏着澎湃的激情。当战斗陷入僵局时，他会用力捶打前鞍桥（马鞍前部），直到手出血。他常常这么做，“后来手指的关节起了茧子，变得僵硬；到了老年，他很难弯起手指”。

家康被日本之外的世界深深吸引。后来江户幕府下令编纂的官修史书强调他渴望见到来自各个国家的人才。“他认为，治理国家最好的方法是对贤人和学者深信不疑。”这部史书还记载道：

家康智慧过人且老于世故，见过他的人都对他钦佩有加。晚年的家康身宽体胖，甚至无法骑马

“他对所有话题都感兴趣。”就在“博爱”号到达前一年，他召见方济各会士杰洛米诺·德·热苏斯，要求后者说服菲律宾的西班牙人来他的国家。“我热切期望他们来访，”他说，“他们可以放松放松，想要什么就带走什么。”然而，他并不是为了友谊，而是想让技艺精湛的西班牙船工为他建造船只，这样他的人就可以安全抵达墨西哥和东印度群岛。西班牙人拒绝了。他们知道，为日本人建造船只“相当于为他们提供摧毁菲律宾所需的武器”。

对于亚当斯来说，能得到家康的召见是莫大荣幸。只有最富有、最有权势的重臣才能见到他本人，其他人只能见到辅佐他的老中。家康身边有大量衣着华丽的小姓，目的是使访客心存畏惧。与之相反，仆人的待遇几乎和动物一样，“（他们）恭敬地爬进爬出，不发一言”。许多高官也陪同家康接见访客，他们均身着华服。“所有人……都穿着长裤，裤管拖在地上的部分约有半米长，所以几乎看不见他们的脚。”

大名偶尔能获准见到家康，不过这种情况非常罕见，他们必须进献大量礼物。一位大名进献了大约值两万杜卡特（欧洲的一种银币）的礼物，然后“在离殿下约一百步的地方……（他）伏在地上，以头触地，就好像要亲吻地面一样”。尽管这位大名展示了十足的敬意，但他甚至没有得到和家康讲话的机会。“他（家康）转过头去，带着大批侧近离开了。”

亚当斯对礼数一无所知，却得到了家康的热烈欢迎。“他仔细打量了我一番，”亚当斯写道，“似乎很喜欢我。”家康很高兴能和一个来自未知国度的陌生人在一起，尤其令他感兴趣的是，据说这个人是西班牙人和葡萄牙人的死敌。他对亚当斯冷漠、简练的说话方式印象深刻，确信这个落难水手知道许多秘密。但是语言不通造成了交流障碍。“他对我打了许多手势，”亚当斯写道，“有些我能看懂，有些我理解不了。”沮丧的家康叫来一个“会葡萄牙语的人”，可能是耶稣会士，也可能是皈依基督教的日本人，开始询问亚当斯的家乡和此次航行的情况。

“国王问我从哪里来，”亚当斯写道，“还问我为什么来他的国家，两地相隔万里。”亚当斯告诉他，他来自地球的另一边，并且解释说，“我们的国家一直在寻找东印度群岛，希望通过贸易和所有国王及统治者建立友谊”。他还说，英国和低地国家能够生产许多商品，日本人将发现它们是不可或缺的，而日本生产的许多东西在欧洲同样将大受欢迎。家康具有极强的洞察力，他很快便察觉了亚当斯和葡萄牙人之间的敌意。这令他感到意外，因为耶稣会士一直强调欧洲是统一的，而且具有相同的信仰。当他意识到情况并非如此时，他开始在这方面试探亚当斯，问“我们的国家是不是在打仗”。亚当斯迟疑片刻，确定说实话不会使自己受到伤害后，“我回答他，是的，在和西班牙、葡萄牙打仗，但和其他所有国家的关系都很好”。家康很感兴趣，问起战争的原因。亚当斯“让他知道了事情的来龙去脉，我觉得他很喜欢听这些”。家康对耶稣会士和“博爱”号船员之间的宗教矛盾尤其感兴趣，“问了其他关于宗教的问题”。他的问题很琐碎，亚当斯没有把所有问题都记下来，因为“都写在这里会非常无聊”。

家康对“博爱”号的航线也很感兴趣。葡萄牙人通常绕过好望角来到日本，当家康听说亚当斯和他的同伴自相反的方向前来时，他非常惊讶。“我给他看了世界地图。”亚当斯写道。当亚当斯指着蜿蜒曲折的麦哲伦海峡告诉家康，他引导“博爱”号通过了这个海峡时，家康将信将疑。“他起了疑心，”亚当斯写道，“觉得我在撒谎。”

亚当斯和家康的会面一直持续到深夜，家康有些累了。最后，他问起“博爱”号携带的货物。亚当斯如实回答，然后问家康，他的人能否得到葡萄牙人一直享有的贸易权。“他回答了我些什么，但是我不明白他的意思。”随后，家康抽身离开，亚当斯依旧不知道家康到底说了什么。

在他看来，和家康的会面十分顺利，这位受人尊敬的大名似乎对这个英国客人很感兴趣，对他的回答也很满意。但事实证明，亚当斯误解了难以捉摸的家康的心思，他为了获得宽大处理的努力没有任何效果。家康仍然对“博爱”号疑心重重，也不相信亚当斯的说辞。他毫不犹豫地“命人将我关进监狱”。

这是最坏的消息，因为日本监狱的条件极其糟糕。犯人通常被关在既没有窗户，也没有光线的封闭牢房里，被剥得一丝不挂（不过有的人穿着裆，或者说腰布），而且不准洗澡。等候审判的囚犯的待遇也好不到哪里。犯人只能用桶解手，很多人因为痢疾而虚弱不堪，一动不能动，只能躺在自己的秽物中。

亚当斯没有记录下自己在监狱里的经历，因为他的所有财产都被没收，没有任何可以用来书写的材料。不过，其他从苦难中幸存下来的人写下了他们悲惨的故事。“臭气令人难以忍受，”一个曾经不幸入狱的方济各会士写道，“由于大量活着的囚犯发出的热气和热量，尸体在七小时内便会腐烂，变得肿胀、丑陋。”亚当斯没有能力与耶稣会士对抗，他的处境因此更糟，耶稣会士正忙着设计陷害他和他的船员，并煽动家康处死他们。“在我们被长期关押期间，”亚当斯写道，“耶稣会士和葡萄牙人拿出了很多对我和其他人不利的证据……（说）我们在各国偷窃、抢劫。”他们告诉家康，让亚当斯和他的人“继续活着，不符合殿下和他的国家的利益”。

亚当斯的监禁是一次可怕的经历，他每天都等着被刽子手召唤。“我每天都在等待死亡，”他写道，“等待磔刑，这是日本常见的处决方式。”但是家康拒绝了耶稣会士的请求，他对亚当斯的印象不错，更倾向于放这些落难水手一条生路。他告诉耶稣会士，亚当斯和他的船员并没有“伤害或破坏他的国家，因此没有理由处死我们”。

令耶稣会士更觉得受到了冷落的是，家康再次召见亚当斯，问了更多问题，问起“我们国家的状况和环境、战争与和平、各种动物和牛，还有天堂”。他很满意亚当斯的回答，将亚当斯从监狱里放了出来，软禁在大阪的一处宅子里。

第一次见到亚当斯后，家康做了两个重要决定。他没有处死“博爱”号船员，同时也禁止这些外国人离开日本。家康仍然梦想发展日本的造船业，并提高他的引航员的技术，这些勇敢的探险者显然大有用处。他还热衷于改进开采银矿的技术，而“博爱”号船员似乎拥有这项他急需的技术。

亚当斯又被软禁了六个星期，然后再次被家康召见。这次他总算听到了好消息。“他问我想不想回到船上见见我的同胞。我回答‘非常乐意’。他就让我这么做了……（随后）我被释放了。”亚当斯如释重负地写道。

在被关押和软禁期间，亚当斯完全不知道船上同伴的情况。不过他很快就听说，他们还活着，而且基本从航行的磨难中恢复了过来。其间，他们按照家康的命令，驾驶“博爱”号前往大阪港，亚当斯在这里和船员们重聚。“我发现船长和其他人都恢复了健康。”亚当斯高兴地写道。他登上“博爱”号，“所有人都哭了起来……他们以为我早就被处死了”。耶稣会士告诉船员，家康已经下令处死亚当斯，剩下的人很快将步其后尘。

虽然人们再次团聚，但他们对自己的最终命运毫无把握。他们穷困潦倒，得不到任何帮助，甚至连买食物的钱都没有。在绝望中，他们向家康求助。家康很快答复了，他慷慨地命人归还“博爱”号的货物，还赠给船员五万里尔（当时的西班牙银币）作为补偿——这笔钱足够买整整一船粮食。船员们在“博爱”号上待了一个月后，接到家康的新命令。“皇帝命令我们驾船前往这个国家的极东之地”，也就是江户，家康的居城所在地。

旅途不算顺利，“因为我们逆风而行”。他们花了几个星期才到达目的地。亚当斯最在乎的是卖掉剩下的货物，因为他打算用这笔钱购买粮食。船员们希望，一旦有足够粮食，就返回故土。与此同时，他们开始尝试请求家康允许他们离开日本。“我试过各种方法……为了让我们的船获准离开。”亚当斯写道。但是他的请求石沉大海。接着，他贿赂了家康侧近一大笔钱，但除了浪费了有限的资源，他们一无所获。仅仅过了几周，“我们花掉了大部分钱”。

事实上，家康要事缠身，无暇顾及“博爱”号。大老们突然将矛头对准他。在石田三成的领导下，他们开始准备一场军事决战，希望一举消灭家康的势力。家康冷静观察事态的发展。他拥有大批忠诚的士兵，“博爱”号载来的大量武器也给了他信心。一旦战争爆发（这种可能性很大），船上的十九门火炮将被证明是无价之宝。

日本的战争通常规模庞大，双方参战兵力往往多达数万。武士是最精锐的力量。这些精英战士训练有素，纪律严明，在战场上威力无穷。稍后，亚当斯将见识他们在战场上的英姿，并将震惊于他们的冷酷无情，他称他们是“战场上的勇士”。他说他们几乎不留活口，还说“触犯法律的人将受到严惩”。

武士的战术是正面冲向敌阵，将任何胆敢阻挡他们的人砍成碎片。这么做的目的是造成敌军混乱，同时试探敌人的实力和勇气。虽然这些战士的杀戮效率惊人，但是战斗通常还是会持续几个小时甚至几天。背信弃义十分常见，整支军队在战斗中改旗易帜也不稀奇。不过，战士会死战到底，几乎不会投降。战败的军队宁愿切腹，也不愿被俘。

家康对敌人的动向了如指掌，知道他们想引诱他开战。他很享受这场战斗。第三次与亚当斯见面几天后，他离开大阪，前往江户，开始为战争做准备。敌军的兵力在八万左右，家康拥有大约七万人。战争一触即发，但两军足足僵持了六个星期，寻找对方的弱点，观察对方的动向。

石田的军队率先发难。10月中旬，他的部队开始在距离大阪约八十公里的关原集结。家康的部队很快赶到，在附近的山坡上扎营。恶劣的天气导致接下来的战斗毫无章法。10月21日清晨，战争爆发，石田的军队遇袭。他们猛烈还击，更多部队加入战场。金色的战旗飘扬，武士拔刀出鞘，天气也愈发恶劣，细雨转为大雨。西风呼啸着刮过关原的山隘，造成混乱。随后，两军在浓雾中相遇。在没有任何预警，也肯定没有任何计划的情况下，前线士兵在齐膝深的泥沼中相互厮杀。

现在还不清楚“博爱”号的火炮到底起了多大作用。一份西班牙人的报告称，德川军不停用它们轰击敌军。如果真是这样，火炮想必杀伤了不少挥舞着刀枪的足轻。不过，可以肯定的是，石田为了获胜，决定从后方突袭家康的大军。他的策略是，先通过奇袭取得优势，然后让强大的盟友攻击家康的两翼。但是，这

日本军队的杀戮效率惊人。右图是一名铁炮足轻，下图是骑兵用头盔给马喂水，他们也用头盔盛饭

支精锐部队拒绝服从命令，他们开始行动时，反而攻向石田的部队，将石田的士兵砍成碎片。两支万人的部队被击溃，战局发生戏剧性转折。家康的部下发现惊慌失措的敌人开始在其可耻的将领的率领下逃跑，知道自己胜利在望，他们的攻势更加猛烈。后来，石田被捕、被斩首，胜利的家康成为日本无可争议的主人。

他的胜利是日本历史的转折点。虽然年幼的秀赖活了下来，而且依然是储君，但所有人都知道，真正发号施令的是家康。这次大战过后，他重新划分封地，没收了许多曾经反对他的大名的领地。他强化了自身的权力，不到三年便取得征夷大将军这个古老的头衔，从而获得了梦寐以求的合法性。

我们不知道亚当斯和他的船员何时得知家康获胜的喜讯。他们还待在泊于江户湾的“博爱”号上，忙着解决自己的麻烦。“四五个人反抗船长和我，”亚当斯写道，“还试图煽动其他船员哗变，让我们非常头疼。”有的船员发誓要上岸试试运气，其他人想留在“博爱”号上。但是，过了不久，连这些人也厌倦了无休止的等待，加入叛乱者的行列。“每个人都只想使自己的利益最大化。”亚当斯写道。他同意按照船员们的要求，把家康的赏钱分给他们。“每个人根据自己的职务领到一笔钱……他们可以选择自认为最恰当的路。”

家康听说“博爱”号的事后，一定暗暗高兴。他知道船员们现在已经放弃了离开日本的希望，于是决定慷慨赏赐他们。每名船员每天可以得到两磅米，用来果腹绰绰有余。但是，家康的慷慨是有代价的。他希望雇用这些人，还打算把一个特别重要的任务交给威廉·亚当斯。

第五章

武士威廉

“博爱”号是留在日本的船员们和外部世界的唯一联系。只要它还在海上，船员们就有机会逃出这个日出之国，经过长途跋涉回到亲友身边。但是，他们很清楚，这艘船现在并不适合航行，船木已经腐烂，船尾的竖窗已经破碎。它接连遭受暴风雨、热带雨水和严冬的摧残，两年多未经修理，几乎无法再次出海。

船员们知道，他们乘“博爱”号逃跑的机会非常渺茫。即便获准离开日本（这几乎不太可能），乘这样一艘破船成功横渡东海的机会微乎其微。一名船员甚至爬上船首，砍下伊拉斯谟像，这是他们旅途中唯一的守护神。不久之后，“博爱”号解体了，沉入海中。它的沉没严重打击了船员的士气，他们知道自己注定要长留日本。除非英国或者荷兰救援船抵达日本，否则他们将困在地球最偏远的角落。

“博爱”号的沉没对家康也是一个打击，他由衷佩服“博爱”号穿过麦哲伦海峡并横渡太平洋的壮举。他意识到他们不仅是技艺高超的航海者，而且知道如何在最危险的情况下避免船倾覆。于是，他命令他们复制“博爱”号。

日本人虽然在海岸建了大量码头和船坞，但他们的造船技术十分落后。日本人是勇敢的水手，不惧驾船远航，定期往来于日本和东印度群岛之间。但是，他们的造船水平低下，造的船不适合远航。中国的军事专家茅元仪在他的兵书《武备志》中轻蔑地称它们“小得可怜……很容易沉没”。他嘲笑日本人用一种叫田圃草的杂草填塞船只，称这种做法“浪费人力物力”。家康的看法与此相似，他希望亚当斯能尽情施展才华。

“皇帝想要见我，”亚当斯写道，“他之前曾经因为各种各样的原因召见过我。”但是这次家康并不想讨论地理或者数学问题，“他想让我给他造一艘小船”，一艘能够航行到菲律宾或墨西哥的贸易船。

这个要求令亚当斯惴惴不安。虽然尼古拉斯·迪金斯教过他造船的基本原理，但他从未真正实践过。他也没有切削和修整龙骨的经验，这个过程极其复杂，难度很高。如果龙骨铺得不对，船在远航途中很可能倾覆。亚当斯向家康解释了一些问题，并含糊其词地找了些借口想推掉这份工作。“（我）回答说我不是木匠，不具备这方面的知识。”家康听到亚当斯的回答后皱起了眉头，命令他不论如何都要造出这艘船。“尽你所能，”他说，“没做好也没关系。”

亚当斯意识到，眼前的任务为他提供了一个难得的机会，他可以向家康展示自己的才能。于是他全身心投入工作，想方设法筹备木料，指挥手下的工人忙前忙后。几乎可以肯定的是，他得到了“博爱”号的木匠彼得·扬松的帮助，后者拥有许多必要的工具和造船的技术。他们仿照已经沉没的“博爱”号，以几乎相同的方式造了新龙骨。他们日复一日、月复一月地切割木材，铺木板，船慢慢成形。完工时，船员们聚在一起欣赏自己的作品，他们对成果心满意足。这艘船是小号的“博爱”号，“完完全全用我们的方法”建造而成，排水量约为八十吨。

当最后一组绳子和索具安放到位后，家康被邀请到码头。“他登船参观，”亚当斯写道，“对一切都很满意。”这是事实。家康告诉亚当斯，此后如有需要，可随时登城——用亚当斯的话来说，“我必须经常去见他”。

家康看到这艘威风凛凛的船满帆出海时赞不绝口，“命我再造一艘”这样的远洋船。第二艘船更大（排水量约为一百二十吨），亚当斯等人为此花了数月时间。完工后，亚当斯为自己的杰作感到自豪。“我驾驶它从京都开往江户，”他写道，“差不多

日本人能够造出观赏用的大船，但造不出远洋船只，因此家康决定充分发挥威廉·亚当斯的才能

相当于从伦敦到利兹或者英国最远的海岸。”后来的事实证明，这艘船拥有卓越的性能。家康把它借给了西班牙的菲律宾总督（他的船在日本外海遭遇海难），总督用它完成了危险的横渡太平洋的航行。

家康可能庆幸自己当初没有下令处决亚当斯，他开始频频召见亚当斯——“他不时赐我礼物，最后授予我俸禄”。此后，亚当斯有了一笔可观的收入——每天七十达克特银币和将近一千克扶持米（俸禄米）。

耶稣会士因为这个异端水手突然受宠而忧心忡忡。他们为没能使亚当斯被处死而恼怒不已；现在，他们意识到，亚当斯严重威胁着他们和将军的关系。“他学会日语后，”耶稣会士瓦伦廷·卡瓦略写道，“随时可以登城面见家康。作为异端，他经常诋毁我们的教会并污蔑我们的传教士。”耶稣会士知道谋杀亚当斯得不偿失，于是尝试使用另一种方法——竭尽全力使亚当斯和他的船员皈依天主教。他们知道，如能成功将是传教活动中的一次壮举。

这件事显然不容易。不过一旦失败，他们还有后手，他们承诺将“保证他和他的同伴能够获准安全离开日本”。亚当斯和他的船员让耶稣会士十分紧张，因为这些人可能“通过言语和异端邪说来污染刚刚皈依天主教，信仰依然脆弱的基督徒的灵魂”；为了排除后患，他们甚至打算冒着激怒家康的危险帮他们偷渡出日本。

1605年，一名耶稣会士（几乎可以肯定是若奥·罗德里格斯）在江户城见到了亚当斯，他（略显笨拙地）想说服亚当斯改宗天主教。“他利用这个机会，引经据典地证明新教是假信仰，天主教才是真正的宗教。”亚当斯嘲笑这名传教士，勇敢捍卫自己的新教信仰。“（他）思维敏捷，”这名耶稣会士写道，“虽然对圣经不甚了解，但仍然试图用它为自己的错误信仰辩护。”

罗德里格斯意识到自己的努力终将是徒劳的，于是宣布愿意保证“博爱”号船员可以登上下一艘从长崎出发的船。亚当斯虽然渴望离开日本，但是不想把性命交到最恶毒的敌人手里。他拒绝了这个条件，并讥讽耶稣会士在江户城的影响力越来越弱，令他们恼羞成怒。

人数不多的方济各会同样试图说服亚当斯和他的船员改宗，不过他们用了一种更加原始的方式。一个显然有些疯癫的狂热传教士胡安·德·马德里认为和顽固的异端辩论纯粹是浪费时间。他提出要再现神迹。他把这些人叫到江户附近的浦贺湾，给了两个选项让他们选。他指着位于海湾两侧的两座山，提出要“让一座山上的大树从水面移动到另一座山上”，第二个选项是“移动整座山”。

人们在窃笑，戏谑地说，如果山消失了，当地的领主肯定不开心。这名传教士不理睬他们的嘲弄，反而又提出了两个选项：“让太阳在天空中静止不动，如《约书亚记》所载……（或者）像圣彼得那样在水面行走”。这些人拒绝让太阳静止的提议，说太阳会灼伤他们敏感的皮肤，不过他们对第二个选项很感兴趣，纷纷表示想看胡安在水面行走。

亚当斯和其他人都不相信所谓的神迹，他坚信“所有神迹在很久以前就消失了，最近的都是假的，不值一提”。他们的怀疑刺激了胡安，他决心证明自己的信仰的力量。他深信自己一定会成功，于是在浦贺大肆宣传即将发生的神迹，“届时将有成千上万的人来观看这一盛况”。

“博爱”号船员不耐烦地等待神迹开始，没有人相信这名传教士能成功，他们非常乐意看到他在众人面前出丑。但是，当胡安开始准备时，船员们突然紧张起来。胡安以游泳见长，他们突然意识到他可能要表演某种魔术或者耍什么把戏。“这名传教士……将一块十字架形状的大木头绑在身上，”他们中的一个人后来写道，“从腰间直到双脚。”船员们不清楚这个装置到底有什么用，不过看起来似乎是为了“让任何一个会游泳的人都能浮在水面，而胡安恰恰以擅长游泳闻名”。

现在再警告人们胡安只是个江湖骗子为时已晚，他已经开始招摇地走向水边，向旁观者致意。他虔诚地祈祷，然后一只脚踏入水中，脚沉了下去。另一只脚也是这样。他继续往前走，但身体没有浮起来，他的“大木头”似乎不起作用。海水渐深，很快没过他的脖子。那个十字架非但没有给他提供浮力，反而拖着他向下，不久后他整个人就将被海水吞没。突然，船员们开始同情这名传教士。梅尔基奥尔·范桑伏特冲向岸边的一艘小船，把它推下水，去营救这个愚蠢的家伙——“尽管他耍了诡计，而且确实非常虔诚，但还是差点被淹死了”。这个浑身湿透、蒙羞受辱的家伙被从海里拽了上来。他鲁莽的尝试失败了，“这是天主教徒和其他基督徒的耻辱”。

第二天早上，亚当斯前去拜访胡安，询问神迹的事。这个可怜人的状态很差。亚当斯“发现他卧病在床”，但当被问及所谓的神迹的力量时，他像往常一样坚定。他说：“如果你们相信我能再现神迹，那么我肯定能够成功。”亚当斯忍不住打趣道：“我早告诉过你，我不相信你能做到，现在我更有理由坚持自己的看法了。”羞愧难当的传教士知道自己名誉扫地，“于是离开了这个国家”。他去了马尼拉，发现那里的人已经听说了他的事。他因为自己的尝试而大受欢迎，信众称他为“行神迹者”。但是，当地的主教并不喜欢这个方济各会的同僚，“因为他鲁莽的行为而把他投入监狱”。他确实鲁莽。他尝试在水面行走的消息很快传遍日本，据说很多年后，人们“还是念念不忘这个有名的‘行神迹者’”。

耶稣会士和方济各会士接受了他们无法让“博爱”号船员改宗的事实，开始密切监视他们的动向。耶稣会在日本很多城镇派驻了传教士，有一套情报传递系统，该系统可以将消息迅速传到长崎。但是，监视这些人并不容易，因为十八名幸存者拿到家康赏赐的钱后便分成几组，各奔东西了。有的人留在江户，希望能得到家康的任用。还有人因为接连遭受打击而感到绝望，终日大醉，没有留下任何记录。几年过后，只有十三个人还活着。

有的人在新家园过得很好。扬·约斯滕·范洛登斯坦得到家康的青睐，像亚当斯一样被授予俸禄。“博爱”号富有进取心的出纳员梅尔基奥尔·范桑伏特更加成功。他用从日本人那里租来的帆船，在日本和东南亚之间开展小宗贸易，获利不菲。不过，他们都不及亚当斯，后者取得了将军的信任。他成为家康的宠臣，尤其令耶稣会士恐惧的是，家康对他言听计从。“我说的话，”亚当斯写道，“他全部接受。”他教家康几何和数学，充当家康的翻译，向家康介绍日本之外的世界并给出建议。多年来，家康在这些事情上一直参考若奥·罗德里格斯的意见，并让罗德里格斯的人做自己的翻译。现在，他越来越依赖亚当斯。耶稣会士发现自己的地位下降，于是不得不聘用这个英国人充当自己和家康的中间人。“我曾经的敌人对这样的事态发展大吃一惊，”亚当斯写道，“现在他们必须恳求我和他们保持良好关系。”刚开始，他不愿意替他们传递消息，因为他们曾经想让他被处死，但是他最终决定“以德报怨……（而且）由于我的辛勤劳作，上帝已经保佑了我”。

他希望将军的恩宠最终能为自己带来丰厚的回报——也许将军会允许他离开日本。自从流落日本以来，他一直没有关于妻女的消息，越来越想家。他希望家康能理解自己的苦衷，动情地向家康诉说：“我恳请国王让我离开，让我见见可怜的妻子和孩子，这是出于良心和天性的诉求。”但是家康皱了皱眉，拒绝了。“（他）非常不悦，”亚当斯写道，“不让我回国。”

将军对亚当斯一再请求离开日本感到担忧，因为这个英国家臣实在太有用了。他决定用荣誉、土地和财产来回报亚当斯的服务，让后者死心塌地留在日本。亚当斯已经在江户购置了房产，现在他意外发现自己获得了一片大得多的地产。“因为我已经做过的和每天正在做的事，以及我忠心耿耿地为皇帝服务，皇帝赐我生计。”

所谓“生计”其实是位于江户附近三浦半岛逸见村的一大片封地。和其他日本庄园一样，亚当斯的宅子也是杉木建成，底部有木桩支撑。打开竹拉门便可见到缘侧（屋檐下的走廊），从那里远望，可见一片树林和灌木，更远处是覆盖着皑皑白雪的富士山。对于年少时一直生活在肮脏、贫穷的莱姆豪斯的亚当斯来说，这

威廉·亚当斯的封地——逸见村种植水稻的场景。完成耕种和收获工作的是当地领民，或者用亚当斯的话，“我的奴仆”

个乡下的封地为他带来了无尽的尊严和权威。他现在成了领主，有自己的封地，肩负着使命和责任，同时对家臣享有绝对权力。他的封地内有数个村庄，每个村子住着“八九十名农民，他们是我的奴仆”。不管亚当斯什么时候从江户返回封地，这些“农民”都会在道路两旁列队迎接他和他的客人。

英国的地主一定大吃一惊。詹姆斯一世时期的地主虽然拥有大片土地，许多鹿、鹰和猎犬，但他们对佃农的影响力受到采邑法庭和教会的制约。亚当斯则不受这样的限制。“领主对家人和仆人拥有绝对权力，”范礼安在他的《东印度耶稣会史》里写道，

“(他)可以按照自己的心意斩杀他们，不管是否公正，也不需要向任何人解释。”由于担心遭受惩罚，亚当斯的家臣和仆人同样对他毕恭毕敬。不管他什么时候回逸见，他们都会跟在他的马后一路小跑，而且对他俯首帖耳。日本农民听天由命的态度始终令欧洲人感到惊讶。“(他们)平静、满意地过着悲惨、贫穷的生活。”范礼安写道。他又补充道：“地位的变化在日本十分常见且频繁，命运的车轮在这里快速转动，与世界其他地区大不相同。”

事实很快证明，将军对威廉·亚当斯的慷慨不止于此。为了感谢他为幕府服务，也为了表示对他的尊重，家康做出了一个令人震惊的决定——封亚当斯为“贵族……(这个头衔)从未被授予外国人”。这个“贵族”确实拥有极大权力——亚当斯被赐予高贵的旗本身份，成为将军的直属家臣。他因此得以晋身统治日本数百年的武士(身经百战的战士)阶层，这个阶层扮演的角色与精英官僚集团或军事官僚集团类似。武士通常在忠心耿耿、战场上表现英勇的人当中选出，他们会花大量时间习武。亚当斯被封为武士冲击了该传统，因为他既没有在家康麾下作战，也不精通武艺。他的贡献看似平淡，但实际上举足轻重。作为外交顾问和翻译，亚当斯为家康带来了关于外部世界的消息，而此前家康对这些几乎一无所知。

成为旗本武士后，亚当斯不再穿英国服饰，改为日本装束。后来，他骄傲地回忆起自己的两把日本刀(所有武士都佩两把刀)。他还经常提及入手的绸缎，这是制作和服的上好材料，登城的人必须穿这种有长长的袖子的华美服饰。对于外国人来说，穿戴好宽大的和服并非易事，需要练习好一阵子才能掌握正确穿法。

外国人要练习很久才能掌握穿和服的方法

“他们先用右襟盖住身体，”一个刚开始学穿和服的西班牙人写道，“然后用左襟盖住右襟。”和服要用一条光鲜的绢带系好，绢带绕肚子一周，在臀部打结。如果系得不够紧，整件和服就有掉到地上的危险。

亚当斯显然已经掌握了穿和服的方法，还可以熟练使用极难学的日语。他很喜欢人们用他的日本名字——按针大人（“按针”在日语里是“引航员”的意思）来称呼他，他在新家园过得十分惬意，甚至开始在日记里用日本历表示月日，如“霜月十八日”。

亚当斯曾多次请求离开日本，不过在被封为旗本并获赐土地之后，他觉得留在这里比返回英国更有前途。他在逸见有封地，在江户有宅邸，而且跻身拥有特权的武士阶层，这一切在他的出生地是难以想象的。他仍然想念玛丽和他的女儿，在信中透露了对她们命运的关心：“我希望，假以时日，我可以听到我的好友或其他熟人，以及我的妻子和女儿的消息，我会耐心等待，愿上帝保佑。”但是他知道，他的信要花数年时间才能经荷兰送至英国，和家人团聚的可能性微乎其微。

与此同时，亚当斯看上了马込勘解由平左卫门的女儿，后者是管理以江户为起点的一条重要道路（这样的道路共五条，被称为“五街道”）上的一个驿站的役人。马込的职务虽然重要，但他出身低微，社会地位不高。亚当斯娶他的女儿阿雪为妻，不太可能是因为经济原因，更不可能是想把岳父当作靠山，他可能真的爱上她了。按照日本习俗求婚后，两人正式成婚。现在有两位亚当斯夫人了，她们住在地球相反的两端，完全不知道对方的存在。

亚当斯为自己的好运开心，一切似乎都步入正轨。“我经历了诸多不幸之后，上帝非常眷顾我。”他很快就得到了更好的消息。1609年，他的死对头——耶稣会士突然出乎意料地陷入危机，此次事件最终导致了发生在平静、与世隔绝的长崎湾的武力冲突。

从海上是看不到长崎的，它周围都是山，山上长着郁郁葱葱的杉树。进入天然良港长崎港之前，船上的人完全看不到它错综复杂的街巷。自从1580年大村纯忠把长崎送给耶稣会以来，传教士在这里耕种农田，搭建木屋，这个小渔村迅速发展起来。长崎现在是一个繁荣的港口，通过与中国的丝绸贸易获取丰厚利润，街道两侧遍布教堂、修院和住宅。不过，那些期待见到一座葡萄牙殖民城市的新来者将大失所望，因为长崎看起来和九州沿岸的其他城市没什么区别。商人住在有日式凹面屋顶的宅子里，甚至连普通人的房子都装着竹推拉门和半透明的纸窗。在所有建筑中，耶稣会的教堂最为显眼。它呈六边形，有像佛塔一样层层叠叠的屋顶，看起来更像佛寺而非教堂。

绿树成荫的街道常常挤满了人，每年从澳门来的贸易船进港时更是挤得水泄不通。水手上岸寻欢，在酒馆买醉，蓄着大胡子的葡萄牙贵族穿着蓬松的裤子、搭扣鞋和松垮的帽子趾高气扬地走在街上。最富有的商人带着自己的侍从和奴隶，坐在丝绸轿子里。很多人隶属于仁慈堂——一个由天主教传教士和平信徒组成的，拥有共同崇高理想的兄弟会。

为了欢迎一年一度自澳门而来的葡萄牙船（朱印船），当地人会举办宴会和庆祝活动。1609年，人们更有理由庆祝，因为“圣母”号所载的货物价值不菲，远超往年，船上有惊人的二百吨丝绸（价值六十万克鲁扎多）和大量金银。耶稣会士十分高兴，因为他们作为中间人可以获得大笔财富。

很快，这样一艘满载货物的船便引起了嫉妒和贪婪。长崎奉行长谷川左兵卫派部下携带武器登船检查——这是他的权力，但是这艘船的船长傲慢地拒绝了日本人的要求。长谷川勃然大怒，宣布将亲自登船，但同样遭到拒绝。得知船长的身份后，他更加愤怒。安德烈·佩索阿是澳门总督（当时称“甲比丹·莫尔”，中文史料称“加必丹末”，意思是大船长），他因为上一年发生在那里的一起事件遭日本人痛恨。一些日本水手在澳门闹事，佩索阿派人袭击了他们的住处，杀死了不少人。被俘虏的日本人被迫写下供述书，承认这场流血事件的责任在日方。他们被放回日本后，四处诉说自己经历的苦难和折磨。

家康听说此事后的第一反应是对葡萄牙人科以罚金。但是，听说佩索阿羞辱长崎奉行后，他决定对他们施以更加严厉的处罚——“把船长和所有葡萄牙人都杀死，没收他们的船和所有货物”。家康假意向佩索阿保证，将赦免其屠戮日本人的罪行，让他来江户城。佩索阿察觉有诈，明智地拒绝上岸，他更加信任自己全副武装的船。家康被这种抗命行为激怒了，命肥前大名有马晴信逮捕这个船长，夺取他的船。

有马很乐意执行这项任务，因为他的一些手下卷入了澳门的事件，他渴望复仇。1610 年 1 月的第一个星期，他集结了大约一千二百名武士，趁夜色发动攻势。武士们分乘三十条小船划过长崎湾。他们信心十足，高声咒骂佩索阿，并朝夜空鸣枪。佩索阿等他们进入射程后，命部下连续两次开舷炮攻击敌军，杀死了不少人。为了羞辱日本人，“每次开炮时，都吹奏笛子（号）”。

有马的部下被迫撤退，然后再次集结。尽管他们一次又一次划入海湾，但根本无法靠近“圣母”号，接连三晚都被佩索阿强大的火力逼退。1 月 6 日，葡萄牙船长成功地将“圣母”号驶出港口，进入安全海域。有马十分绝望，决定孤注一掷。他为了让自己的人攀上这艘船，建造了一座高大的木塔，“由两艘大船载着”。它几乎和葡萄牙船的船桅一样高，外面盖着兽皮，为防火攻还沾了水。有马为了确保胜利，额外雇用了一千八百名武士。晚上 9 时，攻击开始，与之前相比稍有起色。有些勇敢的日本战士甚至成功攀上“圣母”号，但他们还没来得及挥舞锋利的武士刀，葡萄牙人便把他们砍成碎片。佩索阿亲手杀死了两名日本武士。

葡萄牙人得意扬扬，正准备宣布胜利，但意想不到的事情发生了。一名武士射中了佩索阿部下投掷的手榴弹，燃烧的弹片引燃了甲板上的火药，后桅的帆迅速被火焰吞噬。在极短的时间内，整艘船都燃烧了起来。佩索阿立即意识到，大势已去，这艘船的结局已定。半兴奋、半疯狂的他决定以壮烈的死亡结束一切。“无所畏惧的他放下剑，一只手拿十字架，另一只手拿火把，走下船舱，点燃了火药库。”紧接着的大爆炸带来了一场大灾难。“圣母”号微微上浮，在大火中拦腰断裂，沉入六十米深的水底。佩索阿本人随船葬身大海。

家康得知整个事件的经过后非常生气，威胁要杀死所有葡萄牙商人并驱除所有耶稣会士。好在多数老中头脑冷静，说服他打消了这个念头。不过，若奥·罗德里格斯还是遭到了驱逐，这位曾经当过家康翻译的传教士被告知必须立即离开日本。他已经没有用了，家康找到了新翻译——威廉·亚当斯，他更合家康心意。

“圣母”号沉没使耶稣会遭受沉重打击，他们损失了大约三万克鲁扎多，“财政状况糟糕透顶”。葡萄牙商人同样蒙受了不小损失，他们失去了一整年收入。不仅如此，他们很快遇到了另一个麻烦，就在不久前，两艘荷兰船在平户岛登陆，这座小岛距离长崎只有几个小时的航程。其中一艘船上载着一个勤勉的商人——雅克·施佩克斯，他是荷兰东印度公司雇员，奉命在日本设立商馆，这是一份艰难的工作。

鹿特丹的市民和商人一直想和日本建立贸易关系。早在八年前，他们已经从荷兰探险家奥利维尔·范诺尔特那里听说了“博爱”号的壮举。范诺尔特在东印度群岛遇到了一些日本商人，从他们那里得知“一艘大型荷兰船，顶着暴风雨……到达日本”。这引起了荷兰商人的兴趣，但是他们正忙着在东方的其他地方建立新据点。离日本最近的荷兰商馆位于马来半岛上的北大年，不过懒惰的商馆长维克多·斯宾科尔对横渡东海没什么兴趣，对帮助昔日的同胞也没什么热情。1605 年，“博爱”号的两名船员和斯宾科尔取得了联系，但后者拒绝和日本通商。相反，他指责他们听命于“博爱”号唯一幸存的英国人——威廉·亚当斯，后者现在深受家康宠信。

雅克·施佩克斯比斯宾科尔更有活力，但是他很快意识到自己的任务困难重重。他只有三名助手，他们都不会说当地的语言，而且对日本一无所知。不过，在亚当斯的帮助下，他得以谒见家康，向其请求贸易许可。家康非常欢迎施佩克斯的到来，渴望和荷兰人通商，给“荷兰大名”（实际是荷兰执政）莫里斯亲王写了一封热情洋溢的信，告诉后者自己非常期待荷兰人来访。“如果两国关系友好，”他感慨道，“纵隔千山万水，每年互访又有何不可？”

家康的热情遭到了冷遇。荷兰商人无法分派任何船只前往日本，施佩克斯经常绝望地望着地平线，希望看到一艘来自荷兰的船只。他担心家康会撤回贸易许可，于是请亚当斯斡旋，让他可以再次谒见将军。“因为这位亚当斯先生已经取得国君的信任，”当时的荷兰文献记录道，“在这个国家，没有哪位大名或者王子比他更适合做这件事。”

1611 年 2 月，两人前往江户城，受到老中首座和其他幕府官员的接待。亚当斯给了施佩克斯很多言行举止方面的建议，这个荷兰人完全照办了。“我们尝试遵循日式礼仪，”茫然的施佩克斯写道，“也就是说，我们要不停地问候对方，对方也会问候我们。”与家康会面的时间定在中午。穿着得体的小姓打开拉门，施佩克斯走进家康所在的房间，将礼物——毯子和象牙放在一张小桌子上，然后被带到家康面前。“我们向皇帝致敬，”荷兰文献记录道，“他问我，我们在摩鹿加群岛有多少兵力，我们是否在婆罗洲做生意，那里是不是有最好的樟脑树。”接下来，家康开始询问北欧的产品，以及“我们的国家有哪些香木，哪种最珍贵”。亚当斯翻译了荷兰人的回答，家康看起来很高兴。施佩克斯后来听说，将军很少“这么亲切地和人谈话，对日本大名都不会这样”。

会面刚刚结束，亚当斯就被召回大殿和德川单独对话。荷兰人的所有礼物都摆在家康面前，他“一件件看过织物、小饰品、天鹅绒和枪支”，然后问道：“荷兰人的船会不会带来许多有趣的东西和漂亮的商品？”亚当斯“向皇帝陛下保证，荷兰船会带来一些漂亮的东西”。家康答道：“好，好，我看得出荷兰人既会造东西，也会打仗。”

亚当斯作为中间人帮助荷兰人取得了贸易许可。“荷兰人现在安心了，”他写道，“我帮他们争取的（贸易）特权，西班牙人和葡萄牙人在五六十年内都没法得到。”他正准备把这个消息告知施佩克斯，却听到了一则令人不安的消息，一个庞大的西班牙使团正谒见家康，要求立即将所有荷兰人逐出日本——这件事完全出乎亚当斯和施佩克斯意料。率领使团的是来自新西班牙总督区的使节塞瓦斯蒂安·维西亚诺，他的排场很大。他衣着华丽，穿着“紧身短上衣、夹克、短裤”，戴着“飞边、披风和镶金边的大帽子”，脚上穿着白靴，上面有华丽的扣子，为了给自己锦上添花，他腰佩金色的剑和匕首。他带着二十四名火枪手，随意开枪，“很快就用完了一桶火药”。

维西亚诺的目的不仅是将荷兰人逐出日本，他还要求家康允许其绘制日本海岸线地图。家康以一贯友好的态度同意了这个要求，但维西亚诺的狂妄自大很快让他觉得受到了侮辱。这个西班牙人拒绝平伏在家康面前，理由是西班牙君主是世界上最伟大的统治者；他还要求家康允许西班牙教士自由出入日本。此前一直很客气的家康被激怒了。“你们国家的人遵循的教义和我们国家的人完全不同，”他说，“所以，最好不要再在我们的国家宣扬你们的教义。”

维西亚诺很生气，继而要求把所有荷兰人和亚当斯一起逐出日本。事实证明，家康无法接受这个要求，维西亚诺的傲慢令他震惊。他告诉这个西班牙人，只要遵守日本法律，“地狱的魔鬼”也可以享受和“天堂的天使”相同的待遇。他还提醒维西亚诺，日本“对所有外国人开放，谁都不会被赶走”。

施佩克斯和亚当斯听说维西亚诺的冒犯之举后十分开心。维西亚诺公开宣称西班牙国王“根本不在乎和日本的贸易”，还告诉一个日本大名，西班牙只是想将不信教的日本从地狱的永恒之火中拯救出来。“信仰基督的陛下，”他说，“虔诚地希望所有国家都皈依神圣的天主教并因此获救。”家康对维西亚诺的傲慢深恶痛绝，退回了他的礼物，“当他不想答应外国人的请求时，他总是这么做”。没有任何人在他面前表现得如此自大；此外，他认为西班牙人请求测绘日本崎岖的海岸线别有所图。

当家康向亚当斯寻求意见时，这个英国人深思熟虑了一番后才给出答案，他的目的是最大限度伤害西班牙人的事业。他说西班牙国王的目标是征服全世界，并为此制订了一个狡猾的计划。他先派耶稣会士等传教士到他想征服的地区，使尽可能多的人皈依基督教。这样，等他稍后派出部队时，他们就可以轻而易举地取得立足点，然后再继续扩张。亚当斯告诉家康，英国统治者绝不会答应这样的请求，因为西班牙人显然只想为自己的侵略军找到合适的登陆地点。

维西亚诺来到日本后，亚当斯又想起了英国。他担心自己幸存的消息还没有传到伦敦，家人和朋友可能“没有收到任何消息……不知道我是生是死”。他迫切想告诉他们，他还活着，“乞求耶稣让我可怜的妻子知道我在日本”。但问题在于，他永远无法确定自己的信是否被送到英国。在日本短暂停留的少量荷兰船只需要几年时间才能返航，而船上的人未必会把他的信从荷兰送到英国。

亚当斯不知道，荷兰人故意扣押了他的信。这些唯利是图的商人自私、无情、不守信用，他们竭尽全力隐瞒一个英国人正在日本的事实。由于他们的蒙蔽，亚当斯不知道英国人早在将近十年前就开始派船驶往东印度群岛；1603 年，一小群探险家在爪哇岛设立商馆。这么多年来，留在日本的亚当斯和他的同胞仅仅相隔不到两个月的航程。

他最终识破了荷兰人的诡计，勃然大怒。“如果我知道英国船已经在东印度群岛做生意了，”他后来给一个朋友写道，“我早就经常给你写信了。但是荷兰人一直瞒着我，直到 1611 年我才第一次听说这件事。”

亚当斯迫不及待地给爪哇万丹商馆的英国人写信，述说十一年来自己在日本的经历。他不知道自己到底在给谁写信，因此只能含糊地称收信人为“素昧平生的朋友和同胞”。

“我鼓起勇气写下这封信，”他写道，“希望尊敬的公司原谅我的无礼。”他意识到这些商人肯定没听说过他，于是自我介绍道，他叫威廉·亚当斯，还骄傲地补充道，“我在拉德克利夫和莱姆豪斯小有名气”。他希望同胞尽最大努力把他的信送回英国，还列了一份老朋友的名单。他写道：“愿我得到同情和怜悯，希望我的朋友和亲人能够知道我在远航中活了下来。”

亚当斯劝他的同胞来日本，告诉他们日本是全世界最适合做生意的国家，“这里的人天性善良，讲究礼仪，在战场上十分英勇”。他接着写道，这里几乎没有罪犯，没有人作奸犯科，“这里的治理水平是全世界最高的”。他知道他们嫉妒荷兰人，提到荷兰人总能刺激他们，于是继续写道：“这里的荷兰人拥有的财富与东印度群岛不相上下。”

葡萄牙人和西班牙人在家康面前失宠，荷兰商馆人手严重不足，亚当斯知道，现在轮到英国人大显身手了。

第六章

前往未知之地

万丹的夜总是来得很突然。一旦毒辣的热带太阳落到爪哇海的海平面以下，天空便一片漆黑。在接下来的八个小时里，住在这个危险港口的少数英国人必须时刻保持警惕，防止被当地人猎头或割喉。商馆长奥古斯丁·斯波尔丁通常在黄昏时分锁上坚固的大门，并祈祷夜间不会有人从栅栏外发射火矢。

位于爪哇岛北的万丹港，是英国人在东印度群岛的主要据点。这个繁忙的港口停泊着来自遥远的印度、中国、日本的大量中国式帆船、阿拉伯三角帆船和印度尼西亚当地的小船。它是东印度群岛的主要贸易中心之一，小贩和商人在这里出售摩鹿加群岛的肉豆蔻、印度的印花布和中国的瓷器，偶尔也会有日本的漆器。

1601 年，经验丰富的船长詹姆斯·兰开斯特指挥东印度公司的舰队首次驶往东印度群岛；两年后，他在万丹留下十一个人，命令他们收购香料，这些人在这里设立了一个小型英国商馆。他们惊讶地发现自己生活在相当国际化的环境中。万丹的露天剧场和香料市场挤满各路商人，构成了一幅多姿多彩的画卷。当地的爪哇人围着马鲛鱼缠腰布，穿着天鹅绒无袖外衣；富商戴着塔夫绸（一种丝织品）的帽子和白印花布腰带，看起来像是正要去参加宫廷晚宴。中国商人的扮相更加夸张。他们穿着中国式样的长袍，戴着只能部分盖住油腻长辫的丝巾。镇上的官员穿着吓人的带兜帽的长袍，这里的神父有亲吻地面的奇怪习惯。那些疯狂的预言家更令人震惊，据英国人埃德蒙·斯科特所述，他们“像疯子一样在大街上跑来跑去，手里拿着剑，撕扯自己的头发，扑向地面”。为这幅画卷画龙点睛的是当地年幼的统治者，他喜欢坐在战车上，被一队雪白发亮的水牛拉着穿过街道。

万丹虽然适合做香料买卖，但是对于饱受痢疾折磨，在漏水、肮脏的船上待了十二个月的水手来说，这里再糟糕不过了。第一批英国人建完住所后不久就开始死亡。正副商馆长在几个月内接连过世，其他人饱受疾病和高烧折磨。他们很快发现，疾疫横行的万丹是东方最不卫生的地方之一，这里伤寒、霍乱肆虐，疟疾一直让人头疼，因为滩涂和沼泽非常适合蚊子繁衍。一个船长将万丹称为“发臭的大杂烩”，另一个讽刺道，“不要说帮助病人康复，连健康人都要死在万丹”。

英国商馆（一栋二层藤木建筑）非常简陋，“因为酷热难耐，二层都没有封闭”。季风带来的暴风雨吹打着它，雨水会顺着粗糙的茅草屋顶流下，一直流到一层。炎热的中午，太阳直直照着屋子里的人；到了晚上，成群的蚊子会光顾这里。深夜是最糟糕的时间，英国人必须把火炬挂在篱笆周围，“否则肤色黝黑的爪哇人会趁夜色偷偷摸进来，我们很难发现”。

英国人根本不可能指望睡个好觉，出身底层的爪哇犯罪者从早到晚一直恐吓他们。斯科特写道：“夜里，他们试图用火把或火矢烧掉我们的主建筑。”藤屋顶数次被点燃，噼啪作响，好在火及

万丹拥有一个国际化社区。当地商人（上图）腰佩波纹短剑。外国商人（下图）穿着五颜六色的长袍，看起来非常具有异域风情。途中的三人可能是香料商人，分别来自勃固（位于今缅甸）、波斯和阿拉伯

时被扑灭。一想到可能被活活烧死在货栈里，他们便心惊胆战。斯科特写道："哎，要是有人在旁边用英语、马来语、爪哇语或者汉语说'火'这个词，就算我已经入睡，也会跳下床去。"他们被

阴谋诡计包围，这里的人费尽心思“想趁夜色杀死我们”，当地可怕的猎头习俗让每个英国人感到害怕，担心被折磨、被杀。英国人有足够的理由将商馆从万丹迁往他处，但还是挺了过来。在这里坚持了九年后，这个小商馆慢慢发展起来，成为东方重要的贸易中心。

1612 年 4 月 26 日，一艘英国船驶入万丹港，商馆长奥古斯丁·斯波尔丁大喜过望。“没有英国船来这里。”他写道。一年多来，他一直梦想着这个时刻。他生怕自己看错了，特地跑到海边确认——确实是一艘英国船。“环球”号（这个名字非常符合它的经历）抵达万丹，这是其非凡的东南亚探险之旅的第四站。

“环球”号的航行是两个大胆的商人——彼得·弗洛里斯和卢卡斯·安特尼的杰作。两年前，这两个令人生疑的无名之辈现身伦敦，径直前往东印度公司总督斯迈思爵士位于菲尔伯特街的家。斯迈思当即起了疑心。他们说自己是荷兰人，但不愿意多说自己的来历、背景，而且似乎为掩盖真实身份而使用了化名。不过，二人都拥有丰富的和东方人做生意的经验，口齿伶俐的弗洛里斯谈及如何从东方获取财富时尤其能言善道。他的荷兰同胞后来评论道，弗洛里斯“了解所有秘密和计划，这些对于他们（英国人）来说极其重要”。

弗洛里斯的计划极为大胆。伦敦和阿姆斯特丹市场上的香料开始过剩，他对此日渐担忧。他知道，东方还有可以获取高额利润的尚待开放的市场，于是计划避开传统的香料贸易，投身利润极高的东南亚内部贸易，在爪哇、中南半岛和日本之间买卖奢侈品。弗洛里斯知道，只有最稀有的商品才能卖出最高价格，他的项目需要一小批探险家深入英国人从未去过的中南半岛的热带雨林、暹罗（今泰国）的人迹罕至的腹地和日本的静谧之地。弗洛里斯和安特尼希望能在东方——从爪哇到日本建立一些小货栈，而且尽可能让人留在当地。

斯迈思对探险充满热情（前提是能带来利润），对弗洛里斯的计划很感兴趣。他同样担心供过于求会导致香料价格暴跌，一直建议商人买卖其他商品，比如丝绸，“它们在基督教世界还没有过剩”。他听说弗洛里斯和安特尼准备为这个计划投资一千五百英镑后，更加热情，欣然同意两人以东印度公司的名义出航。

詹姆斯一世同样支持这次航行，因为他意识到关税收入的增加有助于填补其空空如也的金库。他给若干东方君主和酋长写了介绍信，其中一封是写给“伟大的日本国王”的。他以谦卑的口吻对日本“国王”大加逢迎，称赞后者以“高贵且受人爱戴”闻名，并解释说自己之所以写这封信，是因为想要“得到您的友谊和善意”。他想要的其实是这个国家传说中的财富，所谓的为了得到“友谊和善意”只是外交辞令。他在信中明确提到，希望“两国可以交换对彼此来说最有用的商品”。虽然没有详细解释上述“商品”到底指什么，但英国人都明白国王的真实意图——他想让日本人购买英国的毛织品以换取大量白银。

詹姆斯一世打算在日本设立一个永久性的商馆，请求将军“提供保护，使两国的贸易步入正轨”。他说他已经命令弗洛里斯和他的人以“最有礼貌、最友好的方式谦卑地对待您的子民”，希望他们在日期间能够注意自己的一言一行。詹姆斯一世向日本“国王”保证，他的臣民来英国时将得到“所有必需品”。在信的最后，他祈祷道："主必看顾保护你…… 佑你凯旋。"

虽然国王和斯迈思爵士都对这次航行寄予厚望，但他们不知道派两个荷兰人执行英国外交任务是否明智。斯迈思挑选探险队的船长时非常谨慎。安东尼·席博恩是一个"正直（而且）有智慧"的人，因领导力出众而被称为"优秀的牧羊人"。斯迈思还找来了旧识——商人罗伯特·布朗。布朗本来是合适人选，不幸的是他严重晕船。每次吃完咸猪肉和陈啤酒的丰盛午餐后，他都会伏在船舷上狂吐不已。乘船上的小艇驶向岸边令他更加难受，他恶心得厉害，很快就"瘫在船上"。

其他商人和水手虽然健康，但没什么用处。舰队副司令托马斯·埃辛顿爱吵架且毫无经验，大副约翰·约翰逊经常"醉得站立不稳"，引航员约翰·斯金纳则嗜赌成性。船员乔布·帕尔默和理查德·毕晓普彼此厌恶，一度大打出手，剩下的很多船员则不时哗变。

"环球"号于1611年2月第一个星期从英国南部海岸起航，顺利到达好望角，在那里下锚，船员们划船上岸。弗洛里斯叹息道："这个季节在这里找不到什么食物。"不过船员们还是成功地将八十只羊和二十头牛运上了船。这足以使他们继续驶向印度，他们计划在那里购买印花棉布，这些东西在爪哇岛和暹罗能卖上不错的价钱。

弗洛里斯和安特尼去过次大陆，知道印度东海岸有三个主要贸易中转站——布利格德、佩塔波利和马苏里帕特拿姆。他们本打算在最南边的布利格德登岸，但在划船上岸的途中受到了暴风雨的袭击，险些葬身海底。"我们十分难过，"弗洛里斯写道，"特别是布朗先生，他生病了。”当布朗先生在孟加拉湾的温暖水域干呕时，其他人终于可以收桨上岸了，但他们发现这里的贸易前景暗淡。一群荷兰探险家已经对这片海岸宣示了主权，当地的女总督——一名曾在宫廷待过的脾气暴躁的女士，拒绝接见这些人。随着气温升高，英国人的脾气越来越大，而罗伯特·布朗的健康情况进一步恶化。他剧烈呕吐，席博恩船长为了照顾他，不得不把他送上岸，但是他的病显然因为一些恼人的热带疾病恶化了。弗洛里斯为没有得到当地人的礼遇而感到不满，于是决定继续航行。他粗鲁地咒骂女总督是“老妓女”，然后带着船员返回“环球”号，沿着海岸向北驶向佩塔波利。

由于这里的贸易活动甚至更不景气，弗洛里斯命令船继续驶向马苏里帕特拿姆。痛苦的罗伯特·布朗请求他允许自己上岸，从陆上前往马苏里帕特拿姆。但是他虚弱到无法爬上船上的小艇，因此只能继续忍受途中的颠簸。在重病中又度过一个星期后，他面如死灰，大限将至。根据船上的记录，“晚上 9 时左右，罗伯特·布朗先生去世了……第二天早上，他被埋在岸上，为了纪念他，我们为他立了墓碑”。

马苏里帕特拿姆是他们在印度海岸做成生意的最后希望，弗洛里斯决心不论如何都要成功。尽管当地总督是个“恶棍”“无赖”，弗洛里斯还是设法用很低的价格买到了棉布、头巾和染过的布料。他很高兴，因为“没有背负一便士债务”便买到了相当多货物。他欣喜地写道：“我们的财政状况良好。”“环球”号出发驶往万丹，他确信可以在那里获得更多货物，这些商品在马来半岛的北大年有现成的市场。

弗洛里斯到达万丹后，受到留在这个不幸之地、人数逐渐减少的同胞的热烈欢迎。奥古斯丁·斯波尔丁哀叹英国船只几乎不来这里，他还向弗洛里斯倾诉赚钱不易。最令他头疼的是人才匮乏，那些热衷于四处开拓新市场的人最后都赚不到什么钱。斯波尔丁最近才派人前往婆罗洲西海岸沼泽遍布的苏卡达纳港，那里的钻石很便宜。东印度公司曾经给了商馆大量白银，但商馆仍然处于破产边缘。“以我们的智力完全猜不到这钱被谁赚去了。”弗洛里斯讽刺地写道。他当然知道，商馆的人自己偷走了钱。

弗洛里斯在万丹期间，一边卖掉部分棉布，一边为下一步做准备。奥古斯丁·斯波尔丁鼓励他前往日本，告诉他一艘荷兰船刚刚带来了威廉·亚当斯上一年写给“素昧平生的朋友和同胞”的信。

“听闻爪哇岛有英国商人，实乃莫大喜讯……”信的开头这样写道，“我鼓起勇气写下这封信。”弗洛里斯早就听说一个英国人独自住在日本，但还不清楚亚当斯在日本的地位。斯波尔丁告诉他，亚当斯深受将军宠信，能讲流利的日语，被封为领主，在离江户不远处有一片封地。他还提到了其他诱人的信息——日本是一个拥有丰富自然资源的国家，日本人嗜好舶来品。弗洛里斯希望前往这个日出之国。他告诉斯波尔丁，如果需要，他愿意帮后者给亚当斯捎信。不过，在驶往日本之前，他要先处理掉从印度买来的棉布，这意味着他们需要前往马来半岛的北大年。

1612 年 5 月，“环球”号离开万丹，继续这次已经持续了十五个月的航行。到目前为止，船上只有七个人死于疾病，但是万丹的诅咒在他们起航后不久就应验了。他们在爪哇海沿苏门答腊东岸航行时，死亡人数急剧上升。弗洛里斯写道："万丹的恶劣气候每天都在折磨人。"船员们日渐虚弱，然后死亡。"今天，两个人死于这种病（阿米巴痢疾）……两天后，亚瑟·斯迈思也死于这种病"。很多人因为太虚弱而无法操纵船帆或索具。甚至在到达暹罗湾，在潮湿的北大年港下锚之后，船员们仍然受病痛折磨。

马来半岛的北大年仍然是以维克多·斯宾科尔为首的一小群荷兰商人的据点，他们于1605年第一次来到这里。北大年和万丹一样，也是一个充满活力的世界性港口。从暹罗来的身着各种古怪服饰的商人把这里当作货栈和贸易站，不时有船自日本而来。码头的船坞堆放着大量暹罗苏木，它们在日本价值不菲。另外一种重要商品是牛黄，据说它能解毒。

荷兰商人发现北大年的生活并没有那么令人厌恶。"女人白天为陌生人打扫家务，"一个人写道，"晚上提供其他服务。"这是熬过闷热夜晚的最好方法。但是，这个女人必须是未婚的，因为"通奸会被处以死刑，具体行刑方式由她们的父母决定"。

弗洛里斯和安特尼本来期待荷兰人能念及同胞之谊，善待他们；但荷兰人并不喜欢他们，"反感"他们为英国人工作，认为这种行为"令人作呕"。不过，年迈的北大年"女王"很欢迎他们。她身材高大，气质优雅，像少女一样活泼，给弗洛里斯留下了深刻印象——"（她是）一个上了年纪的美丽女人，大约六十岁"。她最喜欢的（也是需要极大精力的）消遣活动是"猎杀野水牛"。她很爱跳舞，还喜欢让侍从表演喜剧，当她发现弗洛里斯和他的人同样对当地舞蹈感兴趣时，便缠着让他们跳舞，"这让她十分高兴"。她通常非常健谈，不过如果想终止对话，她就会拉上和客人之间的帘子。弗洛里斯说："在整个东印度群岛，（我）再没见过像她这样的人。"

弗洛里斯带来了詹姆斯一世给这位美貌"女王"的信。他尽可能以庄重的方式呈上这封信。"它被放在金盆里……由一只大象驮着，乐师骑在象背上，后面还有很多手持长矛和小旗子的人。""女王"很开心，允许弗洛里斯在这里设立商馆。这是不错的发展，不过他还要先为自己的手下治病。事实证明，鲜杧果和菠萝对受血痢折磨的人没什么用处，染病的人"很多，船上似乎爆发了瘟疫"。普通船员最先倒下，但当"环球"号到达北大年后，上层也开始患病。席博恩船长到达北大年后不久便病倒了，越来越虚弱，直

北大年"女王"（图右骑在大象背上的人）性格活泼，最喜欢的消遣是猎杀野水牛。弗洛里斯评论道："在整个东印度群岛，（我）再没见过像她这样的人。"

到显然已经无药可救。无论“对船员的管理，还是对航海本身”，他的死都是巨大的损失。下一个染病的是大副的好友托马斯·史密斯，他是“杰出的天文学家和船员”，曾多次帮助“环球”号化险为夷。更多的死亡接踵而至，十九条生命最终消逝。

这个不幸的消息迅速传遍北大年，镇上的不法之徒决定抓住这个机会袭击英国人。他们闯入商馆，偷走价格不菲的印度棉布。“我们的屋子遭窃，”弗洛里斯写道，“过程简直匪夷所思。”屋里至少睡着十五个人，“卢卡斯先生和我睡在一张床上，紧挨在一起，床下还躺着一条大黑狗”。金子和最高档的棉布放在一个大箱子里，“箱子离床很近，二者之间的距离只够箱子的门开闭。”这些窃贼蹑手蹑脚进入屋子，没有将狗吵醒，砸开箱子的挂锁，偷走钱、棉布和弗洛里斯的长剑。“很奇怪，我和建筑里的其他人没有听到一丁点声音，”弗洛里斯写道，“（更何况屋子里还）挂着一盏明灯，院子里还有人放哨。”

遭遇挫折的船员们为了置办带往日本的货物，不得不尽全力卖掉剩下的棉布。镇上的其他荷兰人依然不理睬弗洛里斯，好在他结识了探险家彼得·约翰松，后者即将动身前往日本。弗洛里斯知道约翰松值得信任，便询问他是否可以给亚当斯送去一封信。约翰松表示自己乐意效劳，“有机会为亚当斯先生做事荣幸至极”。

“环球”号船员很快发现北大年的贸易受到了周边地区战事的影响，富有的商人对购买弗洛里斯的印度奢侈品毫无兴趣。船上的所有人都很清楚，在横渡东海之前，他们必须先找到一个可以卖出货物的地方。决定目的地时，船员们产生了分歧。有些人受够了疾病和死亡，非常想回家，另一些人则越挫越勇。以卢卡斯·安特尼为首的少数人，提议在暹罗腹地的丛林进行一次非凡的探险，他们认为那里有香木和珍贵的皮草，可以把这些东西卖给日本人。弗洛里斯同意他们的提议，帮他们造了一艘小船，让他们乘小船前往暹罗。他保证一旦“环球”号在北大年找到贸易机会，马上就去和他们会合。

1612 年 7 月的第三个星期，安特尼和他的人出发了，一个星期后到达暹罗海岸。他们受到当地官员的欢迎，并被告知他们必须前往内陆的大城府，也就是这个炎热的国度的首府，“（向国王）汇报他们到来的消息”。这会让他们踏上未知的土地。他们没有暹罗内陆的地图，不知道途中会遇到什么样的人。只有一个英国人——伊丽莎白时代的探险家拉尔夫·菲奇拜访过暹罗，大约三十年前他从印度前往那里。返回英国时，给他留下最深刻印象的不是贸易机会，而是暹罗男人古怪的性风俗。“（他们）将小圆球放入私处，”他后来回忆道，“他们将皮肤切开，把它们放进去，一边一个。”菲奇被告知，这种痛苦的风俗是为了“压抑男性的性欲”，不过他的翻译眨了眨眼补充道，“女人确实很喜欢它们”。

安特尼和他的人没时间研究他们的性风俗，他们急于逆湍急的湄南河而上。在一群拿着火绳枪的“黑人”的帮助下，他们驾船行驶在这条浑浊的河中，经过沉睡中的小村庄曼谷，这里的地方官员及其副手来见他们，“十分友好”。随后，他们继续前往大城府。事实证明，越往北走，越难航行，这个国家当时正处于动荡之中，登岸十分危险。此外，越到上游，操纵载满人的船逆流而上越发艰难。他们经过生藓的寺庙和潮湿的村落，不断咒骂热带的湿度。天气也很糟糕，“现在是雨季”，人们的衣服总是湿漉漉的。这条大河的水流越来越急，很快冲破低洼的河岸，河水夹杂着泥沙涌向茂密的草木。“这个国家到处都是水，”一个人写道，“水凶猛地冲向下游。”他们花了四个星期终于到达大城府，它是阿瑜陀耶王朝的首都。

看到这些不请自来的客人，国王非常高兴，或许还有些惊讶。他问“我们离家多久了，然后对我们表示欢迎，许诺将允许我们做生意”。他仔细听他们解释将如何取得售往日本的货物，并对这些英国人的勇气大为赞叹，赠给每个人“一盏金杯和少许布料”。不久后，他再次慷慨地送给英国人一间砖石砌成的“不错的宅子……再住许多年也不会出问题”。不过，对于安特尼手下的探险者来说，这间“宅子”过于舒适，不适合他们，他们开始酝酿新计划，想要继续向北深入，进入暹罗的热带腹地。他们打算前往传说的城市琅勃拉邦，它位于今老挝最北部省份郁郁葱葱的群山深处。若想前往这个东方的秘境，船员们必须再花数星期的时间溯湍急的河流而上，潮湿的岸边长着茂密的热带雨林。危险的丛林里有许多奇怪的动物，如长尾猴、长臂猿、飞鼠等。据说这里住着凶残的野蛮人。荷兰人林索登曾经在果阿待了许多年，收集了大量关于东方的情报。根据他的说法，他们“像野人一样生活，吃人肉，用烙铁在身上做记号，并以此为荣”。

这几个人并没有被所谓的食人族吓到，于1613年初向北进发，希望能“在那个国家找到贸易机会”。他们带了大量红色格纹布、棉纱线和染过的亚麻布，溯湄南河而上，岸边长着高大的柚木树和茂密的竹林。事实很快证明，这里并不适合做生意，商人们为了躲避战乱已经四散而逃，他们只带回少量“成色不足的黄金”。

部下前往暹罗北部的这段时间，安特尼也没闲着。他从大城府的商人那里打听到，日本人对苏木的需求极大。他吃惊地看见两艘日本帆船停在码头，船上堆满了贵重的货物。更令他吃惊的是，他在船上看见了一个荷兰人，他叫扬·约斯滕·范洛登斯坦，是“博爱”号的幸存者之一。他向安特尼讲述了自己如何开始在中南半岛做生意，如何希望能够“赚大钱”。不久之后，安特尼遇到了“博爱”号的另一名幸存者梅尔基奥尔·范桑伏特，他已经通过东南亚贸易挣了一大笔钱。安特尼向他问起了威廉·亚当斯的情况，还问他能否将英国国王詹姆斯一世的信转交给将军，范桑伏特欣然同意。这为“环球”号的日本之行铺了路。

安特尼和他的人在大城府忙碌的同时，弗洛里斯驾驶“环球”号从北大年到了暹罗。他的船在湄南河口下锚时，一大片乌云预示着热带风暴将至。内陆的大城府首当其冲。1612 年 10 月 24 日，风暴袭击了这座城市，并立即造成了毁灭性的破坏。“(那里)突然刮起大风，”一个英国人写道，“树被连根拔起，就连上了年纪的人也从未在那个国家见过这样的事。”

没过多久，风暴就猛烈袭击了“环球”号。狂风吹断了它的两根锚绳，它开始漂向“非常尖利的石头”，很可能被撞成碎片。幸运的是，船员成功操纵它驶入开阔水域。不过，他们的八名同伴就没有那么幸运了，暴风雨来袭时他们正在小船上。“他们没能回到船上，眼睁睁看着船远去。”他们全力划船，但巨浪席卷而来，吞噬了他们的小船。“船倾覆了，”弗洛里斯后来写道，“淹死了四个人。”水手长乔治·庞德死得最令人惋惜。他被“一条鲸鱼吞掉”，就像约拿那样被整个吞下，这条鲸鱼在慢慢消化食物时还绕船转了几圈。

这次事件对幸存者造成了巨大影响。孤单地在热带水域航行的他们，经历了这么可怕的事情后，开始吵架，并“对船长恶语相向”。忘记残酷现实的最简单的方法是饮酒。大副约翰·约翰逊喝得大醉，忘乎所以，“轻蔑、恶毒地”辱骂船长，骂他是“无赖、混蛋、狗，还说了类似的污言秽语”。他大喊大叫，“突然起身，打了”船长。弗洛里斯还手了，二人“扭打在一起，直到有人上前把他们分开”。约翰逊被关进一间屋子醒酒，但还是无法冷静下来，弗洛里斯只得“将他锁起来”。即便这样还是不行。约翰逊撞开门，在甲板上踉踉跄跄，“手里拿着一把刀”。这次，他被抓了起来，关入更加坚固的房间，无法逃脱。

这些骇人听闻的行为使弗洛里斯失去了冒险精神。他本打算驾驶“环球”号前往日本，但北大年的商人警告他，“日本人非常反感这个地方，最近五六年已经数次烧毁了这里”。他还要面对越来越不服管束的船员，他们无意继续探险。北大年闷热的气候让他们萎靡不振，热带疾病摧残了他们的健康。很多人“只想喝个痛快”，拒绝与心爱的酒精分开。“很难让豹子改变花纹。”疲倦的弗洛里斯写道。他继续兜售他的棉布，但当北大年几乎被一场大火摧毁时，他失去了热情。1613年10月，他扬帆起航，前往印度，留下几个人继续留守在北大年的废墟之中。更多的人选择待在大城府的荷兰商馆，负责这里的是无所畏惧的卢卡斯·安特尼。虽然与外界隔绝，但安特尼仍然期待英国船只能重返暹罗，于是他开始囤积苏木，据说它们能在日本卖出高价。

当弗洛里斯和他的船员在北大年饱受摧残时，万丹迎来了一群新的英国探险家。他们的首领是干劲十足的约翰·萨里斯船长，他在三年前就访问过这个港口。现在，1612 年 10 月，他第二次来到万丹，把他的船“丁香”号停在港口里。他本人并不想回来。这里的天气热得令人难以忍受，成群的蚊子使黎明时分成为一天中最难熬的时间。他称“这个地方极不卫生”，抱怨手下的船员“沉溺于岸上的酒精和妓女，不受约束”。在万丹，嫖娼的确是一种危险的消遣方式，因为城里的妓女几乎都染上了梅毒。第一个因为这种病而死的是副水手长约翰·斯科特，“梅毒损坏了他的内脏”。萨里斯补充道：“愿上帝保佑剩下的人，根据船医的报告，很多人感染了梅毒。”

萨里斯一直梦想能够驶往日本。他在上一次万丹之行时已经研究了和这个未知的国家做生意的可能性，结论是，奢侈品可以带来巨额收益。他设想通过贩卖绸缎、甘蔗和檀香木获取丰厚利润，并且从万丹的商人那里得知，日本人“非常喜欢精美的战争绘画，不论是陆战还是海战”。他将报告交给斯迈思爵士，后者非常乐意帮助萨里斯实现他的梦想。虽然被提醒“印度是我们这次航行的主要目标”，但萨里斯还是获准继续东行。“我们希望你——约翰·萨里斯船长，指挥‘丁香’号全速驶向日本。”

指派萨里斯这样的人来完成这个棘手任务，多少有些风险。一方面，他纪律严明；另一方面，他有一个古怪的癖好。他热衷

萨里斯船长在调查东方贸易状况时发现日本人是贪婪的消费者，正如上面的京都街景所示。他设想通过贩卖绸缎、甘蔗和檀香木获取丰厚利润

于收集春宫图和色情书籍，他的房间里放了一大堆丰满女性的裸体画。在所有收藏品中，他最喜欢的是一幅维纳斯画像，她有着丰满的胸部，“非常淫荡”。他还有许多其他物品，他害羞地称它们为“书和画”——他会将尊贵的客人请进自己的房间，向他们展示这些东西。

1611年春，萨里斯对情色作品的嗜好还没有被东印度公司的上司发现。在他们眼里，这个勇于直言的年轻人是指挥官的完美人选。像公司的许多雇员一样，他不是家里的长子，无法继承家庭财产，因此毅然投入大海的怀抱。斯迈思很喜欢其张扬的性格，因为可以让他假扮英国大使（他带着詹姆斯一世的多封信件，不得不如此）。不过，另一方面，他言行粗鲁、为人苛刻。他的部下后来抱怨他“举止失当”，而且“说一不二”，但是他们大概也不得不承认，为了维持纪律，批评和鞭笞是必不可少的。

在颇有能力的萨里斯的指挥下，“丁香”号很快绕过好望角到达位于马达加斯加外海的科摩罗群岛，船长在那里第一次得到了在当地统治者面前展示自己的外交才能的机会。他命令手下为这里的国王布布加里吹奏小号，然后邀请国王参加宴会。虽然当时正值斋月，国王正在守斋，但这次宴会仍然算得上一场胜利。萨里斯在沙尘飞扬的阿拉伯海岸的表现甚至更好。他凭借自己的人格魅力和口才征服了穆哈（位于也门红海岸边的港口城市）总督，后者拉他进了“娈童”的房间。萨里斯有些不安，很快便找借口离开了。不久后，总督送给他一套新装，包括一件金背心、一条腰带和华丽的条纹头巾。

1612 年 10 月末，萨里斯终于来到万丹，开始为接下来的日本之行做准备。他知道为了与日本建立外交关系，威廉・亚当斯是必不可少的，因此希望到达日本后能尽快和后者取得联系。他知道最大的障碍是语言，特别是刚刚上岸时，于是雇了一个绰号为约翰・日本的翻译，这个人的日语和马来语都很好。他的下一个任务是找一个会说英语和马来语的人。萨里斯听说一个叫埃尔南多・希梅内斯的西班牙人“马来语说得很棒”。希梅内斯接受了萨里斯的条件，登上了“丁香”号。1613年1月的第一个星期，萨里斯终于做好万全准备，可以出航了。他买了食物和香料，还弄来了一把提琴、一个小鼓和一把笛子为他的船员排忧解闷。1月14日，他下令梅毒缠身的船员们登船并鸣礼炮。巨大的响声回荡在海湾之中，“丁香”号缓缓出港，驶入未知水域。

前往日本的航行起初并不顺利。船还没离开万丹就开始漏水，船员们不得不轮流排水，连续工作了十二个小时。不久后，万丹的诅咒再次发威，两名船员死于热带疾病，包括萨里斯最喜欢的号手大卫·阿瑟，他可以吹出任何一首曲子。萨里斯为他的去世叹息道：“他是最优秀的号手。”

萨里斯计划沿着经过“香料贸易”中心区域的路线航行，并在摩鹿加群岛中盛产丁香的蒂多雷岛和特尔纳特岛短暂停留。但是当地的荷兰商人对他的到来非常不满，他们已经对这片水域宣示了主权。他们询问谁是引航员，萨里斯拒绝回答，他们便威胁要“当着我们的面把他碎尸万段”。当地的酋长更加令人不安。“丁香”号的船员目睹了蒂多雷岛的酋长带着一百多颗砍下的首级胜利而归的场景，十分震惊；听说他很想得到一些英国人的首级后，他们胆战心惊。“我安排了两名哨兵，”萨里斯写道，“火绳时刻放在枪机上，永远做好准备，提防诡计。”这些预防措施令当地酋长望而却步，船员们得以安然离去。然而，事实很快证明，最大的敌人是他们自己。一棵树倒下时将约翰·梅里迪斯砸得“脑浆迸裂”，他在船上的好友詹姆斯·迈尔斯被另一棵树“砸成重伤”。不过，环境并非总是这么紧张。在一座岛上，酋长赠给船员们二百多个椰子以交换几块缠腰布；当“丁香”号停靠在西里伯斯岛东南的布敦岛时，船员们惊奇地发现当地酋长的大使是英国人韦尔登先生，他爱上了当地的一个女孩。萨里斯提议让他上船，但是他在这里很快活，去日本“不如去死”。

离开万丹六个月后，萨里斯终于看到了陆地——这是“我们离开英国后见到的最令人高兴、最美丽的地方”。“丁香”号到达日本以南八百公里的琉球群岛中最偏远的岛屿——宫古岛。他们本打算登陆，但强风把他们直接吹过了小岛，他们被迫继续向北渡过东海。与索具和船帆搏斗了五天后，这些人再次见到陆地，这次是九州岛。

当他们靠近长崎湾入口时，“丁香”号遇到了四艘日本小渔船，其中两艘被雇来将“丁香”号引向离岸的平户岛，萨里斯听说少数荷兰商人住在这里。“丁香”号缓慢穿过九州本土和平户岛的基岩海岸之间的狭窄海峡。在两侧海岸几乎相连的地方左转，是一片幽深的海湾。一座被松树覆盖的小岛孤零零地立于波光粼粼的海湾正中间。红色的鸟居在墨绿色背景的映衬下熠熠生辉。

1613 年 6 月 10 日下午 3 时，“丁香”号抵达平户湾。在海上航行两年多后，萨里斯船长终于到达日本。

第七章

问候亚当斯先生

“丁香”号的出现在平户引起了不小的震动，当地很少有突然来访的客人。平户的领主很快就听说了这艘船到来的消息，立即赶往港口。他命人备船，要亲自拜访“丁香”号。

萨里斯船长饶有兴致地看着平户藩主的小船队慢慢接近，对领主和他身边年轻人的华丽服饰印象深刻。“他们二人穿着丝袍，”他写道，“还穿着裙子和裤子。”他们腰间插着锋利的长刀。登船后，他们以一种特别的方式问候萨里斯船长。他们脱掉鞋，反复鞠躬，萨里斯和他的船员茫然地看着他们，不知道他们的意图。“(他们）拱手作揖，”萨里斯写道，“发出‘哦、哦’的声音。”船长领他们进船舱，他们还在点头哈腰，“我为他们准备了一桌丰盛的宴席，还有一支不错的乐队”。

萨里斯小心翼翼地不使客人觉得自己礼数不周。幸运的是，船上有一本理查德·哈克卢特的《英国航海、旅行和地理发现全书》，该书收录了三十年前作者给佩特船长和杰克曼船长的建议。现在，它终于派上用处。萨里斯船长严格遵循书中的建议：“为了款待国王陛下，我把储藏食物盛在玻璃器皿里，摆了一大桌，他心满意足。”萨里斯看着第一次品尝腌猪肉和干豌豆的客人，礼貌地和他们攀谈，试图通过翻译了解更多关于这些贵宾的信息。二人都出身于自十三世纪以来一直控制着这里的统治家族——松浦家，年长的是前藩主松浦镇信，他于1589年归隐，将家督之位交给年轻的孙子松浦隆信。不过，他只是表面上退出了政治生活，实际上仍然大权在握。萨里斯根本无法念出他们的名字，而他们的官位甚至更难读。他只能不理会日本的礼数，称年长的统治者为法印（出家后的法号）国王，年轻的为肥前国王。

他们的领地虽小（平户岛南北三十二公里，东西八公里），却是九州岛西北海岸的战略要地。葡萄牙人最早于1550年来到这里，当时平户藩正和九州其他大名交战。岛民很快皈依了基督教。当时的平户领主虽然说自己是“基督教的仇敌”，但并未干涉耶稣会士，因为他希望通过他们为平户带来贸易机会。镇信继承了这项开放政策，十分欢迎英国船长来他的领地。

宴席结束后，萨里斯从上衣里掏出詹姆斯一世的信交给镇信，“他高兴地收下了信，说要等按针来才能读它，因为只有按针看得懂这封信”。萨里斯不知道这个“按针”是谁，直到翻译告诉他，按针在日语里意为引航员，“就是亚当斯先生，这里的人都这么称呼他”。

寻找威廉·亚当斯是萨里斯此行的目的之一，他很高兴得知亚当斯还活着，而且在日本小有名气。他现在意识到，斯迈思爵士是对的，亚当斯确实“深受国王宠信”。斯迈思让萨里斯向亚当斯讨教关于日本贸易和礼仪的细节，“我们需要他的意见。我们需要知道应该以什么样的方式……呈上陛下的信”。萨里斯还应该请教亚当斯，应为将军准备什么样的礼物，以及如何赠送礼物。

他还接到命令，如果亚当斯想回家，就把他送回英国。“你离开日本时，如果威廉·亚当斯先生请求你带他回祖国……我们要求你尽可能为他提供舒适的房间。”萨里斯应尊重他，让他“得到你们船上可以提供的一切必需品”。

萨里斯告诉镇信，他渴望见到按针，后者掌握着打开日本大门的钥匙。老藩主答应帮忙，派出了船和信使。信使立即出发前往亚当斯所在地——江户，请求后者尽快赶到平户。

宴席结束时，天色将晚，镇信急着回到岸上。道别时，他感谢船长的热情款待，并保证将提供“热情且尽兴的娱乐”作为报答。回礼来得很快，出乎所有人意料。“国王”和他的孙子乘船离开没多久，多名贵族和几十名士兵登上了“丁香”号，他们带来了鹿肉、野鸡肉、野猪肉和几篮水果、鱼。萨里斯怀疑其中有诈，但是他们的笑容和带来的礼物足够真诚。他们和英国船员打招呼，留下礼物，然后划船上岸。

次日，镇信再次登船拜访，这次他带来了一些贵族以及他们好奇的妻子和女儿。萨里斯急不可待地向她们展示自己收集的色情作品，把她们叫到一起。她们“进了我的房间，那里挂着一幅维纳斯的裸露画像……她们（误）把她当作圣母，虔诚地跪下祈祷。”萨里斯难以置信地看着这一幕。事实上，这些女人已经皈依基督教，她们不知道这幅画其实是萨里斯最喜欢的色情作品。

萨里斯虽然感到难堪，但没有退缩。他对日本女人一见倾心，她们的美貌很合他的胃口。“她们长相姣好，手脚纤细，”他写道，“肤白胜雪，但毫无血色，她们故意化妆成这样。”她们穿着最精美的丝质和服，精致的小脚上“套着类似于靴子的鞋，上面绑着丝带”。萨里斯很高兴看到她们光着腿，不过他最喜欢的是她们的头发，她们将头发“优雅地……盘起”。然而，并非所有新来的欧洲人都这么着迷。一个耶稣会士发现日本女性有把自己的牙齿染黑的习惯，他恐惧地写道：“这让她们的嘴看起来非常奇怪，像黑色的洞穴”。

镇信很快注意到萨里斯的兴趣，为了避免尴尬，“他命令任何人都不得继续待在船舱里”。萨里斯不情愿地答应了，好在禁令没有破坏越来越浓厚的欢乐气氛。随后，老藩主本人也加入他们，并收回了之前的命令，鼓励女士们玩得开心一些。“她们似乎有些害羞，”萨里斯写道，“但他要她们玩得尽兴。”于是她们放开了些。她们为船员们唱起了歌，还演奏了日本传统乐器三味线，萨里斯形容“它很像我们的鲁特琴，演奏方式也类似，不过琴颈更长”。所有人都很开心，于是萨里斯邀请他们参加盛大的宴会。

几天后，镇信送来了更多女人。她们就没有那么害羞了，很快就“玩得尽兴”，萨里斯怀疑她们是妓女。“（她们）是喜剧演员，”他写道，“也是某个男人的奴隶。”她们的主人，或者说皮条客，将她们当作商品，“给她们标价，供人玩乐”。她们可以按照吩咐做任何事，日本人并不认为雇用她们是不道德的。事实上，“地位最高的贵族也会在（旅行）途中把皮条客叫到旅店，并不觉得有何不妥”。女孩们的教养很好，能歌善舞，知道如何劝酒。雇她们的人很尊重她们，甚至连那些有其他打算的好色之徒也不例外。不过，她们死后就会像动物一样被人遗弃。“悲惨至极，她们被一席稻草卷走……拖过街道，拉到田里，扔在粪堆上，成为野狗和野鸡的腹中物。”

萨里斯船长很喜欢日本女性。他后来写道，“她们长相姣好，手脚纤细”，而且知道如何取悦萨里斯和他的船员

萨里斯手下部分难以管束的船员很快便开始嫉妒船长的艳遇，也想找些乐子。厨师托马斯·琼斯决定在夜色的掩护下游向岸边，但是被困在水中，被拖回“丁香”号。其他人更加成功。乖戾的克里斯托弗·埃文斯比琼斯更擅长游泳。他几次成功上岸，“在最淫荡的地方做最下流的事，拒绝回到船上”。当他最终被抓住时，萨里斯船长决定以儆效尤，给他戴上船用脚镣。埃文斯非常愤怒。“他发誓要杀了‘混蛋’萨里斯，这么叫我能让他高兴。”

如果萨里斯采用日本人的刑罚，他可能会更加成功，他后来发现日本人的刑罚既严苛又残忍。一次，三名男子在街头斗殴，镇信下令将三人全部处死。行刑后，平户所有人“都来试刀，最后尸体被砍成一堆只有手掌大小的碎块”。

日本人无所忌惮的暴力行为令初来者深感震撼。武士经常在犯人身上试刀，把他们的尸体“砍成一堆碎肉”。他们还会把尸体缝起来，这样就可以继续试刀。“他们经常把被砍成碎片的尸体重新缝起来，”耶稣会士若奥·罗德里格斯写道，“令人震惊的是，他们在砍尸体时非常开心。”

萨里斯来日本的首要目的是在这里设立商馆。这项工作需要威廉·亚当斯的协助，因为英国人必须取得将军的许可才能开展贸易。不过，萨里斯很快发现，在平户只要报上亚当斯的名字就足以办成事。他问镇信自己能否“在岸上（租）一间便利的宅子”，老藩主立即同意了，还建议他带几名船员去看看哪里合适。

平户虽小但充满活力，它有一个小港口和长长的港区。从港区经若干级石阶便可下到岸边，一座古桥连接狭窄的海湾两岸。那里有香樟木建造而成的高级住宅，四周环绕的群山使其得以免受最恶劣的暴风雨的影响。平户不算繁华，但历史悠久，经过几个世纪的积累，少数几座寺庙攒下了可观的财富。萨里斯到访时，安满岳西禅寺已有四百年历史，院落里的树木郁郁葱葱，精致的木造建筑里住着一百多名僧人。

镇信的家臣在平户过着安逸舒适的生活，街上可以见到衣着华丽的松浦家的重臣、商人和下级武士。“平户就在岸边，”几年后来到这里的一个英国人写道，“普通人穿着甲胄，绅士穿着短外套坐在轿子里，八或十名持长枪的兵士在前面引路。”

萨里斯的人很快就找到了满意的住所，它的主人是当地华人首领李旦。这间宅子很大，还有一个大货栈，可以用来储藏生活用品。李旦答应做必要的维修，而且同意“铺上日式榻榻米”。作为回报，英国人同意提前支付六个月房租。

萨里斯和李旦还达成了一项额外协议，后者同意向船员提供食物和水，但暂时留在平户的船员对这个决定怨声载道。“丁香”号的木匠卡斯珀不满意食物的质量，他“恶狠狠”地咒骂那个中国人，说“他的酒不好，（开始）往屋外扔盘子”。李旦从来没有见过如此粗鲁的行为，大惊失色。萨里斯船长也大吃一惊，命令水手长鞭打惹事的卡斯珀。但是水手长喝得大醉，无法执行命令，于是萨里斯船长亲自鞭打了两人。数小时后，他可能后悔了，命人将两桶葡萄酒和一桶苹果酒送上岸。

他还给日本人送去了礼物，因为他听说这是日本的习俗。镇信收到了七十多件礼物，他在能被“丁香”号看见的地方，郑重地打开了每件礼物，萨里斯命手下鸣礼炮，“（这）是通常做法”。此外，他还为松浦家的其他人准备了大量礼物，重臣获赠布料和印度棉布。年轻的隆信告诉萨里斯，他非常喜欢后者的镶金边的遮阳伞，船长明白了他的意思，不情愿地把伞送给他。隆信非常高兴，“友好地收下了，用无数溢美之词向我表达谢意”。

萨里斯还要拜访居住在平户的少数荷兰人。商馆长雅克·施佩克斯当时不在平户，狡猾的亨德里克·布劳沃船长暂代其职，他警惕地关注着“丁香”号的到来。萨里斯船长四处寻找可以送给布劳沃的礼物，最后选了“一罐英国黄油”，经过两年多的航行，它一定已经变质发臭。双方都知道，英国商馆和荷兰商馆设在同一地，必然引发竞争。萨里斯未雨绸缪，试图先和荷兰人达成协议，禁止任何一方展开恶性竞争。但是协议达成还不到十二个小时，荷兰船长就宣布协议无效，“理由是没有得到上级许可”。

两人第二次见面时，布劳沃更加蛮横。他告诉萨里斯，一艘中式帆船刚刚自暹罗而来，船上载着卢卡斯·安特尼采购的苏木。萨里斯刚开始时很高兴，因为这些木材可以卖个好价钱，有助于建立新商馆。但事实不仅和他预想的不同，反而让他起了疑心。布劳沃说荷兰人已经买下这批货物，打算自己卖掉。布劳沃船长给萨里斯看了一张纸，据他说是购买凭证，但英国船长不相信他的说辞，告诉荷兰人“别想耍我”。萨里斯说，如果没有可靠证据证明这笔交易存在，他“不会善罢甘休”。在日英国人和荷兰人的交流从一开始就很不顺利，这是个不祥之兆。

几天后，威廉·亚当斯听到“丁香”号抵达日本的消息；几周后，他才得以从江户起航，前往大约一千公里外的平户。1613年7月末，他穿过九州抵达平户，看到了停在平户湾的“丁香”号。在日本生活了十三年后，他终于再次见到了英国同胞。

萨里斯得知亚当斯到达后非常激动。他已经听了不少关于这个英国引航员的故事，知道亚当斯手握打开日本大门的钥匙。他还知道（根据他接到的指令），他必须对亚当斯毕恭毕敬。他谨记这条指示，命人为幕府将军的英国顾问鸣礼炮。“以最高规格的礼仪接待他”。但是，当亚当斯乘小船来到“丁香”号跟前时，萨里斯的笑容僵住了。他本以为自己将看到一个彻头彻尾的英国水手，就像“丁香”号上的那些人一样，可事实上，他发现自己正盯着一个怪物。那人确实是英国人，毫无疑问，但是从穿着和言谈举止来看，他仿佛在日本出生长大。“（他）对这个国家不吝溢美之词，我们觉得他根本就是土生土长的日本人。”莱姆豪斯的威廉·亚当斯已经成了日本人三浦按针。

萨里斯知道现在不是批评的时候。亚当斯聪明，说着高深的话，消息灵通。虽然萨里斯有些不悦，但不得不逢迎这个古怪的客人。“我请他随意选择房间，”他写道，“还让厨师根据他的口味准备饭菜。”他为了尽量使亚当斯满意，告诉后者，不论什么时候想呼吸一下新鲜空气，“科克斯先生或其他人都可以陪他去镇上”。

亚当斯打断了萨里斯。他感谢萨里斯的好意，但他在这里有一个日本朋友，一个叫安右卫门的商人，他通常住在他家。萨里斯原以为和英国人待在一起会令亚当斯开心，但“一切都太不寻常了”。亚当斯的态度令他深感冒犯，他虽然客气地告诉亚当斯“请便”，但还是忍不住暗示，他觉得亚当斯的行为很失礼。他说乘“丁香”号远航令人筋疲力尽，对于他本人来说，“如果有人好心陪伴，他一定感激不尽”。

亚当斯表示理解，但拒绝改变主意，反过来邀请萨里斯去他那里。“如果我去找他，他很乐意和我待在一起……不管是在他家，还是荷兰人那里”。听到亚当斯邀请自己去荷兰人那里，萨里斯更加愤怒。他可以理解亚当斯想和日本朋友待在一起，但无法接受后者和荷兰人也相处得不错。布劳沃船长不久前才拒绝交出苏木，而萨里斯认为那批货物应该属于英国人。

“丁香”号的几名船员很想和亚当斯聊天，询问能否和他一同去日本朋友的宅邸，“但是他拒绝了”。他们同样觉得受到了冒犯，向船长告状，说他们“非常不高兴，亚当斯似乎觉得他们根本没有资格和他同行”。萨里斯无法理解亚当斯的行为，认为他是在装模作样，而且完全不打算掩饰他的蔑视。萨里斯把亚当斯的高傲当作自大，也无法真正理解亚当斯为什么会担心“丁香”号不修边幅、不守纪律的船员。萨里斯不知道，日本和英国人在此次远航途中到过的其他国家截然不同，礼仪在这个日出之国是至关重要的，而这正是“丁香”号船员所缺乏的。

对于惹自己不高兴的人，萨里斯向来不假辞色，不过这次他忍住没有发作。眼下的情况与以往不同，不是发脾气的时候。他甚至试着搞清楚亚当斯怪异行为背后的原因。他怀疑亚当斯想索取礼物，毕竟这是日本的习俗，于是送给亚当斯一些布料和小饰品，这些东西“或许可以唤起他对同胞的情谊”。眼见这些礼物毫无作用，萨里斯又送给亚当斯另一个包裹，里面装着土耳其地毯、丝质吊袜带、西班牙皮拖鞋、一顶华丽的白帽子和一对活动袖头。看到这些，亚当斯似乎终于高兴起来。几小时后，他回赠了从澳门获得的做工精美的器皿。萨里斯“高兴地”收下礼物，不过后来在日记里抱怨道，他送给亚当斯的礼物很贵重，而亚当斯的礼物只值六先令。

萨里斯船长让亚当斯估算“丁香”号的货物在日本的价值，亚当斯的回答进一步激怒了萨里斯。亚当斯仔细查看了包括羊毛织品在内的所有货物，失望地发现几乎没一样东西能卖出好价钱。亚当斯认为萨里斯更想知道真相，因此没有顺情说好话，而是直言“他带来的货物市场前景不佳”。棉布“很便宜”，锡器几乎一文不值，萨里斯在香料群岛费了很大气力弄到的丁香根本不会出现在日本人的饮食当中。船长要求亚当斯评估成功的可能性时，亚当斯没有迎合他，只是说：“情况总是时好时坏，但不需要怀疑，我们应该像其他商人那样一直做下去。”亚当斯的诚实没有让萨里斯高兴，他虽然没有直言，但怀疑亚当斯有意破坏他的任务。

截至此时，萨里斯已经在平户待了大约七个星期，他迫切想拜访家康（此时家康已把将军之位传给秀忠，自称“大御所”并移居骏府）。没有亚当斯的时候，这件事显然不可能，不过既然亚当斯已经到了，他建议马上起航。亚当斯同意了。得到镇信的帮助后（他借给他们一艘帆船和若干钱），他们准备出发。出发前，萨里斯让“丁香”号资历最深的商人理查德·科克斯暂时替自己履行权力，在船长外出期间严格维持船上的秩序。事实证明，这件事并不容易。

1613 年 8 月的第一个星期，亚当斯和萨里斯离开平户，同行的还有十个英国人，包括船医和厨师。他们雇了几个日本人沿途保护自己，以免在经过偏远乡村时遭袭。家康住在距离江户约八百公里的骏府（今静冈市），从平户到骏府大约需要四周时间。最快，也最安全的路线是沿崎岖的九州北部海岸航行，驾驶他们的小帆船通过危险的关门海峡，经濑户内海抵达大阪城，从那里出发，经过数个乡村，再沿东海道前往骏府。

他们很快发现，并非所有日本人都像平户人那么礼貌。他们在九州北部的博多上岸时，一群愤怒的暴徒围着他们“转圈，冲我们大喊大叫，声音大到我们几乎听不清彼此在说什么”。镇上的年轻人朝他们扔石块，亚当斯告诉他们，这是因为他们被当成朝鲜人了。在萨里斯看来，很多女人仿佛被恶魔附身，“她们常年潜水，眼睛一片血红”。

通过关门海峡后，他们折向东南，驶入濑户内海，平安抵达大阪。大阪的规模给萨里斯和亚当斯留下了深刻印象，它“像城墙内的伦敦一样大”，而雄伟的大阪城是高超建筑技术的结晶。萨里斯对大阪城的石垣和橹赞叹不已。“石块很大”，他写道，“而且切割得恰到好处，砌墙时完全不需要使用灰泥。”大阪城是年轻的秀赖的居城（家康是秀赖的后见役，即监护人），此时二十岁，刚和家康的孙女千姬成婚。

一行在大阪上岸后换小三桅船前往伏见。在这里，他们第一次见到强大的德川军，家康正是凭借他们安然度过了数次危机。他目睹了当地驻军移防，“以最专业的方式，五人一排，十排一个军官”。和英国军队不同的是，他们没有任何花哨的东西，“没有军鼓或其他乐器”，队伍中没有无精打采或不遵守纪律的人。这些身体僵硬、笔直的步兵带着武器自豪地在乡间以整齐的队列行进，令人望而生畏。只有他们的指挥官才有享受奢侈品的权利，他的马以大量毛毡和皮毛装饰起来，他骑在马上“威风凛凛地前进”，

威廉·亚当斯和萨里斯船长前往骏府谒见家康。他们先乘车抵达大阪（上图），然后换乘小三桅船前往伏见

六名军官抬着深红色天鹅绒轿子跟在后面。

萨里斯永远不会忘记这些人行军的场面和他们严明的纪律。“三千名士兵行进时秩序井然，”他写道，“从他们身边经过的旅人，和住在他们行进路线沿途的住民没有受到任何伤害。”事实上，路边的酒馆和旅舍很高兴有送上门的生意，“愉快地给他们提供服务，和其他客人没有区别，因为他们会以随身携带的东西作为报酬”。

亚当斯等人沿京都和江户之间的东海道前行。这里商人、行贩、农民云集，他们戴着古怪的帽子，穿着传统服饰，构成了一幅丰富多彩的画面。萨里斯写道：“不时……你可以看到农田、乡村小屋，还有村庄……清澈的河上有渡船经过……还有许多寺庙。”道路的质量令萨里斯赞叹不已。砂石路面“非常平整……即使遇到山，路也不会断。”每隔一里，就有“一棵凉亭状的松树”作为标志。有了这些标志，“向旅人出租马匹的人就不能多收钱了”。

就旅行体验而言，日本和英国有天壤之别。萨里斯的家人住在约克郡，当他从伦敦回家探亲时，坑坑洼洼的道路和糟糕的住宿条件令他苦不堪言。英国的道路泥泞且崎岖不平，雨季几乎无法通行。“冬天也很麻烦。”威廉·哈里森在1587年的《英国概览》里写道。土地所有者通常不会清理路边的排水管，“于是道路上形成一道道沟壑，走在上面难受极了”。

亚当斯早已给家康送去一封信，告诉他几名英国客人不久将登城拜访。家康收到信后立刻派人送去一顶轿子和几匹马，这样英国人的旅途更加舒适了。最令萨里斯高兴的是，他得到了一个

连接京都、江户、大阪的东海道挤满了旅行者和商人，运输管理严格且高效

仆人，这个仆人唯一的工作是持长枪在前面开路。他们每晚都在路边的民居过夜，主人会为他们煮米饭和鱼，配上“腌菜、豆子、小萝卜和其他根菜”。萨里斯提到这里有很多“奶酪”，他不知道这其实是豆腐。

他们在途中没有遇到危险，由于与亚当斯同行，也没有被辱骂。亚当斯向萨里斯解释，日本有一套严格的地方管理体系，以严苛的纪律统治当地百姓——“世界上再没有内政如此井井有条的国家了”。每座城镇都由一名代官管理，每条街都有门。几户居民住在一个大杂院（被称为“长屋”）里，有专人（被称为“大家”）负责维持秩序，每个人都监视邻居做了什么，尤其在宵禁时。“到了晚上，每条街的门都会关上，”西班牙人罗德里戈·德·Y. 比韦罗·贝拉斯科写道，“而且一直有士兵巡逻……一旦发现任何犯罪行为，警钟就会响起，所有门会立刻关闭，犯人便无处可逃”。途中，几个英国人兴致不错，美中不足的是被处死的盗窃犯和杀人犯的尸体就挂在城镇入口两侧。当他们快到骏府时，道路两旁尸体的数量开始令萨里斯感到不安。首先，他们经过一个摆着几个人头的绞刑台。接着，他们看到一排又一排的十字架，“那些被处死的人的尸体还留在上面”。更糟糕的是，地上还有一团团的肉和“身体的其他器官，这些都是在行刑结束后其他人试刀时被砍下来的”。它们散落在街上，路过的人“无不侧目”。

9 月 6 日，离开平户整整一个月后，他们抵达骏府，亚当斯为每个人安排好住处。萨里斯和其他人稍事休息，然后亚当斯“登城，告诉官员我们到了”。他很快就带回了好消息。家康得知他们到达后很高兴，承诺几天内就会见他们。萨里斯利用这段时间挑选了合适的礼物——金盆和壶、绸缎被子、丝毯、三块荷兰手帕。

谒见家康的重要日子终于到了。一顶华美的轿子停在他们的住所外，亚当斯和萨里斯船长钻进轿子，在卫兵的簇拥下，被抬到骏府城，两个“严肃而英俊的人”在那里迎接他们。其中地位较高的是家康的亲信本多正纯，官位为从五位下上野介。亚当斯反复向萨里斯强调遵守日本严格的礼仪规范的重要性。幕府高官都被授予官位，必须以最大的敬意问候他们。萨里斯虽然一言未发，但并不愿意对日本官员卑躬屈膝，因此轻蔑地无视了亚当斯的建议。被引荐给正纯时，他表现得十分无礼，粗鲁地告诉这位家康的侧近（他给正纯起了个外号“Codskin”），他打算亲自呈上英国国王詹姆斯一世的信。本多惊恐不已，这样的要求不合规矩，给家康的信只能由侧近呈上。萨里斯坚持己见，据亚当斯的记载，他无礼地宣称，“如果不能亲自呈上信件，他会返回住所”。正纯非常不悦，训斥亚当斯把这么无礼的英国人带到骏府城，指责亚当斯“没有把我们（日本人）的风俗和礼数教给这个外国人”。萨里斯决心打赢这场口水仗，发誓一定要亲自把这封信交给家康。

随着气氛越来越紧张，亚当斯和萨里斯被领进前厅，那里放着家康的椅子。萨里斯写道：“他们想要我对它行礼。”等了很久，他们被引到里面的房间，家康正坐在那里。萨里斯仍然拒绝遵照礼仪平伏在地板上。他径直走向家康，“呈上我们的国王写给这位陛下的信，他接过信，把它放到自己的额头上”。

这是萨里斯对这次会晤的记录，亚当斯的说法则非常不同。他回忆说萨里斯正准备亲自递交信件时，正纯从他手里夺过信，转交给家康。不过，不管怎样，萨里斯不得体的举动似乎并没有激怒家康，家康扫了一眼信，通过亚当斯告诉萨里斯，欢迎他“不远万里前来”，让他“休息一两天”。家康说自己会花几天时间妥善答复詹姆斯一世的贸易请求。在此期间，他们可以好好享受一番，抓住机会去看看这座优雅的城市。

家康还建议萨里斯前往其子秀忠的居城——江户城。萨里斯很感兴趣，请求亚当斯陪他同行，骏府与江户相距约一百三十公里。途中，他们在古老的镰仓短暂停留，参观这里恢宏的神社和寺庙，镰仓位于亚当斯的封地逸见以北约二十四公里处。它曾经是“日本最大的都市”，很久以前是日本国都。据说鼎盛期镰仓的面积是“和伦敦一样大”的江户的四倍，但现在大部分建筑都沦为废墟。不过，它仍然是重要的朝拜地，有数十座“壮丽的”佛阁楼、宏伟的神社，还有高耸的宝塔和规模庞大的寺院。每座寺庙、神社周围都有庭院，里面种着牡丹花、木兰花、杏花和五颜六色的绣球花。“这里至今仍有许多宝塔和异教徒的寺庙，被松树包围，”后来访问这里的理查德·科克斯写道，“它们保存得很好。”

不论英国人还是耶稣会士都无法理解日本僧侣的特殊仪式。一些人边念经边敲木鱼，另一些人则戴着有两个尖角的大帽子以示虔诚。苦修者严格按照戒律，以让身体痛苦的方式修行。“深冬，他们会在室外的冷水里洗澡，”一个和尚写道，“盛夏，他们会在几乎沸腾的水里沐浴。”

这座城市的奇景之一是“一座异教徒的尼姑庵，所有尼姑都像天主教修女一样剃光头发”。这就是著名的东庆寺，它是三百多年前专门为那些遭虐待的妻子修建的。如果一个女人在这里待两年以上，就被认为已经合法离婚。据说，“任何男人都不得强行将寺中的女人带走”。不过，只要获得允许，男人，甚至情人便可自由来去，因为尼姑们认为“纵欲既不是罪过，也不是耻辱，她们随心所欲地生活”。

著名的镰仓大佛尤其令萨里斯印象深刻。大佛高近十二米，建于1252年，是劳工们将厚铜板用螺栓固定在一个中空的框架外面而成的，四周长满杂草和野花。萨里斯写道：“它看起来就像一个人跪坐在地上，臀部坐在脚后跟上。他的胳膊异常粗壮，躯干合乎比例。”它和英国常见的雕像怪兽石像非常不同。佛像有长耳朵、卷发，胡须仿佛两只蛞蝓被钉在鼻子下方。它盘腿而坐，双手相抵，掌心向上，仿佛在冥想。萨里斯和手下欣喜地发现他们可以爬到里面。“我们中的一些人进到它的身体里，”他写道，“在里面大呼小叫，发出很大噪音。”参观即将结束时，他们按照历史悠久的英国传统，将自己的名字刻在柔软的铜上，破坏了这座佛像。

两天后，一行到达江户。这是一座美丽的城市，镀金的瓦片和漆过的大门“光彩熠熠”。遗憾的是，他们几乎没有时间观光，因为他们登城后立即得到消息，年轻的秀忠迫不及待想见他们。萨里斯献呈上礼物后，秀忠赐给他两套漆过的铠甲（它们现在在

日本有数座大佛，上图是京都附近的三十三间堂。萨里斯的人爬进镰仓大佛，“在里面大呼小叫，发出很大噪音”

伦敦塔展出）和一把太刀（长刀）作为回礼，“只有地位最高的武士才有资格佩戴它”。

亚当斯建议萨里斯回骏府见家康之前先去参观附近的浦贺港。它位于江户湾入口，亚当斯认为这里的地理位置优于平户，主张将英国商馆设在这里。它离江户城很近，而富有的大名常常前往

天皇住在华丽但与世隔绝的京都御所。他备受尊崇，但缺乏像将军那样的权力和权威，只是傀儡

江户城。此外，这里离葡萄牙、西班牙和荷兰商馆都很远。

浦贺给萨里斯留下了深刻印象。“（这）是一个非常适合航运的港口，”他写道，“在这里船只可以像在通往伦敦的泰晤士河上那样安全地航行。”他同意亚当斯的看法，“对于我们的船来说，来这里要比驶往平户好得多”。一艘停在海湾的船来自西班牙，亚当斯受托将船和货物卖给出价最高的人。他提出以一百英镑的价格卖给萨里斯，萨里斯“觉得这个价格很高”，但亚当斯拒绝讨价还价。萨里斯拒绝了这个提议，但抓住机会买了一些货物，包括四张桌子和八扇折叠屏风。

他们为拿到家康给詹姆斯一世的回信而返回骏府。信是日语的，不过亚当斯把它翻译成了华丽的外交语言。家康告诉詹姆斯一世，“听闻您拥有至高无上的智慧和权力，本人深感欣慰”，并提议“继续和陛下维持友好的双边往来”，要求英国派更多船来日本。这封信还暗含对亚当斯和萨里斯的称赞，表扬他们“拥有丰富的航海知识”，对他们“无惧遥远的航程或恶劣的天气，坚持完成伟大的探险事业”表示钦佩。家康还赐给萨里斯船长朱印状，允许东印度公司“自由地”在日本“居留、买卖商品、从事贸易活动”。他将全力支持和保护所有英国人。萨里斯很高兴自己的骏府之行大获成功。他感谢家康后告辞，于 1613 年 10 月 9 日准备返回平户。

一行即将骑马离开骏府，亚当斯再次被家康单独召见。交谈中，他震惊地得知自己被允许乘船返回英国。“我发现皇帝（家康）心情不错，”他写道，“稍稍大胆了些。”亚当斯怀里揣着受封逸见村的文书，上面有家康的花押。现在，按照日本习俗，“我把

（它）从怀里拿出来……放在他面前，谦卑地感谢陛下对我的恩赐。”家康沉默了一阵，又思考了一番。“他真诚地看着我，”亚当斯写道，“问我想不想回到我的国家。”亚当斯解释了自己对家乡的思念，提到自己已经离家十五年，现在非常渴望与家人和朋友团聚。家康亲切地答应了亚当斯的请求。他相信英国船会再次前来，“回答说，不许我（亚当斯）离开，对我很不公平……毕竟我在为他服务期间做得很好”。

亚当斯几乎不敢相信自己的耳朵。多年来，他一直恳请家康允许自己离开日本。现在，他意外地获准可以乘“丁香”号返回英国。“于是，”亚当斯写道，“我感谢上帝让（我）卸下重负。”他返回平户，“欣喜若狂”。

11 月初，一行回到平户，“丁香”号鸣礼炮欢迎他们。萨里斯外出期间没有听到“丁香”号的任何消息，担心船员们会因为他不在而不服从命令。船员们确实在他离开几天后就开始胡作非为，趁日本庆祝盂兰盆节的机会“做些鸡鸣狗盗之事，还去了酒馆和妓院”。带头的是克里斯托弗·埃文斯，他游到岸上，在当地妓院寻开心。他被逮到并遭到训斥，但他“毫无惧色，称自己是男人，有机会当然想要女人”。更严重的是，喝醉了的弗朗西斯·威廉失去理智，“用棍子打了老国王（藩主）的一名手下”。他幸运地躲过了被镇信的行刑人处决的命运。

理查德·科克斯的宽容让船员更加有恃无恐。就在威廉闯祸两天后，西蒙·克法克斯和约翰·兰巴特偷偷溜上岸，喝得酩酊大醉，两人大打出手，兰巴特受了重伤。与此同时，埃文斯与约翰·布勒因为一个美貌的妓女发生了口角。科克斯不断派信任的人上岸把船员们从妓院拽回船，控制妓院的皮条客因此对其恨之入骨，“放话说，如果我再去他那里找我的人，他会杀了我”。10月初的一天，科克斯一觉醒来，听说好事的克里斯托弗·埃文斯带着七个人逃跑了，“丁香”号的纪律荡然无存。镇信承诺将协助科克斯找到这些人，“一定会把他们带回来，不管死活”。他像往常一样慷慨地补充道，“他不想杀死他们，因为我们可能还需要人手把船开回英国”。事实证明，埃文斯等人更适合当逃兵而不是水手，尽管人们多次寻找，但他们音信全无，据说他们登上一艘葡萄牙船逃到了澳门。

恶劣的天气使科克斯的处境更加艰难。一场台风以“我这辈子从来没有见过的”强度袭击了平户。上百间房屋瞬间被夷为平地，滔天巨浪摧毁了镇上最主要的码头，五十多艘船沉没。好在“丁香”号的五个船锚使它没有被卷到岸上。英国人新租的货栈就没有那么幸运了。巨浪以排山倒海之势袭击了城镇，“冲垮了货栈厨房刚刚建好的墙，水涌进炉子，把它弄坏了”。强风“把瓦片吹了下来……房子在颤动，仿佛地震一般”。随之而来的是恐慌，几十个惊恐的当地人举着火把穿过镇子。火星飞入房中，借风势燃烧了起来，整间屋子“化为灰烬”。科克斯恐惧地看着“火借风威，风助火势，可怕极了”。多亏一场倾盆大雨，木屋才没有彻底变为灰烬。

萨里斯听说船员的所作所为后大失所望，科克斯在此期间几乎没卖出什么东西同样令他不快。科克斯解释说，平户的商人不愿意和他们做生意，除非他们得到家康的通商许可。他还提到另一个妨碍贸易的因素。英国人曾希望绒面呢能受日本人欢迎，但当地人有充足的理由拒绝购买它。“他们说：‘你们向我们推销你们的布料，可你们自己都不穿。’”这是事实，“丁香”号的船员都不穿绒面呢的衣服。萨里斯和他的副手都穿着丝绸，而普通船员穿粗麻布。萨里斯意识到日本人的拒绝有理有据，转而批评他的船员（而不是他自己）。“我希望我们的国家更积极地使用这种天然材质的商品，”他写道，“这样我们就可以鼓励和引导其他人。”

萨里斯并未因为谒见家康的长途旅行而改变对亚当斯的看法，他觉得后者傲慢自大，对自己不屑一顾。他仍然无法理解亚当斯为何对大批英国人的到来忧心忡忡，而事实上“丁香”号船员已经引起当地人的不安。亚当斯冷漠的态度也冒犯了他。他已经厌倦了亚当斯的建议，为了重树权威，大肆批评亚当斯在平户的贸易伙伴安右卫门，后者在他们外出期间一直待在码头。萨里斯断言，安右卫门陪英国人去市场时欺骗了他们，并因此指责亚当斯，因为“他的人犯下了不诚实的劣行，我们信任他，他却无端欺骗我们”。亚当斯大吃一惊，认为这是对自己的人身攻击，反驳道“这样无端揣测安右卫门，实在匪夷所思”。萨里斯毫不退让，打算让事态进一步激化。幸亏科克斯及时介入才缓和了局面。

但是，萨里斯话已出口，亚当斯对船长的态度非常反感，严重怀疑自己能否忍受和萨里斯一同返回家乡，毕竟他们要在海上连续航行几年。他同样不安地发现，自己几乎身无分文，没有钱带回英国。他的财富就是土地和庄园，一旦离开日本，他将一无所有。亚当斯必须尽快做出决定，因为萨里斯急着起航，他问亚当斯是否愿意登上“丁香”号。最后，亚当斯拒绝了他的提议。

“我回答说，我已经在这个国家待了很多年，但一直很穷……希望回家前能有些积蓄。”他还明确表示，他不喜欢萨里斯有意无意间对他的指责。“我不愿意和他同行是因为他几次中伤我，”他写道，“这些指控莫名其妙，不知从何而来。”萨里斯没有道歉。他接受了亚当斯的拒绝，提议后者为东印度公司在日本的商馆工作。

亚当斯对这个妥协感到满意，不过提了自己的条件。他知道，对于公司来说，他的重要性远超其他人，因此坚决要求高薪。萨里斯最开始提议的年薪是八十英镑，此外伦敦商人已经给亚当斯夫人二十英镑以购买食物和衣服。“我为了基督的慈悲之心，对值得尊敬的公司致以最诚挚的谢意。”亚当斯感激地写道。但是，他不同意这个数字，要求得到一百四十四英镑年薪，并辩称荷兰人愿意花一百八十英镑雇他。经过反复讨价还价，两人同意年薪为一百英镑。日本商馆其他工作人员的年薪是四十英镑，他的工资比他们高得多。但对于一个在骏府城有相当大影响力的人来说，这笔钱不算多，更何况钱从英国到亚当斯手上要花上数年时间。科克斯写道，荷兰人试图用更高的薪水引诱他，“竭尽全力想把他从我们这里挖走”，但亚当斯出于对同胞的忠诚，接受了萨里斯的条件。1613 年 11 月 24 日，他签订了一份为期两年的合同，成为东印度公司的全职雇员。

出海前，萨里斯还要解决最后一个难题——英国商馆的选址。亚当斯的首选是浦贺，它靠近政治中心，而且许多富有的大名和商人都住在那里，非常适合开设商馆。但是萨里斯早就不打算听从亚当斯的任何建议。他更喜欢平户，不是因为那里的贸易前景，而是因为中了精明的藩主之计。镇信希望通过对外贸易获取巨额利润，因此竭力讨好这名英国船长。“老国王派人告诉我，他将来拜访我，”萨里斯写道，“并且还会带舞女（妓女）同行。”镇信没有食言。“不久，他确实（带来了）他们国家的三个妓女。”好客的平户藩主让萨里斯心满意足。11月末，萨里斯召集船员开会，告诉他们自己决定将英国商馆设在这个港口。

这次会议九天后，他提名七人留在日本和亚当斯一起工作。当天，船员登船准备出发，没有时间道别，也没有时间再考虑商馆的事了。借着强劲的北风，萨里斯拉起船锚，扬帆启航。在平户的码头上，一小群英国人眼见这艘船渐渐消失在地平线上。

第八章

平户商馆长科克斯

留在平户的人怀着沉重的心情注视着“丁香”号远去。他们对即将开始的新的冒险生活感到兴奋，但一想到数年后才可能再见到光临遥远的平户海岸的英国船只，他们又不免有些担心。在东方，孤独感折磨着商馆工作人员，嫉妒心和彼此的竞争很快就开始破坏人际关系。除非他们拥有强大的人格力量，否则冲突无法避免。

萨里斯船长在“备忘录”里列了一长串指示，详细阐述了商馆日常运营的细节。他给每个人指派了具体任务，并制订了一套等级制度。威廉·亚当斯显然是商馆长的不二人选，他在日本待了十三年以上，拥有丰富的人脉资源。他和这个国家的许多富商相处得不错，知道哪种商品在日本的价格最高。但是，萨里斯船长不会把重要的商馆长之位交给亚当斯。船长看不起他卑微的出身，而且嫉妒他的日语知识，于是将这个职位交给商人理查德·科克斯。

科克斯开朗、随和、魅力十足，不管到哪里都可以交到朋友。他的手下称他为“诚实的科克斯先生”，他对生活热情十足，爱好种植果蔬，已经准备好培育新的异域植物。他说自己是“文盲”，但花了很长时间钻研最喜欢的书——《土耳其史》，而且会在晚上记下各种杂事。他最喜欢的事情是种植苗木、检查信鸽和照看金鱼。

和萨里斯船长一样，他也不是长子，几乎不可能继承家业，因此不得不将目光投向家乡斯塔福德郡之外。他很早就去了伦敦，成为一个富有的纺织业者的学徒，然后又搬到法国西南的巴约讷。1605 年，他的赞助人托马斯·威尔逊爵士招募他为间谍，命令他监视被放逐到西班牙的英国罗马天主教徒经过巴约讷时的活动。

科克斯虽然“出类拔萃”，但他的一个性格弱点被东印度公司的商人视为严重缺陷，并因此认为他不适任商馆长。他坚信人性本善，虽然宣称自己能够轻易看穿各种“小把戏”和花招，但巴约讷的经历几乎毁了他。他上了一个葡萄牙骗子的当，损失了一大笔钱，无力偿还他的英国债主。他失落地返回家乡，却发现自己已经名誉扫地，朋友和女人都躲着他。他在一封信中哀叹这件事“已经使我错失了一次或两次良缘”。他心力交瘁，意识到自己已经四十五岁，最好的年华已经逝去，于是决定离开英国，在日本开始新生活。

科克斯知道，如果想让麾下六人各尽其职，他必须谨慎行事。威尔特郡人理查德·威克姆经验最为丰富，有过一次罕见的冒险经历。1608 年，他第一次前往东方，但以灾难告终，被葡萄牙人抓住并关押起来。后来他被带到果阿，在那里他以傲慢的态度与看守对话，震惊了他的狱友。他最终被转送里斯本，不过在前往目的地的船上结识了一名波斯使者，后者以“深情厚谊”报答了他，安排他住在自己的房间里。威克姆很快就成功脱身，登上一艘前往英国的船，刚好来得及报名参加这次前往日本的航行。

威克姆凭借自己的胆量和经历本来应该轻而易举地受到科克斯的赏识，但是他的重大性格缺陷很快破坏了两人的关系。他贪婪且不择手段，来日本纯粹为了填满口袋。萨里斯船长曾称他“反复无常”，他对“丁香”号的一名船员做出的事令萨里斯深感震惊——威克姆伪造死者遗书，将自己指定为死者遗产的主要受益人。

威克姆在“丁香”号离开前不久要求提薪，萨里斯被激怒了，拒绝了他的要求。威克姆不肯退让，萨里斯最后还是屈服了。“为了摆脱每天被他纠缠，我给了他双倍工资。”但是，萨里斯的慷慨并未让威克姆满意，后者开始盘算自己单干。他这么肆无忌惮是因为手中握有一张王牌——他是斯迈思爵士的朋友，萨里斯知道他们的关系，因此无法狠心惩罚他。

就在威克姆成功为自己树敌之时，六人中排名第二的威廉·伊顿正忙着交朋友。他勤奋、热心，科克斯称他是“一个真正诚实的人，是朋友中的朋友”。伊顿最初的任务是处理商馆杂务，但他勤奋工作，很快晋升为正式职员。填补他的空位的是威廉·尼尔森，他爱争吵，因此完全不适合在这个远离家乡的国家生活。尼尔森一直思念家乡，很快开始通过饮酒来缓解乡愁，一杯接一杯地喝清酒和自酿的威士忌。酗酒导致了灾难性后果，酒精让他更加暴躁。萨里斯船长将他视为“丁香”号上的麻烦制造者，对他不屑一顾。尼尔森甚至无法完成最简单的工作，他经常翘班到附近的壹岐岛泡温泉，那里不乏酒和漂亮的妓女。

英国商馆的其他三个人都需要直接参与贸易活动。经验最丰富的是有华丽名字的坦皮斯特·皮科克（名字直译为“暴风·孔雀”），他是一个富有冒险精神的人，“在销售方面很有经验”。他思维敏捷，精于计算，很快便意识到，如果想在这个物价高昂的国家生存下去，他和他的同事需要更高的薪水。令他不满的是，他的加薪要求如石沉大海，再无下文。

皮科克的助手瓦尔特·卡沃登可能曾给一个金匠或银匠当过学徒，而年轻的埃德蒙·塞耶斯（他可能是萨里斯的亲戚）正在跟着他学手艺。

萨里斯对东印度公司选择留在日本的那些人没什么印象，对尼尔森和威克姆多有批评。不过，最让他感到不屑的还是英国商馆的第八个，也是最重要的成员威廉·亚当斯。在日本期间，他对亚当斯的嫉妒逐渐升级为仇恨，等到他开始写“备忘录”时，这种仇恨发展到极致。他不允许亚当斯参与商馆的运营，告诉科克斯，亚当斯“只适合在船上当大副，如果不需要出海，你可以让他在将军面前当翻译员”。他说亚当斯既懒惰又自私——这是对事实的扭曲，还说“你必须鞭打他……否则他对你毫无用处”。萨里斯进一步警告科克斯要时刻警惕亚当斯背信弃义，他很可能和荷兰人沆瀣一气，因为“他们对他的影响超过祖国”。

虽然萨里斯的批评很激烈，但他最终还是出人意料地雇用了亚当斯。他非常现实，知道英国商馆若想成功，亚当斯的知识和能力必不可少。出于这个原因，科克斯被警告要尊重他，“（否则）他就会离开你，转投西班牙人或者荷兰人”。如果这样的事情发生，英国人将深陷麻烦当中。

“丁香”号刚离开平户，亚当斯就把科克斯介绍给当地商人。他还为科克斯准备了商馆货栈，并为雇员提供了住处。当时的一幅画显示，这栋建筑很小，坡屋顶上一面巨大的圣乔治旗在海风中飘扬。现实和画应该有所不同，因为科克斯花了大量时间和大笔金钱扩建商馆。最初，他以十九英镑的高价租下了这里，租期六个月。他听说下艘船一年后才到，于是决定将这个地方买下，把它改建成与东印度公司职员身份相符的“又好又坚固的房子”。他用手指戳了戳墙，在天花板上看到了几个洞，意识到这栋建筑已经年久失修，破败不堪，因此不得不花费买入价格十倍多的钱来修缮这个地方，使它更适合居住。为了扩建，他买了许多木料和木板，还雇来粉刷工人使建筑在冬天不那么透风。科克斯还试图减少火灾隐患，火灾屡屡对万丹的英国人构成威胁。他在主建筑顶铺上瓦片，在整个建筑外围建了一堵约一米宽的外墙。

科克斯一直梦想在日本管理一个效益良好的大商馆。他还希望能自己种植水果和蔬菜，这样就不需要购买价格高昂的食物。商馆账簿显示，他大量购买附近的土地，将上面的建筑夷平，把土地改为菜地或在那里修建厕所。1614 年 1 月，他花一百一十二英镑“购买了五间老旧房屋和院子……在那之前，我们整日担心火灾”。这块地被清理出来，改成果园，其他土地用来种植蔬菜。2 月，科克斯买下了离商馆最近的邻居的房子，“为防火灾，将其改为院子”。他继续收购附近地产，直到商馆周围大片土地都归他所有。棚屋和一般房屋有了更适合的用途。一些房子被改造成货栈，一间房子被改造为用来展示货物的陈列室，还有一间被改造为储存船上食物的仓库。接下来，科克斯开始改善七人吃喝、睡觉、消遣的生活区。他在地板上铺上日式榻榻米，从当地买来家具，以营造看起来不那么朴素的环境。科克斯曾希望他的人能像

平户有一个风景如画的小港口，四周群山环抱。理查德·科克斯为扩建商馆花费大量时间和金钱，但是仍然不如荷兰人的商馆（上图）

日本人那样睡在地板上，但他们无法适应当地习俗。在粗糙的榻榻米上度过了几个不眠之夜后，科克斯订制了一些床架。此后，人们终于可以安然入睡了。

萨里斯船长离开日本仅仅数月，他们就习惯了比在“丁香”号上轻松得多的生活。在前往日本途中，萨里斯每天早晚都把难以管束的船员们叫到甲板上，“这样所有人都可以在一起，以敬畏且谦卑之心向全能的上帝祈祷”。他们要阅读圣经，而且被提醒，如果胆敢做出“渎神、骂人、偷窃、酗酒或其他不端之事”，将受到最严厉的惩罚。这些人还被恶劣的食物折磨，这是远航的标志。他们的主食是“饼干”和“燕麦片”，这两种食物上都爬满了象鼻虫。腌牛肉和汤团子非常难闻，他们吃的时候不得不捂住鼻子。即便如此，他们仍然无法填饱肚子。萨里斯自认为在食物配额方面非常慷慨，而且每天都记录船员的膳食。但是，很多人仍然“诽谤船长苛待船员”。此外，与其他返回英国的船长不同，他返航时带回了“大量食物储备”。

科克斯立刻叫停了萨里斯严苛的配给制。平户食物充足，英国人很快发现，镇信几乎每天都会派侍从送来新鲜的肉和水果。科克斯经常在日记里提到手下得到了一盘盘食物、水果和新鲜的鱼。他们还得到了“栗子、梨、葡萄、核桃、果酱和甜肉”。禽类尤其美味，他们吃了烤鸭、斑鸠、母鸡。平户盛产鲜美的秋刀鱼，他们还会大嚼当地人送来的海带。

科克斯很快便以筹备丰盛的宴席为傲，尤其当一些显贵人物出席时。亚当斯曾经告诉他讨好日本大名的重要性，科克斯严格遵循这条建议，开始准备在美食家镇信面前展示厨艺。科克斯听说老藩主准备去平户湾钓鱼，便命令手下“准备了两头猪、两只鸭子、两只母鸡和一块猪肉”，这些肉被放在明火上烤。他还准备了“丰盛的甜点”。遗憾的是“国王”和他的家臣非常享受钓鱼，不愿上岸。科克斯没有放弃，“将它们送到国王的小船上，他开心地吃了起来”。科克斯的慷慨和周到给这些日本人留下了不错的印象，亚当斯对当地风俗的了解帮助科克斯在平户赢得了许多朋友。

英国人很快适应了舒适的新家，快到连他们自己都感到惊讶。最开始，他们很高兴能吃到各式各样的食物，但很快就开始挑三拣四，要求新口味和不同的香料。萨里斯离开后不久，科克斯雇了一个厨师，但他的手下抱怨饭菜不合他们的口味，所以这名厨师只能灰溜溜地离开了。“我们把厨师世助赶走了，”科克斯写道，“这里有太多懒散的人，世助几乎什么都不做。”事实证明，其他仆人用处更大。除了商馆翻译托梅和米盖尔，科克斯还雇了几个

平户有很多渔民，理查德·科克斯和他的人经常吃刚刚从港口捕到的鳕鱼。他们高兴地发现日本有丰富的食材，并雇厨师为他们准备宴会

日本佣人做家务。一个叫作欧尔克的管家专门负责斟酒，一个绰号“大力”的厨房帮工同时当起了看门人。商馆里还有一个厨师、几个家政助手和几个低薪劳工。他们对这些仆人很苛刻，尤其当仆人不听从命令、笨手笨脚或者说谎时。一个人被“所有仆人轮番抽打……他被剥得精光，（每人）用两根拧在一起的绳子打他的身体和屁股十下”。他被打得“皮开肉绽……随后有人用盐水擦拭他的身体”。科克斯在日记中写道：“我希望用他来警告那些笨蛋。”

每个人都分配到一个小姓做一些卑微的工作。这些不幸的孩子是从他们的父母那里租来的，几乎是免费的，他们的父母在租期内任他们自生自灭。有些孩子被粗鲁对待，尤其当尼尔森“发火”的时候。他的小姓劳伦斯很快就逃跑了，“因为他确实……经常被打”。当劳伦斯含泪跑回父母身边时，他们非但没有替他撑腰，反而直接把他送回英国商馆。科克斯说他是“这里最好的孩子”，算是给这个被打得浑身淤青的小家伙些许安慰。

最令英国人满意的是，他们很快发现自己可以与当地女人同床共枕。登陆平户前，他们已经不情愿地禁欲了两年多。几个人在万丹跃跃欲试，但被肮脏且感染梅毒的妓女弄得失去了兴致。平户的妓女令他们满意得多，这些人很快开始和镇上的娼妓厮混——这是伦敦商人严令禁止的。清教徒斯迈思爵士被从东印度群岛传来的污秽故事吓坏了，要求船长们禁止船员光顾妓院。他徒劳地希望他在日本的手下过着“勤俭且清贫”的生活，并“竭尽全力”保持纯洁无瑕。但是，对于那些渴望女人陪伴的船员来说，他的要求太过分了。科克斯经常雇“舞女”在他们晚上喝酒时助兴，他的手下同样将微薄的薪水花在妓女或情妇身上。他们在日记和信中公开谈论这类事，只是有时写得较为隐晦。

日本泛滥的娼妓遭到耶稣会士、方济各会士，甚至一些商人的批评。佛罗伦萨探险家弗朗切斯科·卡莱蒂写道：“女孩的父亲或兄弟经常……在经济压力下，为了几便士，毫不犹豫地在她结婚前把她卖为妓女。”他比亚当斯早三年到达日本，在离平户不远的长崎登陆。日本娼妓的数量令他深感震惊。女孩可以被长期或者短期雇用，通常很便宜。“（外国商人）经常会花上三四斯库多（意大利银币）买一个十四五岁的漂亮女孩……除了完事后需要把她送回家，再无任何责任。”最后，卡莱蒂还写道，日本为“纵欲提供了便利，就像它鼓励所有恶行一样”。

亚当斯没有提到光顾平户的妓院。事实上，他对“丁香”号船员的不屑几乎肯定和他们的放纵有关。科克斯和他的手下在肉体享受方面没有亚当斯那么挑剔，乐于在当地寻欢作乐。他们很快和当地的“老鸨”达成协议，开始期待与充满异域风情的情妇夜夜笙歌。

在英国缺乏女人缘的科克斯爱上了一个叫马婷娴（音译）的女孩，后者成了他的情妇。他很快发现她不是听话的小家碧玉型女孩。她出身不错，经常索要诸如衣服、小饰品之类的礼物。科克斯沮丧地发现，自己的薪水大部分花在马婷娴身上，此外，她还要求单独的住处和仆人。科克斯送给她五个金戒指，还花了一大笔钱购置丝质和服、精美的腰带和昂贵的珠宝盒，但马婷娴很少因为这些礼物开心，而且似乎也没有被科克斯的性能力打动。她始终渴望更有男子汉气概的人，不久便开始寻找可以给她更大刺激的情人。关于她不忠的传闻很快传遍平户，“平户的大街小巷到处都是关于她的流言蜚语”。科克斯后来才发现，她确实不忠，而且都在离家很近的地方。

科克斯并非特例。威克姆对当地的一个叫笛马（音译）的女孩情有独钟，伊顿迷上了一个叫欧嫚（音译）的女孩。他们送给情人绸缎，不过伊顿很快就厌倦了欧嫚，把她卖给威克姆。那个女孩的母亲很生气，抱怨伊顿“把她的女儿卖给了一个可能把她带出日本的人”。

虽然亚当斯帮助科克斯和他的手下在平户安家，但他没有时间和他们一起寻欢作乐。他正忙着完成家康交给他的一项任务。将军一直很欣赏亚当斯的地理学和天文学知识，并惊讶地发现，甚至连耶稣会士都对他的航海知识钦佩有加。卡瓦略神父称赞他是“伟大的工程师和数学家”。家康决定好好利用亚当斯的才能，非正式地任用他为幕府的制图师。亚当斯为此制作了一个地球仪，这样将军就可以更好了解各国的相对位置。他还想向家康证明，他一直深信不疑的经俄罗斯北部到达英国的航线确实存在。佩特船长和杰克曼船长三十年前曾尝试通过这条航线前往日本，不过失败了。后来的所有尝试都以失败告终，没有一条船能够成功穿过漂着浮冰的喀拉海。

亚当斯的想法是从另一端，也就是东方起航。热情的将军问了他很多关于这条有名的航线的问题，“还问我，我们国家（英国）的人能不能找到从西北（前往日本）的航线”。亚当斯答道“恐怕不行，不过有一条（经俄罗斯北部的）航线”，然后让人呈上世界地图，这样家康就能看到这条航线其实很短。

家康很感兴趣，命亚当斯计划并组织一次探索未知世界的航行。“他告诉我，如果我去，他会交给我一封信，让我带到虾夷地（北海道），那里住着他好客的臣民。”亚当斯警告说，这样的航行将用到大量专业知识，他必须给东印度公司的董事写信，告诉他们这个计划，请求他们派一些“堪用的人才”。他让他们务必只派有经验的探险家，因为“这个国家的人都是坚韧的水手”。他还告诉他们，他急需“罗盘、望远镜和一个地球仪……还有一些地图，包括一张世界地图”。有了这些，他就可以向家康解释这次航行的危险性和后勤问题，以及他打算开拓的航线。

亚当斯足够现实，知道任何一次探险活动可能都需要数年规划。他还知道，一旦成功，便可以“名垂青史”，这样的想法激励着他继续努力。他住在商人朋友安右卫门家里，花大量时间研究。与此同时，他的同胞则沉浸于狂欢纵欲。

科克斯和他的手下知道，他们很快就不能像这样整日玩乐，他们需要开始和日本人做生意了。但是他们以商馆和货栈的修葺和防水工程尚未完成为借口，声称自己无能为力。亚当斯任他们随心所欲，毕竟英国商馆长是科克斯，而不是他，需要为失败负责的是科克斯。然而，科克斯似乎并未为责任所累，整日沉浸于园艺爱好之中，花费大量时间在菜园种植蔬果。日本人觉得他的爱好很有意思，送了他一些树木让他开心。一次，一个友善的佛教僧人带着十五株橘子树、柠檬树和栗子树来到英国商馆。四天后，不知何人又送来三株植物。科克斯亲自到长崎买了“两株无花果树苗、一株橘子树苗和一株桃树苗”。返回商馆时，他发现一个匿名捐赠者留给他一株柑橘树苗和一株桃树苗。不久之后，科克斯的果树开花了，预示着他将收获大量无花果、橘子和柠檬。

他偶尔也会遇到挫折。6月梅雨季的一个下午，果园后面的斜坡“由于大雨而坍塌，压倒了果园的三面墙，毁了许多果树”。科克斯冲了出去，尽可能拯救剩下来的果树，但是“还没倒下的墙摇晃得厉害，地面看起来很快要塌陷了”。

科克斯还对金鱼产生了兴趣，以一种甚至连日本人都感到惊讶的热情疯狂地收集金鱼。他的兴趣源自李旦的兄弟，后者送给他“一小盆活金鱼”。科克斯很快就开始收集金鱼，买了许多珍品，它们成为平户议论的话题。他的水族箱令当地贵族嫉妒，他们试图得到一些比较好的品种。他们经常直截了当地索要科克斯的某条金鱼。一次，镇信的兄弟信辰听说科克斯有一条非常好的金鱼后，“告诉他，自己很想要那条鱼”。科克斯不想放弃它，但如果拒绝会冒犯这位贵族，“于是我给了他”。信辰十分开心，回赠一条“大黑狗”以示感谢。

科克斯很快就对他们频繁洗劫金鱼感到厌烦，并尽可能无视那些痴迷金鱼的平户贵族的要求。但是，他常常只能被迫让步——“平户国王派人求我给他两条金鱼，”他有一次写道，“我极不情愿地给了他。”

英国人很快适应了当地最好的习俗。他们在“丁香”号上待了很久，其间既没有洗澡，也没有洗衣服。他们第一次上岸时，浑身散发着恶臭。日本人对这种不在乎个人卫生的行为感到诧异，无法理解外国人为什么不想洗澡。葡萄牙人也有类似令人不悦的毛病，他们不喜欢日本人的蒸汽浴，吃东西时不洗手。若奥·罗德里格斯在《日本教会史》中提到了日本人的不屑，他充满激情地写下了日本人爱干净的特点和洗浴的习惯。“他们无法接受用手抓食物”，看到脏衣服和沾满食物污渍的桌布会“恶心得反胃”。就连在平户这样的偏远地区，贵族们也会一丝不苟地清理自己，以干净、散发着香味的皮肤为荣。“所有贵族和绅士的宅邸都有客用卫生间，”罗德里格斯写道，“这些地方非常干净，还提供热水和冷水，因为根据习俗，日本人每天会洗一两次澡。”日本人不会对裸体感到羞愧，他们在公共浴室脱得一丝不挂，“完全不担心他们的私密部位被人看到”。他们先用活水清洗自己，然后进入大浴池，在热水里泡澡。

科克斯和他的人尝试了这个古怪的习俗，惊讶地发现很对他们胃口。他们确实非常享受，以至于决定建造自己的浴室。浴室既可以让他们尽情放松，也可以用来招待日本客人。最重要的蒸汽房由香木建成，这种木头可以吸收水分并将其变为有香味的水珠。进入蒸汽房之前，人们先换上宽大的缠腰布；进入之后，他们放松地斜卧在蒸汽中，“身体渐渐变软……附在身上的灰尘和汗液都被泡了下来”。它对解宿醉有奇效。等到他们的肤色变为粉红，关节的疼痛有所缓解后，他们就进入一个温度较低的房间，互相泼凉水，让对方凉快下来。

经过紧张的扩建工作，平户商馆颇具规模。不过，一个重要的附属建筑没有被记录下来。日本人习惯在非常隐秘的地方如厕，这个地方和主建筑之间有一条小路相连。英国没有下水道系统，他们的街道满是排泄物；与英国人不同，日本人以洁净的厕所和下水道为傲。“内部干净整洁，”罗德里格斯神父写道，“（还有）熏香盆和切好的新纸张供人使用。”他补充道，这些私密场所“没有任何不好的味道，客人们离开时，如有必要，负责的人会把它们清理干净。”每天早上，一组清洁工会检查这里，花很长时间清理，然后把排泄物用在田地或菜畦里。科克斯和他的人想必认为这种做法非常奇怪，不知道他们是否入乡随俗。

扩建后的英国商馆更像日式住宅了。它按照当地风格建造，被那群日本仆人打扫得一尘不染。厨师虽然并不能保证每餐都合主人胃口，但他们知道如何保持厨房整洁有序。日本人天生爱干净，甚至连最贫穷的日本家庭都会在使用锅碗瓢盆前认真擦洗，在烹饪前清洗所有被手触摸过的生食。“在日本，切鱼、禽和其他

日本人十分重视清洁和卫生，尤其是准备食物时，“切鱼、禽和其他肉类都有专人”。自从进入中世以来，这种做法便很常见，如上面这幅14世纪的画所示

肉类都有专人，”罗德里格斯写道，“所有食物都放在干净的厚桌子上，并用叉、刀切开，禁止用手碰触任何食物。”

得益于日本人爱干净的习惯和健康的饮食，英国人的健康状况良好。这与他们在万丹的情况形成鲜明对比，当时“丁香”号的许多船员因为神秘的热带病死在那里。科克斯惊讶地发现部下都很健康，尤其考虑到他们刚到时个个虚弱不堪。他给万丹的一个职员写了一封信来庆祝他们的好运。“除了我，所有乘‘丁香’号来的英国人（都）病得厉害，我甚至觉得没人能活下来。”但是，到达平户后，“他们（都）康复了，而且保持着良好的健康状态。”

他们也生过几次病，特别是最初的几个月，他们的胃还没有适应陌生的日本饮食。他们担心自己得了未知的疾病，急着找药方，于是向亚当斯寻求建议。“我受疟疾折磨，”科克斯写道，“浑身上下骨头痛得厉害，我觉得我可能会变成瘸子再也不能走路了。”不过他吃了些新鲜水果和海鲜，在温泉待了几天，很快康复了。

理查德·威克姆在前往京都途中不幸生病。“(我)感染疟疾，发起高烧，”他在给平户的朋友的信中写道，“而且高烧始终不退，我白天晚上都无法入睡，睡眠不足让我痛苦不堪。”他越来越虚弱，脸色苍白，于是催促科克斯给他送一些酒来，他认为这能让他好受些。他还做了一个极端决定——动手术。他告诉朋友，他打算“自己给自己做手术，因为我有一把非常好的手术刀”。科克斯读到这封信后十分震惊，立即给他回信，要求他不要自作主张。“我建议，”他写道，“除非万不得已，否则不要自己动手术。”

日本人应该会赞成他的看法，因为他们被欧洲人野蛮的医术，特别是放血疗法吓坏了。耶稣会士路易斯·弗洛伊斯写道：“日本人宁愿死，也不愿接受我们痛苦的外科手术。”他们更喜欢使用由煮熟的树根、草药、海螺和海草等制成的天然药物，还会服用据说可以净化身体的甜药丸。他们对针灸的使用程度也令外国人惊讶。“他们用银针扎胃、胳膊和背，用来治疗几乎所有疾病，”一个传教士怀疑地写道，“与此同时，他们还会熬制草药。”这些被扎进身体最敏感部位的针，可以有效缓解疼痛。

如果失败，日本医生将付出高昂代价，错诊或治疗无效会被处死。“皇帝生病时，”威克姆写道，“将他的首席医生砍成碎片，就因为医生说……他已经老了，药不会那么有效。”

肆无忌惮地滥用暴力是日本的生活方式之一，英国人一直对日本法律的严苛程度诧异不已。亚当斯曾给他在万丹的同胞写了一封长信，警告他们逾矩行为在日本将受到极为严厉的惩罚。“在司法方面（他们）非常严苛，”他写道，“残酷无情。”他警告说，小偷很少被监禁，通常“会被就地处决”，城镇的治理尤其严厉。亚当斯已经知道，许多新来的水手是醉鬼，他们的滥饮通常以暴力收场。为了避免潜在的麻烦，他警告同胞，“杀人犯无处可逃”，因为日本的司法体系依赖举报和奖励。每个逃犯都会被悬赏，最高可达三百英镑，举报者可以得到这笔钱。

在暴力的莱姆豪斯街巷长大的亚当斯，很快就成了日本严苛法律的热心拥护者。他说将军“以眼还眼，以牙还牙”的政策意味着“在他们的城市，你可以在晚上到任何地方去，而不必担心遇到麻烦或者危险”。

镇信和其他日本大名一样冷酷无情。他用锋利的武士刀管理自己的领地，严惩任何胆敢违背自己命令的人。科克斯的手下见惯了公开处斩和取出内脏的残忍刑罚（这在伦敦稀松平常），但他们还是惊讶地发现亚当斯并没有夸大日本司法的严苛程度，甚至连轻罪都可能遭严惩。更糟糕的是，判决不可改变，镇信不会“撤回或者减轻它”，一旦宣布，立即执行。刽子手命令受刑人跪下，先砍掉他的头，然后把头和身体砍成碎片。

科克斯和他的手下被这种暴力行为吓得心惊胆战，他们难过地看着孩子因为轻罪被处死。最初的几个月里，他们太过紧张，不敢干预。但是，他们和当地人熟悉起来以后，就开始向镇信提意见。1615 年 12 月一天下午，科克斯看到“一个十六岁的男孩因为偷了一艘小船，并把它带到另一座岛而即将被砍成碎片”。科克斯觉得死刑过于残忍，于是“向国王（申诉），为他求情”。他告诉刽子手，在得到镇信答复之前不要处死这个男孩。刽子手被这个英国人的要求激怒了，当他得知镇信打算原谅这个年轻人时更加愤怒。他毫不犹豫地拔出刀，“在（官方）赦免书到来前将他处死，然后把尸体砍成许多块”。

在平户，生命不值一文，死亡司空见惯。当地人对倒在田间或下水道的尸体熟视无睹，而科克斯还做不到这点，他无法忘记这些可怕的场景。一天，他在镇子边上散步时看到“一个十一二岁的女孩，死在（一间小屋的）后围墙下”；更令人作呕的是，“几条狗在吃她的尸体，已经吃掉了两条腿和下半身”。他不知道她的身份或死因，但是“我觉得可能被一些恶棍先奸后杀，或者她是一个奴仆，她的主人心情不好便杀了她，然后把尸体扔到外面喂狗，这种事很常见”。他接着写道，奴隶的生命握在主人手里，“主人可以随心所欲地杀死奴隶，不需负法律责任”。甚至连死在平户的“丁香”号船员的尸体也不得安生。一次，科克斯经过埋葬一名船员的小墓地时发现“一些恶棍把棺材挖了出来，偷走了裹尸布和衬衫，将裸露的尸体留在原地”。

科克斯批评这里的法规太过严苛，镇信虽然觉得难以理解，但并没有因此排斥英国人，定期邀请英国人访问平户城。他们在小姓的陪同下，爬上长长的石阶（日本的城都是这样建的），“任何有身份的人，从最高级到最低级，都带着一个人，让他在入口为他们拿鞋”。

城本身是精巧的木造建筑，位于市街后面的多岩高地上。在“丁香”号来到这里大约七年后绘制的一幅装饰性的平户地图上，平户城被描绘成一个有高高的石垣环绕的巨大建筑群，有带“屋根”的城门和很大的中庭。平户藩主的宅邸与其他大名类似，内部上了漆，不过没什么家具。拉门外是雪松木的“缘侧”，从那里可以远眺深水港湾和长着松树的群山。

每次登城，科克斯和他的人都会献上精心挑选的昂贵礼物。萨里斯第一次见到镇信时，奉上了华丽的布匹和一些小东西。科克斯则倾向于选择一些稀罕玩意。他发现藩主对英国传统菜肴越来越感兴趣，特别是配有浓郁肉汁的美味炖菜。他最喜欢咸肉——“一块英国牛肉、一块猪肉，再配上洋葱和萝卜”。他们就这样开始了奇怪的交换，镇信给科克斯当地的水产品——黄尾鱼、红鲷鱼、贝类和螃蟹，科克斯则给了他几块已经放了两年多的肉，其中一些从英国一路漂洋过海来到这里。

镇信醉心茶道，这是一种非常奇怪且复杂的仪式，科克斯和他的手下完全无法理解。茶道的灵感源自避世而居的禅宗僧人，他们通过饮茶探索心灵的奥秘。若奥·罗德里格斯称它是“一种孤独的宗教”，需要在身体和精神上做好准备。饮茶时，镇信和他的客人会先换上素袍（羽织）、剃发，然后开始品浓茶，据说这种茶能延年益寿。茶叶被研磨成粉，加几勺在瓷器里，再倒入热水，用竹条搅拌。沏好的茶被倒入特殊的茶碗，客人漱口、洗手，然后开始饮茶。科克斯和他的人品尝了这种不同寻常的饮料，发现很合他们的胃口。威克姆也喜欢茶，几次给平户送去“茶壶”。不过，英国人更喜欢酒精，经常在晚上痛饮葡萄酒、白

和所有日本大名一样，镇信有一个势力强大的家臣团，遇到危机时依赖他们渡过难关。他们拥有锋利的武士刀，喜欢用犯人尸体试刀

兰地和当地的清酒。

英国人频频和荷兰同行见面，一起开怀畅饮。施佩克斯船长在“丁香”号离开后不久回到平户，很快和理查德·科克斯建立了深厚且持久的友谊。英国人很快发现（就像多年前的威廉·亚当斯一样），和这些欧洲友人保持良好关系是有好处的。虽然两国间存在激烈的贸易竞争，但他们是彼此商馆的常客。他们在夜间开的酒会总是喧嚣无比，无数祝酒词和嘈杂的歌声回荡在夜空中。酒会通常在炮声中结束，巨大的爆炸声惊醒了镇上紧张的居民。“炮声大作，”一天晚上酩酊大醉的科克斯写道，“商馆和船上

的炮都开火了。”酒会后的第二天早上，睡眼惺忪、头疼欲裂的科克斯和施佩克斯会交换感谢信。他们写下这些信时可能酒还没醒，信中充斥着肉麻的吹捧之词。一次，施佩克斯兴高采烈地告诉科克斯，他“愿意为我或者任何一个英国人做事”。他真心喜欢科克斯，还说“他一辈子都不会忘记我的仁慈之举，他深知这些都出自我的善意”。

亚当斯大部分时间都待在安右卫门家，不过他确实陪这些人参加了当地的聚会和节日活动，有些活动相当精彩。到了一年一度的盂兰盆节，这座小镇就会被小三角旗和蜡烛装点起来。“街道上挂着灯笼，”科克斯写道，“异教徒打着灯笼和火把去寺庙和墓地，邀请死去的朋友和他们一道进食。”镇上的居民聚集在街上，希望能见到逝去的挚爱之人的灵魂。这是一幅怪异的景象：他们和亡灵交谈，将作为贡品的食物摆在墓前，帮助墓主人度过接下来的一年。“人们在回家之前会留下米饭、酒和其他食物，让逝者在他们离开后享用。”回家后，一些人往屋顶扔石头，据说为了驱走那些没有离开的亡灵。

在这样的节日里，人们会消耗大量食物，居民们“吃吃喝喝……玩闹嬉戏，开怀畅饮，直到喝得酩酊大醉”。英国人发现，醉酒是日本人生活的一部分。许多人喝得忘乎所以，但毫不在意，继续狂饮，直到没有人站得起来。这是为数不多的能让英国人乐于接受的日本习俗，也是他们唯一真正能做好的习俗。

在平户的几个月里，科克斯和他的人心满意足。亚当斯给了他们许多关于新家园的宝贵建议，还将他们介绍给当地许多商人。他还帮他们建造舒适的生活区，购买维修用的木材和瓦片。这些人有了情妇、仆人，享受着在英国完全无法想象的奢侈生活。当他们认真准备开始贸易时，他们想到了萨里斯，想知道他是否已经平安返回英国。这件事至关重要，因为他们指望他尽快运来第一船货物。

第九章

武士间的冲突

理查德·科克斯和他的手下在日本逍遥快活的同时，“丁香”号顺利返回英国。它于1613年12月离开平户，在海上航行四个星期后抵达万丹。萨里斯船长不打算让他的船员冒生命危险在这里停留太久。装满胡椒和香料之后，“丁香”号几乎立刻离开爪哇，前往非洲南部的桌湾，他们在那里轻而易举地得到了水和食物。然后，在顺风的情况下，萨里斯向北驶入大西洋，并于1614年9月到达普利茅斯。

经过长时间海上航行返回英国的船，通常会先在南部的一个港口短暂停留，补充淡水，然后再驶往伦敦卸货。东印度公司的商人很快得知“丁香”号安全抵达普利茅斯，期待它几天内到达伦敦。但是，他们白白等了六个多星期，其间“丁香”号一直待在普利茅斯港。根据萨里斯的说法，暴风雨延误了它的航程，“狂风骤雨……我们的生命遭受了起航以来最严重的威胁”。东印度公司的董事们不相信萨里斯的说辞，怀疑他只是为了在港口卸下货物，私自兜售。他们截获了萨里斯写给兄弟和表兄弟的两封信后疑心更重，他在信中请求两人派“两个信得过的水手”来。据猜测，这些人会将萨里斯的非法货物搬上岸，在黑市出售。

东印度公司高层现在确信，萨里斯“想进行私人贸易，想把他的货物偷偷运下船”。他们对船长非常生气，急于防止船上的货物蒙受损失，于是派两个代理人前往普利茅斯，命令他们登船阻止任何私下交易。他们派第三名官员，命令他拦截萨里斯的信件，又派了第四个人前往布瑞德街的斯塔尔酒馆打探消息，那里聚着许多水手，小道消息满天飞。

不是所有伦敦商人都赞成这些做法。萨里斯在东印度公司也有朋友，他们主张，在收集更多证据之前，他不应该被当作罪犯，这有失公平。他们成功推翻了让萨里斯立即前往伦敦的命令——这会让萨里斯名誉扫地，而且说服高层，“在确实抓到他的把柄之前，不应对他过于苛刻”。

但是，四名被派往普利茅斯的官员并没有被召回，他们很快找到了一些值得向东印度公司的董事们汇报的消息——不是关于萨里斯的，而是关于在日本发生的事。邮局的一个信件包裹里有一封威廉·亚当斯写的信，信中提到七人已经在平户安顿下来，而且“皇帝（家康）”已经慷慨地允许他们通商。信中还提到，由来已久的传说并非虚言，日本确实是一个富裕的国家，而且非常适合在航海途中饱受摧残的船只修整。“这里，所有东西应有尽有，”亚当斯写道，“……不管是木匠，还是木料、板材、铁……（都）非常好，而且和英国一样便宜。”

萨里斯船长直到11月中旬才“沿陆路从普利茅斯”返回伦敦。有的人对他很热情，有的人很冷淡，因为仍有许多人怀疑他在普利茅斯耽搁六个星期的原因。但是，当他提交关于日本的报告后，他们立刻原谅了他。在一次众多商人参加的集会上，他向听众详细描述了前往日本途中的所见所闻，并引发了一场关于什么货物最受日本人重视的讨论。他乐观地描绘了对日贸易的前景，提供合听众心意的信息。他告诉他们，（色彩鲜艳的）绒面呢需求量很大，还说日本人愿意高价购买粗布、亚麻和印度棉布。

这些都错得离谱而且误导人。科克斯发现几乎没有人想买那些颜色鲜艳的绒面呢，并因此损失惨重。他很快得知日本贵族喜欢让他们的侍从穿“素色”——黑色和棕色。萨里斯还错误地告诉伦敦商人，粗布每码的价格超过六英镑——他的估计过于乐观。他列出的其他高利润商品——糖果、肥皂和春宫图，既古怪又不准确。

萨里斯有充足的理由向伦敦商人夸大对日贸易的前景。他被高层怀疑，很可能名誉扫地，因此希望这次报告能成为提升自己声望的捷径。此外，乐观的估计有助于证明他在这个国家设立商馆的决定是正确的。他认为自己已经战胜了那些诋毁他的人，现在开始劝伦敦商人“听从他的建议……因为它是正确的”。

这正是这些商人打算做的事。他们听说日本市场有广阔的贸易前景后欣喜若狂，听说荷兰人最近花了一千五百英镑翻修平户商馆后，兴趣更大了。荷兰人以在贸易上谨小慎微著称，如果他们在日本投入大量资金，这只可能意味着他们将在日本获得一大笔财富。

1614 年 11 月中旬，东印度公司针对萨里斯的报告进行了一场辩论。会议结束时，与会者情绪激昂。“考虑了各种因素后……所有人都认为这个地方非常有前途。”他们买了两艘船——“忠告”号和“参与”号，并开始采购货物。

事态好转令萨里斯笑逐颜开。就在几个星期前，他还被人怀疑，很可能遭到谴责、处罚；现在，他发现自己被奉为英雄。他在这次航行中获得了两倍利润——几乎都是香料带来的，他在日本设立商馆的决定也被视为有远见之举。所有对他不适任指挥官的批评都被置之不理，商人们对留在日本的人写来的信也没什么兴趣。科克斯、皮科克和威克姆都提供了非常好的建议，而这些建议与萨里斯带回来的信息截然相反。科克斯的信很有先见之明。他警告说，日本人“只喜欢丝绸，根本不会去想布的好处”，然后写道，“时间或许会改变他们的想法……（但）在此期间我们必须另寻出路”——这可以说是一语成谶。

萨里斯和公司的蜜月期并没有持续多久。斯迈思爵士将自己的一间屋子借给这名船长，让他存放个人物品和货物。圣诞节前不久，他发现了萨里斯在旅途中得到的大量淫秽书籍和图画。当斯迈思把这件事告诉其他商人时，他们感到震惊，并且认定这些“淫秽书籍和春宫画……（将）成为公司的大丑闻，与其一贯的声誉不相称”。

虽然斯迈思向商人们强调“他对这件事感到痛心，更何况它还发生在他的家里”，但其实他并不打算把事情闹大。不过，当他发现这些色情作品已经成为人们的笑柄，好事者在伦敦交易所发表“贬低言论”时，他决定采取更严厉的措施。愤怒且沮丧的斯迈思决定公开烧毁这些书和画，萨里斯也要在场，他打算以此向伦敦人表明，“这家公司的任何人都不会鼓励或容忍这种邪恶的事情”。1615 年 1 月 10 日，萨里斯丰富的淫秽收藏品被付之一炬。“（斯迈思）当众把它们扔进火中，直到它们都烧成灰烬。”

当萨里斯返回伦敦时，威廉·亚当斯越来越难以忍受平户的生活。他的住处足够舒适，身边的日本朋友也足够友善，但他依然渴望返回封地逸见和妻子、家人团聚。他已经失去了一个家——在英国的妻女；现在，他被困在遥远的平户，很可能失去另一个家。此外，他还需要处理封地的各项事务，那里的水稻已经成熟，正等着收割，与财产和土地相关的纠纷很多，需要他裁决。身处千里之外的亚当斯根本不可能妥善履行领主的职责。

亚当斯急着回逸见还有另外一个原因。十三年来，他日夜期盼英国同胞来日本。等到他们终于在平户上岸，他却失望地发现自己和他们几乎没有任何共同语言。至少在一点上，萨里斯船长是完全正确的，亚当斯和日本朋友在一起时更自在。

商馆扩建工程刚刚完成，亚当斯便建议科克斯和他的手下开始考虑贸易的事。工程花掉了商馆大部分现金，赠送礼物进一步消耗了宝贵的资源。亚当斯知道，如果他们不立即开始做生意，商馆很可能破产。

但是，贸易并不像科克斯想得那么简单或直接。每次走进货栈，他都会意识到自己的货物“并不畅销”。那里堆着大约五十块绒面呢，六千块印度棉布，一百二十四颗象牙，大量胡椒、锡、铅，以及四十六桶火药和六门大炮。他本以为卖掉这些东西不是什么难事，但很快发现市场上充斥着象牙，绒面呢的需求量不大，锡在日本和在英国一样便宜。更糟糕的是，日本人自己可以织布，他们不愿意购买印度的输入品。

科克斯希望这些问题只在平户存在，而日本其他地区的商人会乐于购买他的商品。萨里斯船长命令他拓展贸易网络，并在日本各地设立分支机构并建货栈。鉴于只有七个人可供他调遣，这件事不会一帆风顺，不过亚当斯给了他一些关于如何有效利用有限的资源和人力的建议。他应该派威廉·伊顿前往大阪，派理查德·威克姆前往江户，派年轻的埃德蒙前往位于日本海峡的对马岛。皮科克和卡沃登志愿前往更远的地方——南圻（越南南部），亚当斯打算前往遥远的暹罗，而尼尔森则要和科克斯一起留在平户。

威克姆和伊顿是最早离开平户的，他们于1614年1月和朋友们道别。亚当斯陪他们一起上路，若想在江户和大阪找到合适的住处，他是必不可少的。科克斯越来越担心自己在舞女、仆人和翻修建筑上花费过多，不断催促他们尽快卖掉货物。“只有赶在其他船从英国来之前把所有东西变现，”他绝望地写道，“人们才不会说我们什么都不做，只知道吃喝。”

三人在大阪短暂停留，为伊顿找到住处后又继续前往江户，所有到过那里的人都对它印象深刻。恢宏的建筑让萨里斯深感震惊。“它们的外观辉煌壮丽，”他写道，“屋顶的瓦片和瓦当（日本称鬼瓦）都镀了金，门柱也镀金、上漆。”街道“和英国任何一条街道一样宽”，但干净得多。一个西班牙访客嫉妒地写道：“街道非常干净，你可能觉得没有人在这条路上走过。”

这座城市被分为不同区域，鞋匠、锡匠、铁匠、裁缝各有专门的区，卖禽类（鹧鸪、鹅、野鸭、鹤、母鸡）的商店也有专门的区，卖兔肉、野兔肉和野猪肉的商店集中在另一个区。鱼市让外国人觉得很新鲜。“他们出售你能想到的各种海鱼和淡水鱼，”西班牙人罗德里戈·德·比韦罗·Y.贝拉斯科写道，“很多活鱼装在盛满水的鱼缸里，任顾客挑选。”水果市场也毫不逊色，“这个地方非常有意思……因为除了品种丰富，所有货物都非常干净，很能刺激顾客的食欲”。

江户是一座富庶的城市，街道上挤满了穿着丝质和服的大名和幕府高官。最富有，也最招摇的大名穿着华丽的长袍（羽织），上面绣着精美的花和叶子的图案。“花是金线绣的，”若奥·罗德里格斯神父写道，“他们对绯红和紫色运用得得心应手。”夏天，人们会用麻或亚麻腰带缠住肚子，“贵族和上流社会的女士……戴着遮住手背的丝手套”。最不寻常的当属他们的鞋子。日本人习惯穿山羊皮拖鞋，用草绳使鞋固定在脚上。下雨天，他们会换上笨重的木屐，用皮绳把鞋绑在大脚趾上。

科克斯告诉威克姆，租房子和货栈时不要考虑钱，“要租城里商人区最好的宅子”。他接着补充道：“日式建筑优于外国式样的建筑。”幸运的是，亚当斯的家人就在江户，他把岳父马达勘解由（他的职务没有任何变化）介绍给威克姆。马达被聘为威克姆的副手，负责照看英国人的货栈，以及将英国人介绍给商业伙伴。不过，英国人很快发现，他是一个“狡猾的家伙”，经常偷钱，于是戏称他为“尼科洛·马基雅维利”。

威克姆的翻译们也不诚实。雇用这些翻译是因为他们会说葡萄牙语（葡萄牙语是日本贸易的通用语），但实际上他们花了很多时间从小小的英国货栈偷东西。只有亚当斯能管得住他们，一旦他离开，他们就要得威克姆团团转。威克姆在给伊顿的信中提醒后者，他们“都是恶棍、骗子，没有一个值得信任”。

尽管困难重重，威克姆依然对在江户获得成功寄予厚望。他来的时机恰到好处，因为上百名富有的日本大名为了庆祝江户城整修工程竣工而聚集在这里。很多人来到他的小货栈，要求看看他精挑细选的绒面呢。

不幸的是，他们的要求无法得到满足。货物还没有从平户运到，威克姆非常懊恼，他有潜在的买家，却没有货物，这令他垂头丧气，以至于得了疟疾。他在给威廉·尼尔森的信中写道："（我）又累又烦……没有时间写信详细告诉你发生了什么。"科克斯得知威克姆的不幸后，并不感到沮丧，而是非常生气——"即使再在日本待七年，我们都不会遇到像这样可以在大名云集的场合出售我们的布料的机会"。

平户的荷兰人很快听说了这场灾难，立即抓住机会将自己的布料送到江户。他们抓住了最好的时机，带回了大量白银。这让威克姆难以忍受。当情况不利时，他的第一反应是找替罪羊。这次的替罪羊近在咫尺。"我不知道应该怎么说或者怎么想亚当斯船长，"他在给科克斯的私人信件里写道，"但是我非常怀疑他是双面间谍。"

威克姆起疑的原因是亚当斯坚持要求货物必须海运。由于荷兰人经常通过陆路运输，威克姆开始怀疑亚当斯故意破坏英国人的贸易活动。他没有当面指责亚当斯，因为一旦关系破裂，"我不知道当如何补救"。但是他把自己的猜测告诉了科克斯，还说"这是一次警告，不应再有下次"。

科克斯看到威克姆的指控非常惊讶，着手调查。他很快发现，该为此事负责的不是亚当斯，而是港口的搬运工。然而，威克姆在他的心中播下了怀疑的种子，他决定采取一个奇怪的预防措施。

他雇用了“博爱”号幸存的荷兰人之一，奸诈的吉斯伯·德·康宁。到达日本后，亚当斯一直对他不理不睬。事实很快证明，吉斯伯既不受欢迎又无能，科克斯只是在白白浪费钱财。

威克姆在江户的新家距离平户八百多公里，不过他经常收到同事的来信。一次，科克斯在给他的信中提到前房东李旦的婚姻危机。李旦经常和夫人激烈争吵，还曾经递给她一把刀，让她“切掉小拇指”。若不是女仆玛利亚阻止，她已经服从这个命令了。李旦转而将怒气发泄到玛利亚身上，“（她）为此付出了高昂代价，左手大拇指几乎被砍断”。

几天后，威克姆从威廉·尼尔森那里收到了一封晦涩的信，后者向他的朋友坦白了一件令人激动的事。为了隐藏敏感信息，这封信满是谜语、双关词和密码。“为了解开这个谜语，”尼尔森写道，“好好想想这句话——没戴绿帽子的都有角。”这样的话有将近半页之多，作为解读这封信的含义的线索。“反过来读这个，”他指示道，“ad dextro ad sinistro：OGNITAM。”假定威克姆已经破解了谜题，尼尔森在信的最后写道：“什么，伙计！怎么回事？我觉得你要画十字了，不要再想这件事，它就是真的。”这则消息确实令人兴奋——尼尔森睡了科克斯的情妇马婷婀。这封信兴高采烈的语气显示了他的喜悦，但他也知道如果科克斯发现马婷婀不忠，必定十分难过。“别多嘴多舌，”他告诉威克姆，“从今往后，不管我给你写什么，要么扔进大海，要么烧掉。”开心的威克姆并没有遵从朋友的建议，尼尔森的忏悔信至今仍可在大英博物馆里读到。

科克斯也在播撒他的种子。他对马婷婀的冷淡感到失望，于是找了一个更吸引人的床伴。“我昨天买了一个姑娘，”他在给威克姆的信中写道，“只有十二岁，还太小，不适合买卖，但是估计你想不出来我还能跟谁睡。”他无意中和尼尔森达成了默契，告诉威克姆“千万别多嘴多舌”。尽管他确信威克姆会把这个秘密告诉其他人，不过他其实完全不在意。科克斯已经上了年纪，但仍有性致，这出乎威克姆意料，他警告科克斯不要让这个女孩怀孕：“像你们这样的枯树，放到火药桶旁，就是最危险的燃料。”

其他人也应该听从这条忠告，因为不久后他们的情妇纷纷怀孕。伊顿的女人接连给他生了两个孩子，一个叫威廉，一个叫海伦娜。塞耶斯的情妇玛利亚生下了一个女儿。尼尔森也有了一个女孩。亚当斯也一样，他发现自己的家庭越来越大。他已经有两

理查德·科克斯和他的手下不仅经常找来日本“舞女”，还有长期情人

个孩子——约瑟夫和苏珊娜，他们和母亲一起住在逸见。现在，他听说自己再次成为一个孩子的父亲，这个孩子是他在平户漫长而孤独的几个月里的产物。和其他人不同，他因为这个孩子的出生感到尴尬，从未在信中提到过他。

春去夏来，科克斯对商馆的未来越来越乐观。威克姆成功卖掉了库存的铅，伊顿在大阪的前景似乎不错。坦皮斯特·皮科克和瓦尔特·卡沃登前往南圻，他们成功的希望很大，年轻的埃德蒙·塞耶斯也开始尝试在对马岛做生意。科克斯梦想着将自己的贸易帝国扩展至朝鲜半岛内陆，不过最初的报告并不令人鼓舞。他被告知，朝鲜最大的城市被"无法骑马通过的大沼泽包围"，想前往那里只能乘两栖"马车或推车"，这种车上装着帆，可以渡过涝洼地。

1614 年整个春天，威廉·亚当斯一直在帮助这些人开始他们的冒险。现在他们全都离开了平户，于是他按照先前的计划，着手准备前往暹罗的航行。威克姆听说此事后要求加入，倒不是因为他想和亚当斯待在一起，而是因为他认为这次航行是尝试私人贸易的绝佳机会。"诚实的"科克斯先生不知道威克姆的最终目的，欣然同意了他的请求。江户的货栈暂时关闭，威克姆返回平户。

亚当斯花数周时间修好了他的帆船"海洋探险者"号，又花费数月时间招募了一百二十名日本船员。他聘用两名欧洲商人——一个意大利人和一个卡斯蒂利亚人为代办，委托他们经营英国商馆在长崎的分支机构。1614 年冬，这艘船终于能够出航，但天气突变。"海洋探险者"号刚离开日本海岸，就遭暴风雨袭击。汹涌的海浪猛烈冲击最近才修补的地方，船壳松动，海水涌进船舱。日本船员花了一昼夜辛苦地“不断将水排出”，但水位仍然持续上升。他们发现船舱进水的速度远远大于他们排水的速度，因而惊恐不已。

鲁莽的英国船长的态度加深了他们的恐惧。亚当斯看起来非常享受他们的困境，催促他们继续努力工作，“商人和其他闲杂乘客十分害怕，甚至开始谋划哗变”。就在狂风呼号，海浪涌上甲板的时候，船员们叛变了。他们告诉亚当斯，除非立即掉头前往位于东海的琉球群岛，否则他们拒绝继续排水。亚当斯别无选择，只能怀着沉重心情掉转船头，朝位于平户以南八百公里外的亚热带岛屿大琉球（今冲绳）驶去。

这座长满棕榈树的岛屿是为数不多的可以让日本商人和中国商人做生意的岛屿。直到1609年，琉球一直是独立的王国，其富有的统治者住在富丽堂皇的首里城。现在，他们世袭的土地落入日本萨摩藩主手中，他希望这个偏远的前哨能够继续扮演对外贸易转口港的角色。

亚当斯和经受暴风雨摧残的船员经过痛苦的航行后，步履蹒跚地上了岸，并且“获得了令人赞叹的伟大友谊”。他们得到了稻米、火腿和萝卜，亚当斯被允许在修船期间先把货物运到岸上。他们来到了拥有干净的沙滩，而且全年无冬，长满了绿色植物的天堂。如果船员懂得感恩，他们应当觉得这是一件幸运的事。但这些任性的人抱怨这里令人窒息的湿气和饥饿的蚊子。他们要求发一半薪水用来买酒，然后开始互相发泄怒气。“这天，我们所有军官、水手和乘客都扭打在一起。”亚当斯震惊地写道。他尝试制止这场“乱战”，但琉球冷酷无情的首领已经听到冲突的消息。他逮住最先挑事的人，拔刀把这个倒霉的人砍成碎块。

当地官员认为他们对这些惹是生非的家伙已经足够宽容。他们命令“海洋探险者”号离开，亚当斯向他们求情，因为还没有得到“我们这艘船所需的粮食”，但他们拒绝了亚当斯的请求。他们还拒绝和亚当斯做生意，让他自己承担损失。这次航行花费了一百四十多英镑，超过了商馆可以负担的金额，而且引起了琉球人对英国人的反感。在亚当斯的船上，只有一个人成功地在灾难中挣到了钱。理查德·威克姆发现龙涎香在琉球比在东方任何一个地方都便宜，而且知道这种稀有的商品可以在日本卖出高价，它们在那里被当作调味料。威克姆抓住机会为商馆购买了微不足道的两磅，为自己购买了惊人的二百六十磅。他后来将其中一部分加价五成卖给商馆，赚取了巨额利润。他又通过长崎的一名代办偷偷卖出了一些，其余的送到万丹。科克斯直到两年后才知道他竟然如此肆无忌惮地从事私人贸易，但到了那时不管采取什么措施都无济于事了。

“海洋探险者”号几乎在所有方面都失败了，它造成的负面影响在亚当斯返回日本后依然持续。和亚当斯一同前往琉球的两名长崎代办发现他们惹上了大麻烦。他们被长崎的耶稣会本部指责变节，为英国人效力，背叛了他们的天主教信仰，他们被投入监狱，等候处决。

科克斯急忙给长崎奉行写信求情，但是他的请求无人理睬。“（他）用尽一切办法搭救他们，”威廉·伊顿写道，“但没有任何用处。”缺乏影响力的科克斯恳求亚当斯在将军面前为这两人辩护，亚当斯很乐意帮忙。他向家康讲述了事情经过，将军命令葡萄牙人立刻释放他们。“(家康)直接下令让二人重获自由,”科克斯感激地写道,“所有货物都还给他们。”葡萄牙人非常生气,但无能为力。亚当斯再次成功地羞辱了他们,同时再次展示了他对家康的影响力。

亚当斯又替施佩克斯和他的手下向将军求情,再次取得成功。荷兰人俘虏了葡萄牙船“圣安东尼奥”号,船上载着大量乌木、黄金、蜜饯。这艘船本打算前往长崎,但由于没有必不可少的朱印状,荷兰人声称它是合法战利品。

家康不知道应作何回应,允许双方登城为自己辩护。他看到荷兰人的代表是亚当斯,便以对他们有利的方式处理了这件事,允许他们留下船只、货物和俘虏的船员。“威廉·亚当斯是让皇帝做出决定的关键因素。”科克斯愉快地写道。他还开心地听说亚当斯抓住这次机会提醒将军,西班牙和葡萄牙国王妄图统治世界最东端。

亚当斯从琉球带回来作为礼物的甜薯也很合科克斯的意。这是日本历史上第一批有文字记载的薯类,它们在园丁科克斯的悉心照料下结出了丰硕的果实。不久之后,他就在日记里写道,他“用(甜)薯做了菜”,送给热爱美食的镇信。

这是商馆在1614年的琉球之行中唯一的物质收获。虽然威克姆通过私人贸易赚了一大笔钱,但科克斯的钱包依然空空如也。不过,他还没来得及清点货物、计算损失,便发现自己正面临一个更为严峻的挑战——日本正遭受内战的威胁,家康正在集结大军。

家康将怒火发向国内的基督徒。迄今为止,他一直对耶稣会士和方济各会士非常宽容，允许他们在日本各地建造教堂、公开布道。他们建立宗教学校，印刷教理问答以教育新近的皈依者。耶稣会士从家康的宽容政策中受益最大，他们在日本取得的成就远超其他任何一个东方国家。一百一十六名耶稣会士活跃在全国数十座教堂中，使将近三十万人皈依基督教。家康没有干涉大名皈依基督教，还重用了数名基督徒。现在，一系列不幸的事件迫使他重新思考对待外国神父的政策。

塞瓦斯蒂安·维西亚诺的来访第一次敲响警钟。这个西班牙人的傲慢自大激怒了家康，得知这个令人不悦的家伙和方济各会有千丝万缕的联系后，他更加生气。家康关闭了几座教堂以惩罚这些传教士。

不久之后，他受到手下大名的挑战。切支丹大名（即皈依基督教的大名）有马晴信贿赂幕府内的教友冈本大八，伪造了一份扩大其封地的文书。家康大吃一惊，自己的家臣竟然将对宗教的忠诚置于对他本人的忠诚之上。作为对其他信仰基督教的幕府官员的警告，他下令将这个人活活烧死。他同样处罚了有马，剥夺了他的封地，把他流放了。

家康很快听说了一起更加严重的事件，这件事最终使他确信基督教正在危害、分裂日本。一个名叫次郎的普通罪犯因为伪造货币被抓，并被治罪，被判处磔刑。行刑时，数百名基督徒聚在四周，当次郎将要死亡时，旁观者“跪在地上为他祈祷”。随后，传教士开始向人群布道，告诉他们上帝爱所有基督徒，包括像次郎这样的罪犯。

家康对这种行为深恶痛绝，更令他震惊的是，传教士公开告诉信徒要服从神父而不是大名。这样的教义对日本的封建制度构成了威胁，家康决定不再继续容忍这样的事情。1614 年 1 月，他颁布了著名的禁教令，指控基督徒在他的国家“散布异端邪说，颠覆真理，这样他们就可以推翻这个国家的政府”。法令还写道：“这是大灾难的前兆，必须提早扼杀。”所有外国基督徒必须立即离开，否则将被施以炮烙、劓刑、刖刑、宫刑、死刑中的一种。禁教令对皈依基督教的日本人同样适用，他们可以留在日本，但必须成为一个主要佛教宗派的信徒（所谓的“寺请制度”）。每个家庭的家长有责任让家中子弟弃教。

耶稣会士的地位戏剧般地一落千丈，他们对此深感震惊。耶稣会士已经在日本待了差不多半个世纪，此时突然发现那个曾经对他们无比宽容的人要把他们赶尽杀绝。虽然一些人还心存侥幸，“打算偷偷在日本躲起来”，但这几乎是不可能的，因为“想不走漏风声极其困难”。传教士们不情愿地来到长崎，他们将从这里出发离开，但临行前仍然希望并祈祷家康能撤回禁教令。

家康的新法令理论上适用于日本所有基督徒，但其实它只针对天主教徒。亚当斯竭尽全力向将军解释天主教和新教的区别，还告诉他，数十年来，欧洲因为神学分裂而动荡不安，战争频仍。他的耐心、清楚的解释带来了巨大的回报。英国人没有受家康怒火的波及，只被命令将商馆的圣乔治旗撤下，因为旗上绣着十字架。他们非常欢迎家康戏剧性的变化，丝毫没有掩饰内心的喜悦。他们并不觉得这件事过于突然，因为亚当斯一直认为天主教在日本注定要被消灭。他曾经告诉一个西班牙人：“我向你保证，三年之内，日本肯定再也见不到一个传教士。”威克姆甚至吹嘘说家康的禁教令在一定程度上是英国人诡计的结果，还说“出于需要，一有机会，我们就说耶稣会士的坏话”。耶稣会高层瓦伦廷·卡瓦略肯定也是这么想的。他给教皇写信，指责亚当斯和其他人“通过虚假指控……让我们的传教士成为怀疑对象，他（家康）感到恐惧，认为他们是间谍，而不是在他的王国传播神圣信仰的人”。

禁教令的效果立竿见影。当时在大阪的威廉·伊顿写道：“所有传教士和耶稣会士的房屋和教堂都被推倒、烧毁。”他还说，所有日本基督徒都放弃了信仰，“所以现在这些地方再也没有信仰基督教的日本人”。这不完全正确。大阪的教堂确实被摧毁，但多数信徒未受影响，部分外国传教士也没有前往长崎。一些耶稣会士和信仰基督教的武士偷偷进入坚固的大阪城寻求庇护。战争阴云密布，家康即将面临对自己的权威最大，也是最绝望的挑战。

矛盾由来已久。家康在1600年的关原之战中取得大胜之后，暂时成为日本无可争议的主人。他的敌人被消灭殆尽，批评者沉默不语。但事实证明，胜利不过为家康赢得了喘息时间。年轻的秀赖，也就是家康名义上的主君，仍然躲在大阪城中，很多人仍然将他视为日本合法统治者。眼见秀赖即将成人，数十名不满的大名和被剥夺封地的领主慢慢聚集在他身边。

家康的禁教令壮大了秀赖的实力，信仰基督教的武士和好战的教士纷纷加入他的阵营。1614年冬，家康清楚地意识到，危机将至。他早就计划让自己的儿子继承自己的位置，不希望敌意越来越明显的秀赖一方从中作梗。但是，这些不愿臣服的人对家康的威胁甚至超过1600年。虽然他的大军，包括参加了关原之战的老兵，仍然对他忠心耿耿，但他的敌人有一个明显的优势——他们控制着位于日本中心的坚城大阪城。

雄伟的大阪城令所有初来乍到的外国人目瞪口呆。它的外部防御工事（“总构”）蜿蜒曲折，长度超过十五公里，人们普遍认为它永远不会失陷。中间的防御设施受两道三十六米高的石垣保护，其外有深深的壕沟，最外面又有“护城河……和很多覆铁的城门、吊桥”。每座城门都有重兵把守，还有橹保护。萨里斯观看石垣时震惊地发现，它“有五六米宽”。

家康和秀赖都知道，决战在所难免。他们也知道，这场战斗将决定日本的未来。利害攸关，数千人匆忙加入他们的大军，希望能够赌对胜利一方，从而改善自己的境况。家康的兵力在十八万左右，驻扎在大阪城外。他们的兵营绵延数英里，给人留下深刻印象。这些坚强的战士面对的敌人据信约有十万人，其中同样包括日本最残酷无情的武士。家康的第一个挑战就是如何将强大的敌人引出大阪城，他们中有很多为信仰而战的狂热基督徒。一旦他们出城，家康就可以和他们短兵相接。这是一个危险而且充满风险的策略。

家康从亚当斯和伊顿那里获得了大量武器和火药，他决定用它们宣告战争开始。1614 年 12 月末，他命令麾下最有经验的炮手用十三磅火炮（这是“丁香”号的主力火炮）炸毁大阪城的一个塔楼。炮击持续了三天，但塔楼安然无恙。家康很快意识到，大阪城确实不愧坚城之名，攻下这座城的唯一希望是使用计谋。

家康一直老谋深算。现在，在最需要谋略的时候，他表现出色。他向守军释放矛盾信号，动摇守城者的意志。他会突然扮演和平制造者的角色，接下来又重新挑起战端。他派使者与秀赖以

家康的部队装备良好且久经沙场。但是他们很快发现，面对大阪城这样的坚城，他们的火绳枪和大炮作用不大

爱好和平闻名的母亲谈判，但不久后又开始用火炮轰击城墙。他通过贿赂分化敌人，与此同时又填平了壕沟。然后，他突然投降了，令守军困惑不已。他给秀赖写信，承认自己妄图夺取大阪城是愚蠢之举。他以一贯优雅谦逊的态度表示悔过，提议赦免城中所有敌对者，秀赖可以自由选择居城。他写下保证书，保证秀赖“不会受到任何伤害”，还按下血判，使誓言具有神圣性和约束力。

秀赖和他的部下完全不知道该如何回应家康，不过这个年长的统治者似乎打算信守诺言。家康的大军拔营向京都方向行军。他们显然撤退了。

大阪城内一派喜气洋洋的气氛，秀赖的部队相信自己一枪未发便赢得了一场重大胜利。过了一阵子，他们才发现自己高兴得太早。家康的撤退实际上只是幌子，是一个绝妙的战略欺骗。他留下少量兵力，命令他们彻底毁掉大阪城外墙，并用碎石填平壕沟。秀赖的部队看到他们开始工作时不明所以，因为和议里没有规定这些。但是当他们看到这些人利落地拆除防御工事时，他们的担忧变成了警惕。家康的人破坏了大阪城外墙，用外墙的石头填平了壕沟。现在，大阪城完全暴露在危险之中。

秀赖麾下的将领向他们抗议，但没有任何用处。他们被礼貌地告知，既然和议已成，防御工事便再无必要了。直到此时，他们才意识到自己彻底中了敌人的圈套，他们惊慌失措，立即命令手下修复城墙，重新挖掘护城河。这正中家康下怀。他现在拿出了撒手锏，宣称秀赖违背协议，他只能以战争作为回应。

他动员了一支十八万人的大军，兵临已被严重削弱的大阪城下。秀赖担心城墙经受不住火炮的轰击，别无选择，只能在平地与敌军厮杀。他的策略是让自己为数不多的精锐部队对抗家康的王牌，另派一支规模更大的部队迂回到德川军队的后方。随后，秀赖将趁战场陷入混乱的机会，率领最忠诚、实力最强的亲兵加入战斗。

秀赖阵营中的许多基督徒知道，这是一场生死攸关的战斗。倘若战败，他们既不会被家康宽恕，也不会得到他的怜悯。他们对胜利信心十足，将谨慎抛诸脑后。他们举起旗帜，向家康展示他们的信仰。“六面大旗，旗子上绘着圣十字架、救世主的形象，或者圣雅各（西班牙守护圣徒）的像，一些人似乎确实相信圣雅各是‘西班牙大守护者’的传说。”这些旗帜飘扬在城外，和大阪城灰色的城墙形成鲜明对比。更多的旗帜出现了，直到守军被基督教的象征物淹没。一个观察者写道：“旗帜和帐篷上绘着许多十字架、耶稣和圣雅各的像……家康想必反感至极。”

两支大军在大阪城外的平原布阵。1615年6月3日，战斗开始，秀赖的部队一度占据上风，他的铁炮足轻很快瓦解了家康军的右翼，中军通过一系列大胆的突击攻到家康本阵，离他的卫队近在咫尺。到了中午，秀赖似乎确实有可能获胜。但是，他的部队被慢慢消耗，最终导致了他的失败。到了下午，家康麾下最精锐的部队发起猛烈反击，将秀赖的部队赶回城中。秀赖知道自己大势已去，唯望战死沙场。他在对忠实的家臣发表的感人演讲中说道：“死亡，我渴望已久。”但是，他的家臣力劝他继续守城，他们的战斗意志重新唤起了他的自信。白刃战开始了，数千名武士在城墙内外激烈搏斗。家康的部队逐渐逼近城中心的天守阁，秀赖部队中的一个叛徒在厨房放火。风助火势，天守阁在几分钟之内便陷入火海。家康的足轻不顾火势，占领了城墙和城门，步步进逼。秀赖和他的家臣知道，了结的时刻到了。他们拔出肋差（剃刀般锋利的匕首），切腹自尽。大阪城沦陷，家康大获全胜。

这是他最辉煌的胜利。秀赖的部队被消灭了，再也没有人反对家康。十万人死在战斗中，尸体拥塞河流，人们可以踩着尸山渡河而不会弄湿鞋子。家康的胜利改变了日本历史进程。他现在是日本无可争议的主人，德川子弟占据幕府要职，直到1868年。

大阪城陷对耶稣会士的打击尤其沉重。他们和战败的秀赖曾是亲密盟友，旗帜鲜明地站在他一边，号召日本的基督徒支持他，

家康的精锐部队攻陷大阪城。在战斗进行得最激烈的时候，一个叛徒点燃了厨房。为避免被俘，守军选择切腹

还在战场上同他们一起血战到底。他们的行为激怒了进攻者，家康和他的继承人对他们的怒火久久未能平息。

科克斯在战斗第二天听说家康获得了胜利，但平户没有人知道更多的细节。他从一些新来的旅行者那里打听到了一些消息，希望能从“无数谎言当中得知一些真相”。不久之后，他得到了家康大胜的确切消息。1615 年 6 月 7 日晚饭后不久，一个疲惫不堪、蓬头垢面的“方济各会士”来到英国商馆，乞求帮助。他自称阿波罗纳里奥神父，“大阪城陷落时他正在城中，好在抓住机会逃脱了”。他在战斗中失去了一切，“除了身上的衣服什么都没有带走”。他绘声绘色地描述了秀赖的战败，告诉英国人，“战斗如此突然，他（秀赖）率领一支超过十二万人的大军……瞬间被消灭”。他向科克斯讨要食物，说自己在过去的几个星期忍受了“很多痛苦”。科克斯虽然不喜欢天主教，但还是发慈悲给了他一些银币让他能前往长崎。

家康的胜利虽然是决定性的，但各地的小骚动不断，相关消息令科克斯担忧不已。贸易在和平年代已不容易，如果遇到内战，几乎无法推进。和亚当斯的关系恶化同样令科克斯头疼。他们的争吵是因为亚当斯的日本朋友安右卫门被性格暴躁的英国商馆翻译约翰·格雷扎诺辱骂。随之而来的争吵很快发展成一场危机。安右卫门被这名翻译的无礼行为激怒，命令他离开江户，还威胁科克斯，“如果不让他离开……会在街上杀了他”。

科克斯非常恼火，怒气冲冲地告诉安右卫门，所有商馆雇员都受到将军的保护，没有人有权“干涉我或者这间宅子里的任何一名职员”。他本希望这件事可以就此了结，出乎意料的是，亚当斯竟然跳出来为他的老友辩护。亚当斯不仅完全支持安右卫门，还声称允许格雷扎诺继续待在这里，将严重损害英国人的声誉。

科克斯勃然大怒，觉得他的权威被故意无视了。他在日记中称亚当斯“对他（安右卫门）的敬意超过对我们所有英国人……（并且）愿意用他的生命和灵魂为他的诚实做担保”。科克斯听说荷兰人也站在亚当斯一边时，开始抱怨自己遭到了背叛。“我别无选择，只能把它记下来，”他写道，“不论是我，还是其他同胞，都觉得他（我指的是威廉·亚当斯先生）对荷兰人比对他的英国同胞更友善。”

直到十四个月后，科克斯才最终发现他对亚当斯的看法是错误的，格雷扎诺确实碍事。他承认“这个家伙的愚蠢做法为他树敌无数，我好不容易才救了他一命”。

1615年8月末，痛苦的科克斯听到了一则好消息，“荷西安德”号在距离平户三四里的地方下锚。萨里斯离开日本二十一个月后终于有英国船前来。商馆终于得到了急需的货物。

平户的英国人鸣礼炮欢迎“荷西安德”号。他们以为这艘船是从英国驶来，会带来他们所爱之人的消息，因此对它的船长拉尔夫·柯品达尔非常热情。然而，他们很快发现自己高兴得太早。“荷西安德”号实际上是从万丹驶来，而且装满了无用之物，例如蜡、胡椒和剪刀。科克斯失望地看着货物运进货栈。印度棉布沾满了污渍，而且已经腐烂，蜡差到“没人想看它一眼”。理查德·威克姆看了看货物，建议直接把它们送回万丹，同时附上一封嘲讽的信，告诉那边的商人“不要错把石灰当成奶酪送过来”。

船上的货物并不是唯一令他们失望的原因。他们一直热切等待新同伴前来，但很快发现“荷西安德”号船员都是令人讨厌的麻烦制造者。“说实话，”科克斯写道，“我从来没见过比他们中的大多数更加顽劣的了。”始作俑者是亨利·多林顿，他是一个“醉醺醺、不守规矩、无法无天的家伙”，不服从任何权威，除了他自己。他骄傲地宣称，他将随心所欲地喝酒或嫖娼。“这个多林顿，”科克斯恼火地写道，“公开声称……船长、大副或其他任何人都没有权力使用水刑或鞭刑作为惩罚手段。”这样的言论与哗变无异，通常会被处以死刑，而且家康已经授予科克斯处死任何一个在日本的英国人的权力。然而，科克斯犹豫不决，他担心这么做会引起一场大骚乱。柯品达尔船长甚至无力管教自己的船员。他是“一个平和、安静且诚实的人”，对船员的逾矩恶行无能为力，只得躲进英国商馆。

有了多林顿的先例，纪律很快全面崩溃。船员们开始在街上互殴。普通水手约翰·谢菲尔德袭击了商馆厨师，而他们的翻译约翰·日本则趁乱“做些小偷小摸的勾当”。威廉·尼尔森和船上的外科医生莫里斯·琼斯大打出手，“尼尔森先生向大夫掏出了匕首”。他捅到了琼斯的手，然后又想刺他的心脏，但及时被拉开了。

柯品达尔船长听说倾斜测试的时间比预想的长得多，更加沮丧。“荷西安德”号的两个木匠已经死亡，异常高涨的潮水令情况更加复杂。天气也妨碍了工作。从北方吹来的冷空气冻住了索具和帆。船员的手被冻得麻木，他们一边发抖，一边试图完成这项精细工作。“早上天气非常冷，”科克斯在1616年1月3日的日记中写道，“下了一场大雪，是我来日本之后最大的一场雪。”“荷西安德”号的事务长罗兰·托马斯非常担心骤降的气温。大雪一直下了四天，在平户的大街上堆积起来，封住了道路，并渗进了“荷西安德”号透风的下层甲板。托马斯写道，天气太冷，不管是火，还是“背心或者夹克”都无法让他停止发抖。他一边看着雪花无情地飘落，一边梦想着穿上两双袜子，“一双布的，一双毛的”。

天气短暂回暖，船员们终于有机会完成船上的工作，更换甲板，做好出海准备。科克斯急于摆脱这些麻烦的人，因此热心帮他们准备货物和补给品。“荷西安德”载着约值两千一百五十英镑的货物（大部分都卖不出去）抵达日本，返航时只带着少量日本武士刀和碗。它还带走了价值五百五十英镑的白银，它们是通过出售绒面呢和武器挣来的。科克斯很不情愿地拿出这笔钱，因为这相当于公司半数以上的财产，但他知道自己必须向伦敦商人证明，他和他的人已经有所斩获。

船离开前，众人被叫到一起评估日本的贸易前景。平户的人保持着谨慎乐观，不过商馆的账簿让人不得不悲观。亚当斯说服他们，中南半岛的奢侈品可以在日本获取丰厚利润，而科克斯和他的人正在等待即将归来的坦皮斯特·皮科克和瓦尔特·卡沃登。他们还对和明朝建立贸易联系寄予厚望。如果不增加人手，如此野心勃勃的计划不可能实现，因此柯品达尔船长被要求留下三名船员为商馆服务。这是一个风险很高的决定，因为这样一来科克斯就要喂饱更多人的肚子。但是他们决定冒这个险。唯一令他们担心的是，斯迈思爵士和他的商业伙伴已经抛弃了他们，这些人唯一的兴趣（和动机）是使他们的投资获得可观的回报。

第十章

家康之死

斯迈思爵士早已习惯在伦敦的家中接待不请自来的客人。商人、久经风霜的水手和探险家经常光顾菲尔波特巷，来寻求这位东印度公司总督的斡旋和帮助。通常来说，他会和蔼、热情地接待来客，但1615年4月13日早上的访客颇令他反感。玛丽·亚当斯是威廉·亚当斯的妻子，不过二人久未联络。现在，她囊中羞涩，从莱姆豪斯一路乞讨而来。

近年来，玛丽的开销剧增，微薄的积蓄早就耗尽，没有足够的钱养活已经过了十七岁生日的女儿迪丽芙丝。亚当斯夫人急需金钱购置食物和衣服，因此请求斯迈思爵士允许其“从丈夫的薪水中支取三十英镑”。她完全有资格拿到这笔钱，亚当斯本人确实曾经要求公司把欠他的钱给玛丽作为对她的补偿，“不管他在日本还是在其他地方，都可以从他的薪水中抽取一部分”。但吝啬的斯迈思选择推诿。

这种冷酷的行为得到东印度公司商人的认可，他们建议他敷衍了事，“先给她二十英镑看看能不能让她满意，剩下的十英镑十二个月后再说”。然而，亚当斯夫人并不容易打发，她坚持不懈，最终取得了胜利。虽然不清楚她是否一次性拿到全款，但肯定得到了一部分钱。高层的铁石心肠非但没有使她的斗志受挫，反倒激励她坚持维护自己的权利。她后来又几次来东印度公司总部，额外索取了一些她认为自己应得的钱。

玛丽·亚当斯不受欢迎的来访后不久，东印度公司从远东得到了一些更令人不安的消息。斯迈思手下无所畏惧的船长们勇敢地穿过季风和台风寻求财富，公司的贸易触角现在延伸到了遥远而鲜为人知的海域，在遍布沼泽的偏远热带岛屿和芬芳的“香料群岛”的环礁上设立前哨站。在东方这些与世隔绝的地区，一小群英国人见到了傲慢的酋长、“食人部落”和东方的王子。

由于许多探险家生活在偏远之地，东印度公司的商人对他们鞭长莫及。头脑清醒的董事定期在斯迈思家碰头，沮丧地分享他们听到的关于打架斗殴和种种淫行的传言。一些最令人震惊的故事来自平户，科克斯邀请舞女参加的那些纵欲狂欢的聚会令这些信仰清教的商人深恶痛绝。但他们对此无能为力。他们几次试图用纪律约束这些人，换来的只是他们在东方的下属的嘲笑和蔑视。

另一个令斯迈思等人头疼的问题是，偏远地区的商馆账目不清。船载着胡椒和香料返回英国，但没有人清楚那些声名狼藉的腐败职员到底贪污了公司多少白银。

斯迈思严格审查了东方贸易，很快意识到很多问题是缺乏监管所致。他提议全面修改公司管理办法，在各地建立货栈，恢复纪律，并立即派一名官员巡视东方。最后一个想法取自荷兰人，他们通过这种竞争性的贸易策略控制了香料群岛的许多岛屿和环礁。

伦敦商人面临的最紧迫问题是挑选负责东方事务的合适人选。

托马斯·斯迈思爵士和伦敦东印度公司商人被关于理查德·科克斯的酒会的传闻吓到了，据说科克斯经常会请乐师（上图）和舞女助兴

经验丰富的船长托马斯·贝斯特主动请缨，他自称是伦敦唯一拥有必要的“冷静头脑和能力”的人。但贝斯特要求公司为之前的服务支付一大笔酬金，这激怒了商人们，斯迈思明智地拒绝了他。他倾向于任命性格张扬的船长威廉·基林，后者之前曾两次成功率领舰队驶向东印度群岛。

和其他船长不同，基林文雅、有教养，在衣食住方面要求颇高，无法理解为何一定要在前往东方的远航中忍受饥饿和痛苦。他对业余戏剧表演很感兴趣，对莎士比亚的悲剧情有独钟，用它们在单调的远航生活中排忧解闷。1607 年率领船队远航时，他鼓励手下船员在西非热带海岸表演《哈姆雷特》。他骄傲地写道："我们表演了悲剧《哈姆雷特》。"事实证明，这是一次巨大成功，不久后他的船员就开始忙着排练《理查二世》。

基林写航海日志时，并未遵循准确记录水深和风向的习惯，而是倾向于以一种更具娱乐性的风格记下一些逸闻轶事。"不要让任何人知晓船的方位，"他写道，"也不要让他们知道各国的情况。"相反，他决定只记录"舰队的趣事"。基林拿起羽毛笔时，只会写下暴风雨、宴会，以及与土著酋长饮酒作乐之类能够引起读者兴趣的故事。

凭借指挥过亚洲远航的成功经历，基林被任命为"全印度英国人指挥官"。但是他反复无常的性格令人担忧，东印度公司董事很快因为一件意料之外而且匪夷所思的事和他起了争执。基林深爱自己的妻子，打算把她带到东方。这个提议令董事们大吃一惊，因为女人不能和丈夫一起航行，这是一条不成文的规定。事实上，他们已经得出结论，"让这样的女人上船，生活在众多不服管束的水手当中，既不方便，也不合适"。基林不同意，请求高层允许他和亲爱的安娜一起航行。

他的请求令古板的董事陷入两难境地。一些人全心全意赞成，他们认为"从他冷静的头脑和善良的灵魂来看，这是非常合适的"。他们警告说，让一对已婚夫妇分开这么久是不正常的，并且补充说"让夫妻分离的人将受到诅咒"。其他人不同意，激烈地反驳道，安娜已经怀孕，"是一个虚弱的女人，不适合旅行"。他们还说，她会阻止基林前往最偏远地区的商馆，而且会让他无法集中精力处理东方事务。

基林听说此事后很不开心，告诉董事们，让妻子上船将是“对我的工作最好的祝福”。他还诉诸他们的清教信仰，声称和安娜共处一室可以阻止他产生“各种堕落的想法”。这是一个聪明的论点。董事们被萨里斯收集的春宫图吓到了，听说他们在日本的职员和当地女性厮混时也很不悦。一些人转而支持基林，认为如果允许商馆职员和他们的配偶同住，他们就不太可能和妓女有任何关系了。但是，该提议在最后投票表决时被否决了。

基林既没有再次提出请求，也没有抱怨。他放弃得如此彻底，以至于有传言称他打算在起航前将基林夫人偷偷带上船。董事们的怀疑得到了证实，1615 年 2 月，基林夫人乔装打扮登上“红龙”号和丈夫相聚。更令他们不安的是，他们听说她准备再带上一名助产士。董事们不想强行把她赶下船，于是以解职威胁基林。基林别无选择，只能服从他们的命令，但他非常不快地给董事们写了一封言辞激烈的信，提醒他们“没有几个（男人）……可以没有女人，即便他尽力忍耐”。

1615 年春，基林的舰队出航了，它由四艘船组成。送行队伍非常壮观，一个原因是首任英国驻印度大使托马斯·罗爵士当时也在船上，他被派往次大陆和莫卧儿皇帝商讨贸易权相关事宜。另一个原因是基林的任务本身同样很重要，事关英国东方贸易的前途。

这次远航非常顺利，船上娱乐活动不断，船员们心情舒畅。基林用小船和其他几名船长保持联系，不停给他们送去食物和一些小玩意作为礼物。他格外关照托马斯爵士，送给他大量礼物和食品。一次，他送去一只羊（它一直养在“红龙”号上）、一百个

（新鲜的）韦茅斯生蚝和一些丝琴弦（托马斯爵士有一把小提琴）。几天后，他欣喜地收到了一份回礼——六声部意大利牧歌的乐谱。

舰队首先驶向托马斯·罗爵士的目的地——印度，然后驶往万丹。尽管船上的饮食很健康，但当舰队靠近爪哇海岸时，船员还是陆续死亡。一些人得了痢疾，另一些人得了败血病。还有几个人得了热病，这是一种奇怪的、会扰乱人心智的疾病，患者会把大海看作一片绿色的田野，产生跳下去的冲动。

基林鸣礼炮宣告自己到达万丹，当地商馆长约翰·乔丹很快和他取得联系。乔丹向他倾诉这里的困难，如疾病和破产。污浊的空气和疟疾肆虐的沼泽夺走了许多部下的性命，贸易活动一蹶不振。商馆已经入不敷出，而幸存的职员拉帮结派，互相争斗。但是，另一个更加严重的危机正在酝酿之中，它将危及英国在东方的每个前哨站，包括在日本的商馆。在此之前，荷兰人的攻击目标只限于西班牙人和葡萄牙人，现在他们开始袭击昔日的伙伴。这个不受欢迎的事态发展既出乎意料，又不同寻常。英国人和荷兰人是旧日盟友，两国水手经常为对方国家的船只服务。他们拥有相同的信仰，团结一致对抗他们痛恨的天主教敌人。虽然东方的贸易竞争对手之间一直存在着紧张关系，但最近几个月，这种紧张关系急剧升级，荷兰人现在似乎打算采取更加强硬的政策。

他们已经将英国商馆职员从开满丁香花的安波尼亚岛赶了出去，现在似乎打算夺取遥远的班达岛的控制权，以使英国无法获得价值连城的肉豆蔻。他们迟早会在日本执行这些侵略性政策，而日本商馆的科克斯和他的手下只是在勉力维持。

万丹街头暴力丛生，这个事实令乔丹感到不安。他的几个手下被荷兰水手算计，而打斗和残忍的袭击正变得司空见惯。职员理查德·亨特沿着万丹狭窄的小巷散步时，被两个荷兰人挡住去路。他们将他打倒在地，然后又叫了二十多名同伙把他打得鼻青脸肿。“（他们）狠狠揍了他一顿，还拽着他的头发一路把他拽到他们的宅邸，锁上大门，让他在日光下暴晒，不准他戴帽子。”他们声称这次袭击是为了向当地的日本人证明，荷兰人比英国人更加强大。

一群固执的英国人誓言报复，但乔丹仍然冷静，选择向统治当地的亲王申诉。荷兰人不想激怒亲王，立即释放了亨特，但同时写信辱骂乔丹。万丹商馆长怒不可遏，发誓报仇，不过被基林的到来打断了。

事实很快证明，基林比乔丹更加温和。他对荷兰人的所作所为无动于衷，还表示“愿意对这些视而不见”。这可能是因为他听说勇敢的荷兰探险家约里斯·范斯皮尔伯根马上要来，后者当时正在环球航行的途中，基林迫不及待地想和范斯皮尔伯根聊聊探险经历，因此不打算激怒荷兰人。基林不单没有批评我行我素的荷兰人，反而鸣礼炮迎接范斯皮尔伯根来到万丹。

如此高规格的接待令范斯皮尔伯根受宠若惊。他穿着自己最华丽的服装去见这位英国船长。“他像将军一样走来，”基林写道，“乘着一艘造得相当不错的日式小船，左舷插着彩色丝旗。”没有人知道这艘船如何来到万丹，但这是一幕令人印象深刻的场景。四十余名“全副武装的”日本人划着这艘船，当斯皮尔伯根靠近“红龙”号时，“小号和其他乐器的嘈杂声”飘荡在高湿度的热带空气中。

这名荷兰船长非常清楚如何讨好东道主。他告诉基林，他很喜欢英国人。基林同样极力称赞范斯皮尔伯根，聚精会神地倾听这名荷兰船长讲述在智利外海击沉三艘西班牙大帆船的经过。基林对范斯皮尔伯根的传奇故事非常着迷，几次将他请到船上，并为他准备了奢华的晚餐。

乔丹完全不清楚基林的意图，尤其当荷兰人越来越频繁袭击他的手下的时候。几名英国水手在万丹的一家客栈被挥舞着刀剑的荷兰人伏击，另外三个英国人被砍伤或刺伤，“（荷兰人）下手如此残忍，以至于所有人都觉得他们必死无疑”。他们的伤口得到清洗和包扎，但他们的“伤势过于严重，不可能完全恢复”。与此同时，荷兰人还竭尽全力挑动当地酋长与英国人作对。他们说乔丹的手下“来自一个贫穷、卑鄙的国家，是一群采花贼、大盗和酒鬼”。

基林仍然不打算理会这些事。但他意识到，很多人批评他邀请荷兰人与自己共进晚餐。因此，当荷兰人邀请基林到荷兰商馆赴宴时，这名英国指挥官别无选择，只能拒绝。他对无法赴宴表示遗憾，将其归咎于当前状况，并告诉范斯皮尔伯根，“因为我们的国家遭受了严重的不公，因此我不能走进他们的住处”。

随着社交活动的结束，基林开始将注意力转向帮助英国商馆摆脱困境。他在“胡椒壳”号上装满胡椒，并且征得当地官员允许，加强英国商馆的防御能力，以抵御荷兰人的袭击。但他并不清楚怎样才能挽救处于破产边缘的商馆。他在给伦敦的董事们的报告中，以谴责的口吻将责任推给商馆职员。“快送些补给品过来吧，”他写道，“否则这里的贸易将因为你们缺乏远见而瘫痪。”

他接着写道："你们的所有职员（都会）因为无法获得利润而垂头丧气。"

基林最初得到的命令是调查整个东方的危机程度。他应该"从一个港口到另一个港口"与职员会面，倾听他们的不满。他已经读过在东印度群岛其他地方工作的职员的信件，还听取了很多从遥远的前哨站返回的人讲述的悲惨故事。平户的商馆距离万丹最远，似乎处于同样窘迫的境地。事实上，基林已经认定"不可能从日本赚到钱"，至少短时间内如此。然而，希望仍然存在。虽然科克斯和他的手下对他们日渐绝望的处境直言不讳，但同时他们一直强调在新家园赚钱的可能性。威克姆是最积极的，他声称平户有朝一日将出口"大量白银"，它们将"装满从这里到万丹之间所有商馆的金库"。他还补充说，东方所有商馆"仰仗这间商馆足矣"，"再也不需要从英国汇钱给它们了"。

基林非常想亲自去看看。他计划前往每个偏远商馆并对如何运营商馆提出建议。但是，他刚决定将这个计划付诸实践时，就收到了一则出乎意料的好消息。刚到达万丹的"天鹅"号船长交给他一封伦敦董事的信，"是允许他返回英国的文书"。由于某些甚至连基林自己都不太清楚的原因，他们决定取消这次东方之行。基林几乎不能相信自己的好运，跪下来祈祷道："我永远不会忘记主的恩典。"

1616年10月，渴望同妻子团聚的基林，率领自己的小舰队扬帆起航。这是一次困难重重的航行，因为船体已经漏水，而且食物也所剩无几。"探险"号上老鼠猖獗，本就严峻的粮食问题更是雪上加霜。"简直令人难以置信，"一个人写道，"听听这些混蛋弄的噪音，它们已经准备生吃我们了。”它们趁水手睡觉时啃食水手，晚上死掉的人的“脚趾被吃掉了，其他部位也消失了”。

船渐渐驶近伦敦，基林一心盼望与妻子团聚。他在南部丘陵海岸下锚时看见了梦寐以求的一幕。一个娇小的身影冲他的船挥手，那是他挚爱的安娜。遗憾的是，我们不知道当时她是否抱着一个孩子。

威廉·基林匆匆离开万丹，英国在东方的贸易前景暗淡。伦敦方面依然不清楚最贫穷、处境最艰难的商馆的状况。基林本来可能成为平户商馆的救星。现在，科克斯和他的人不得不再次自谋生路。

1615 年的秋天和冬天尤其难熬，因为威廉·亚当斯要前往骏府，不得不离开数月。他称自己获准谒见家康，但科克斯持怀疑态度。科克斯担心自己可能会被独自留在平户，这种担心影响了他的判断，于是他一如既往指责亚当斯两面三刀、背信弃义。“我怀疑这是……亚当斯船长和荷兰人的诡计，”他在日记中坦言，“说实话，我觉得他爱他们胜过我们这些同胞。”但是，亚当斯根本没有任何“诡计”。将军听说西班牙船到访日本，便命令自己的英国顾问登城。三名西班牙使节随船前来，他们均为方济各会士。此举违背了家康的禁教令，家康拒绝见他们，把将他们赶出日本的乐趣留给了亚当斯。“皇帝既不收礼物，也不愿意见他们，”（因为误解亚当斯而）懊悔的科克斯写道，“他派亚当斯船长去告诉他们，他们应该离开他的国家。”

亚当斯于1615年11月末回到平户，但只待了不到十天就再次动身前往暹罗采购苏木，前后耗时十八个月。科克斯无可奈何，只能让他去，因为他知道亚当斯是商馆中唯一有能力引导船只横渡东海的人，但他不在就意味着英国商馆再次失去了最重要的成员，也意味着如果遇到危机，没有人可以帮助科克斯。

寒冰的天气增加了英国人的痛苦。大雪纷飞，气温连续数周在零度以下。冰柱从商馆建筑的屋檐垂下，平户的路上覆盖着厚厚的积雪。商馆的炉子不热，所有人都对寒冷的天气叫苦连天。他们只能寄希望于新的一年将为他们带来船只、货物和繁荣。

1615年除夕，科克斯的理发师带着一篮橘子来到商馆，人们用它装饰前门。“用象征好运和长寿的特定树木的树枝（和苦橘）装饰前门”是日本古老的习俗。黄昏时，平户居民挤满大街小巷，准备一直庆祝到深夜。科克斯和他的手下受邀参加喧闹的聚会和宗教盛宴，他们花了很长时间享受愉快的节日活动。“所有人都很高兴，”神父若奥·罗德里格斯写道，“他们还举行了一些仪式，燃灯纪念灶神和其他神灵”。平户居民还会交换礼物，科克斯和他的手下很不喜欢这个习俗。他们的女人想得到昂贵的礼物，英国人别无选择，只能照做。科克斯给马婷婀买了几捆缎子和塔夫绸，还送给她的仆人几卷印度棉布。

1月，天气转暖，冰雪消融。科克斯希望英国船只会在春天来到日本。考虑到长途航行可能会损坏船体，他开始购买维修用的木材。他听说平户南边沿海的小村庄饱之浦町有大量木材出售，便命令威廉·伊顿前去购买木材，越多越好。

伊顿立刻动身，但他到达木材场后处处受当地商人刁难，很快就发起了脾气。一个木材工人被他激怒，用棍棒殴打他。伊顿猛烈还击，用那个工人的棍子猛砸他的头。“(我)打破了他的头，”他坦言，“还（流了）血。”

那个人被打之后踉跄了几步，然后恢复了平衡。他没料到伊顿会还手，遭到袭击后打算复仇，于是举棍子准备回击，伊顿也拔出了刀和匕首。两人持械互殴，都想让对方丧失还击能力。“我们打斗得如此激烈，”伊顿写道，“以至于他和我都跌入水中。”即便这样，他们也没有停手，在海里继续打斗。伊顿的翻译发现主人身处险境，便冲了过去，跳进水里并加入战斗。他抓住那个日本人，然后“用手里的棍子打他的头”。伊顿现在占据上风，对他施以致命一击只是时间问题。他的对手在松软的沙子里滑了一跤，摔入水中。伊顿抓住机会，抓起匕首，将它刺进那个人的身体。匕首刺穿了那个人的重要器官，他当场死亡。

伊顿猛然发现自己被抓住了。几十名村民目睹了这场打斗，他们抓住他，把他关了起来，同时将这起事件报告给当地大名。斗殴的消息传到平户后，尼尔森匆忙赶到饱之浦町解救同伴，但当地村民对他的请求置若罔闻。由于亚当斯不在（他正在去暹罗的路上），伊顿的问题变得更加棘手。伊顿为自己的命运担忧，几乎失去了食欲。“我十分难过，只吃了一点肉。”他写道。他身陷囹圄，前途未卜，因此陷入深深的绝望之中。

不过，他仍然有一线生机。当地村民杀死了伊顿的翻译，多少平息了怒气；与此同时，科克斯给当地大名写信，请求大名宽大处理。他告诉大名，根据家康赐予英国人的特权，只有他有权审判在日本的英国人，如果大名执意处死伊顿，那就相当于违背了家康的命令。科克斯的信使伊顿得以重获自由。大名说他不在乎手下的死，无意违抗家康的命令。伊顿在监狱里度过了可怕的两个星期后被释放了。

科克斯很快就收到了更多好消息。有人在平户外海看到两艘船，它们被证实是从万丹来的“托马斯”号和从伦敦来的“忠告”号。第二艘船是在萨里斯船长（以及留在东印度群岛的“侍从”号）的建议下派来的。平户商馆的英国人非常期待船上的货物，认为它们必将在日本大受欢迎。

但是，打开货箱的瞬间他们就失望了。没有丝绸，绒面呢的颜色不对，其他的只是些不值钱的小玩意。科克斯在垃圾堆中翻捡时，吃惊地发现了一幅以维纳斯和阿多尼斯为主题的“淫荡的”画，另外一幅画的主题是“维纳斯和森林之神撒提亚斯在一起”。商人们似乎已经忘了它们曾经因为萨里斯的春宫图大发雷霆。

科克斯绝望地打开一箱又一箱无用之物。他对商人们选择的货物深感震惊，给伦敦写信让他们“送些好东西过来，而不是在英国以外的地方早就有的那些商品”。威克姆就没有那么圆滑了。他不喜欢那些货物，直言“就算我们掌握了炼金术，也无法将这些破铜烂铁变成白银”。就在商馆的人考虑如何处理这些没人要的废品时，突然从骏府城传来了一条坏消息——家康病了，没人知道他能否康复。

他在一次惯常的鹰狩活动后得了病。狩猎归来后，他举办了奢华的庆祝宴会，还吃了一些鲷鱼天妇罗（炸鲷鱼）。但是，这场宴会不仅没有让他开心，反而给他带来了剧烈的绞痛。他服了些药，缓解了疼痛，但没过多久绞痛再次发作，疼痛使他越来越虚弱。他的朋友非常担心（事态朝着最坏的方向发展），决定安排天皇任命他为太政大臣——科克斯解释道，“这相当于罗马皇帝的恺撒或奥古斯都的称号”。

家康病入膏肓，也许得了胃癌，但仍然挣扎着从病榻爬起，接见前来探望的家臣。所有人都清楚，家康大限将至。到了7月中旬，家康把自己的刀交给一个朋友，命令他在囚犯身上试刀，回来报告刀是否锋利。这个朋友欣喜地完成了这项可怕的任务，然后告诉家康，它像往常一样锋利。“有了这把刀，”家康说，“我就可以一直庇佑我的后代。”

他再也吃不下固体食物了，只能喝几口热水。1616年7月17日，他用尽最后气力写下两行短诗，然后咽下了最后一口气。根据幕府下令编纂的史书所述，他“去了另一个世界”。科克斯和他的部下失去了最强大的盟友。

威廉·亚当斯也是如此。十六年来，家康对他恩宠有加，封他为旗本武士，赐他土地，使他在幕府内部获得了巨大的影响力。当年，如果不是将军出手相助，他极可能在耶稣会士的怂恿下被处以磔刑。家康甚至将他视为智囊，把他当作与外部世界联系的纽带，并且经常就如何处理与天主教传教士关系的问题征询他的意见。亚当斯很清楚，他的一切都拜家康所赐。他从暹罗返回日本，听闻家康死讯后，必定忧心忡忡。他在这段时间写下的信件没有流传下来，但现存的其他信件显示，这位日本之主去世时，整个社会焦虑不安。家康最忠诚的家臣选择自杀，与主君共赴黄泉。传统上，忠诚的亲属会“殉死”——一种野蛮且极其痛苦的活埋仪式。到了家康的时代，活埋变为切腹。荷兰探险者弗朗索瓦·卡龙目睹这两种自杀方式后深感震撼，用了很长篇幅描述切腹的过程。“大名死时，”他写道，“家臣们会在垫子和绒毯上享用最后一顿饭……吃饱喝足后，就切开自己的肚子，肠子和内脏都会流出。”卡龙注意到“那些切开自己身体较高部位，甚至切到喉咙的人，会被视为最勇敢的人而受到尊重”。

选择被活埋的人会坚毅地面对死亡。“他们欣然走向指定地点，躺进去等待巨石压身，这些巨石会立刻将他们压成肉泥。”

人们预计家康死后会有很多人自杀，但实际上骏府平静如常。科克斯在日记中写道，只有两名贵族选择死亡，“他们自杀是为了在另一个世界陪伴家康”。他们因为忠心受到奖赏，尸体被埋在家康墓冢附近，并立碑纪念。

英国人对家康之死并非完全没有心理准备，有关其生病的消息已经在坊间流传了几个月。七个月前，科克斯和他的手下第一次听到家康逝世的传言，但并不相信传言是真实的。科克斯在日记中写道：“我认为这是一则谣言，有人故意传出，为了观察人们对这件事的反应。”3月，他又两次听说家康的死讯；4月，他又被告知家康从马上摔了下来，不省人事，“无法言语”。这次的消息得到了证实，科克斯意识到是时候拜访江户城了。英国人将谒见现任将军、家康之子秀忠，向他展示诚意，更重要的是，请他允许英国人继续从事贸易。

幸运的是，亚当斯在家康死后不到一个星期就回到日本。他立即提议带科克斯和伊顿（以及几名水手）前往江户城，悼念家康，并给秀忠献上礼物。他们在沿濑户内海驶向伏见的途中看到了一些令人不安的迹象。“我们在岸边看到一具尸体，”科克斯写道，“他是被一些恶徒杀死的，但村民就让他留在那里，没人下葬。”船上的人不忍目睹如此凄惨的一幕，转过头去，但取而代之的是一幅更加可怕的景象。科克斯写道：“对岸，一个犯人因为杀死了一个商人的仆人而被处以磔刑。”不远处，一排柱子上插着腐烂的首级，科克斯在“路边的柱子上看到八至十名罪犯的首级”。

一行在大阪停留数日，然后出发前往江户，住进亚当斯在江户的宅邸。他们受到亚当斯家臣和仆人的欢迎，收到清酒、猪肉、葡萄和面包等礼物。但是，他们刚刚入住就发现自己处于危险当中。“下午 3 时左右，江户发生大地震，”惊魂未定的科克斯写道，“震感太强，我以为宅子会塌掉。”他的手下担心被砸，纷纷跑到街上，“没戴帽子，也没穿鞋，房梁和柱子咔嚓作响，听起来可怕极了”。

地震过后，他们仔细清点了送给将军的礼物，发现其中一些在途中损坏了，另一些完全消失。对于迷信的英国人来说，这两场灾难预示着此行必定凶多吉少，他们开始担心能否继续在日本从事贸易。

9 月 1 日，亚当斯等人登城谒见将军。这座巨大的迷宫大约从十年前开始动工，当时家康已经在江户开幕。他动用了六十多万名劳工扩建江户城并在其四周修建了绵延十六公里的坚固城墙。江户城是令人印象深刻的建筑奇观。数年前到访的西班牙菲律宾总督被这座规模庞大的防御工事惊呆了。江户城共三层城墙，城墙外环绕着护城河，“居城到第一道门之间有两万人”。所有房间都富丽堂皇，装饰着黄金狩猎图。“第一片区域没什么特别的东西，”他写道，“第二片区域的房间更加华丽，第三片区域的房间金碧辉煌。”

守护江户城各区域的卫兵穿着在阳光照射下闪闪发亮的金色甲胄，手持长枪和锋利的武士刀。科克斯对江户城的规模和奢华感到惊讶，它比英国的任何建筑都大。它在城墙内的空间足够容纳一百五十多座伦敦塔。科克斯称它是“庞然大物”，乍看便“比约克大得多”。和约克不同的是，秀忠的城堡被“三条护城河环绕，每条护城河周围都有城墙……城墙由大石堆积而成，其上有坚固的建筑和塔楼”。科克斯惊讶地发现，甚至连屋顶的瓦片都装饰着闪闪发光的金叶。

宫殿内部同样奢华，“头顶上，墙上到处都闪着金光”。房间的墙上挂着精美的画，上面画着“狮子、老虎、山猫、黑豹、鹰和其他野兽或猛禽，栩栩如生，比那些鎏金装饰更受重视”。最大的房间可以用可折叠屏风分成更小的房间，“屏风可以拉长或者缩短……就像我们在英国的窗子一样”。

房间的装潢同样令人印象深刻，科克斯尤其着迷于那些具有异域风情的地毯。宫殿所有房间都铺着锦缎或者镶金边的席子，它们连在一起，不留任何缝隙。

英国人被秀忠的两名家老领进里面的房间，两人拿走了英国人的礼物——绒面呢、珊瑚、兽皮和锡制容器，然后带他们见秀忠。他们在房外停步，因为甚至连身居高位的本多正信都不敢在没有得到将军允许的情况下擅自进入房间。

亚当斯向科克斯强调了遵守日本复杂礼仪的必要性，告诉后者如果能按照正确的礼仪行事，他将赢得尊重，对和秀忠建立良好关系有莫大帮助。他曾对萨里斯提过相同的建议，但后者置之不理，引起家康反感。科克斯更愿意听取建议，他恭敬的态度给将军留下了深刻印象。“他（秀忠）叫了我两次，让我入内，但我都拒绝了。后来我才知道，这样才能赢得尊重。”第三次受到召唤后，科克斯进入房间，看到将军在自己对面。秀忠“像裁缝一样盘腿”坐在地板上，身边坐着四个剃光头发的僧人。将军皮肤黝黑，身材健硕，但头发上绑着彩色丝带，看起来有些滑稽。在这

谒见将军时，礼仪是重中之重。小姓用手和膝盖爬进爬出，大名们平伏在将军面前。理查德·科克斯谒见将军时看到将军“像裁缝一样盘腿”坐着，身边簇拥着剃光头发的和尚

个特殊的场合，他穿着华丽的浅葱色丝质夏袍（被称为“绉”）。

科克斯幸运地得到了这次私下谒见将军的机会。秀忠喜欢盛大的典礼和仪式，喜欢被穿戴传统衣冠的大名簇拥。几年前，西班牙人塞瓦斯蒂安·维西亚诺谒见将军时，对这些大名夸张的乌帽子（日本古代官员和贵族戴的帽子）印象深刻。“有的人戴着高高的帽子，有的人戴着类似于传教士帽的四角帽，有的人戴着类似木屐的帽子，还有的人戴着彩色头巾。”秀忠本人同样衣着华丽，但光鲜的只是外表，他其实非常狡猾，精于算计，据说继承了父亲家康的许多特点。科克斯称秀忠是“最有政治头脑的日本统治者”，历史将证明他的看法完全正确。

第一次会面时，双方并未言及贸易许可的问题，只是在说一些外交辞令，说了很多“奉承话”。两天后，亚当斯再次登城“以确认……老皇帝赐予的贸易许可”。秀忠礼貌地倾听亚当斯代科克斯提出请求，但没有立即答复。亚当斯只能空手而归，带着他们的特权很可能不会得到批准的坏消息去见科克斯。

接下来的几天，亚当斯在忙碌的游说和会面中度过，他试图说服将军的一些重要家臣，允许科克斯和他的人留在日本没有任何威胁。但他很快发现这件事并不容易。秀忠继承了其父对基督教的深深的不信任感，甚至比家康更坚定地执行禁教令。虽然他很愿意让亚当斯继续留在日本，但不信任平户小小的英国社区。亚当斯警告科克斯，秀忠天性多疑，在“天主教问题上比他的父亲严苛得多，已经决心通过死刑在日本禁绝该宗教，确保他的臣民中没有任何天主教徒”。

秀忠不如家康头脑清晰，分不清新教和天主教。他的家臣已经熟悉亚当斯对天主教的看法，现在他们很想知道科克斯怎么看待耶稣会士。他们问了他一些与英国新教及其教义有关的问题，然后比较他的回答和值得信任的亚当斯的回答。“评议会（老中）不下二十次问我，”科克斯写道，“英国是不是新教国家。”他的困境主要是詹姆斯一世的一封信造成的，后者在信中自称“基督教信仰的捍卫者”。秀忠的家臣说，耶稣会士使用完全相同的头衔，因此他们的教义一定是一样的。科克斯说过二者的区别，这次他愤怒地告诉他们：“在我出生之前，所有耶稣会士已经被驱逐出英国，英国既不尊奉教皇，也不尊奉他的教义。”

秀忠的家臣们礼貌地听着，但仍然疑心重重，警告英国人不要和天主教徒有任何联系。作为回应，科克斯提出了自己的警告，他建议秀忠应当注意观察日本的天主教徒“对待国王是否像他们在英国的教友一样，打算暗杀或毒害他，或者图谋用火药炸死他，或者煽动人们起身反对他，这些人正是因此才被驱逐出英国”。科克斯急于表明他的反天主教立场，以至于提议英国和日本联手袭击西班牙治下的菲律宾群岛。据他说，这是杀死天主教徒的绝佳机会。他还补充道，秀忠“一定可以得到英国人和荷兰人的协助”。

他的说辞最终产生了一定的效果。秀忠坚定了全面驱逐耶稣会士等传教士的决心。1616 年 9 月，他颁布了新的禁教令，任何被怀疑窝藏基督徒的人及其亲属都将被处死。两天之后，一名幕府重臣拜访科克斯，告诉他，秀忠之所以迟迟未批准贸易许可，是因为有传言说威廉·亚当斯的妻子在他的领地逸见窝藏基督徒。亚当斯警觉起来，“写信给……他的人，告诉他们如果爱惜生命就不要做这种事”。

亚当斯每天早上都会前往江户城，希望能听到好消息，但每次都有新障碍导致无法取得朱印状。一天，他被告知“糟糕的天气”妨碍了幕府处理政务；另一天，幕府官员正忙着拷打一个被怀疑协助防守大阪城的人。他“被折磨得痛不欲生”，但仍不认罪，声称屈服于压力是奇耻大辱。这进一步刺激了那些折磨他的人，他们“对他施以严厉的火刑，把他压在钉板当中，将他刺穿，

当时在日本，酷刑很平常。最可怕的酷刑，比如吊刑（上图），被用在基督徒身上

但即便如此，他直到死也没有招供”。

虽然秀忠还没有在英国贸易权问题上拿定主意，但他非常尊重亚当斯，想招募其为总引航员。他从父亲那里听说了亚当斯作为引航员的能力，而且知道家康曾打算让亚当斯开辟西北航线。令亚当斯失望的是，开辟西北航线的计划最终夭折，因为家康忙着恢复国内秩序，无暇资助这样的探险活动。

秀忠对亚当斯另有安排，他将亚当斯召到江户城讨论一些细节问题。“他（亚当斯）知道北边的一些岛屿金银储量丰富，皇帝想征服它们，于是问他愿不愿意当引航员，待遇优厚。”亚当斯答道，他已经同意代表东印度公司从事探险活动，作为一个有原则的人，他“无法侍奉两个主人”。但是他保证将竭尽全力探索这些岛屿，他的真诚给秀忠留下了深刻印象，对英国人的态度随之好转。

9月的第三个星期，英国人相信僵局马上就要被打破了。秀忠赐给科克斯十件和服和一套盔甲，赐给伊顿和威克姆两件和服。随后，他们又从幕府高官那里得到了更多礼物。三天后，他们收到了最大的礼物，亚当斯得到了贸易许可，英国人可以继续留在日本，唯一的条件是不可以和天主教徒“联系，不得向他们忏悔或者接受他们的洗礼”——科克斯和他的手下从未有过这样的想法。秀忠还授予亚当斯朱印状，亚当斯可以再度驾船驶向海外。它还提供了针对海盗的保护，因为攻击朱印状就相当于攻击将军本人。犯人将被追捕、处决。

他们收到这份重要文书仅仅几个小时后，科克斯、伊顿、威克姆和亚当斯一起前往后者的领地逸见。亚当斯的归来令他的家臣和“百姓”欣喜若狂，他们站在路两旁迎接他。科克斯作为亚当斯的客人，也受到英雄般的欢迎，“许多佃农给我送来水果，（比如）橘子、无花果、梨子和葡萄”。科克斯回赠给他们少量布匹和零钱。亚当斯的封地规模和他对家臣的权力，令科克斯久久难忘。英国领主对农民的权利受土地法限制，而亚当斯则是名下所有财产的真正主人。“这里（这片封地）有一百多个农夫或农户，”科克斯写道，“所有人都是他的家臣，他决定了他们的生死。”他还提到，这些农夫都是“他的奴仆，他对他们拥有绝对权威，就像任何一位日本的大名对其家臣一样”。

这些人在亚当斯的家开心地玩乐几天后，决定去拜访住在附近的广受尊重的日本船手奉行向井将监忠胜。他们骑马出发。给科克斯留下最深印象的是，亚当斯的日本农夫作为“家来”（侍从）一路小跑跟着他们。当一行人到达奉行家时，主人以丰盛的晚宴款待他们，还送给他们大量礼物。科克斯高兴地得到了一把匕首，他称向井“是我们在日本最好的朋友之一”。

短暂的闲暇在9月最后一天戛然而止。他们收到理查德·威克姆从江户发来的急件，得知了一个灾难性的消息。秀忠颁布法令，规定日本商人不得购买住在大阪、京都和堺的外国人的商品。如果这条消息是真的，刚刚起步的英国对日贸易将遭受致命打击，此前建立的所有分支机构都不得不撤走。科克斯疑惑不解，不明白将军为什么在授予英国贸易许可后不久就颁布了这样的法令，他称这条消息“在我看来十分奇怪”。直到他（在一名博学的佛教僧侣的帮助下）仔细研究过秀忠的特许状后，他才意识到英国人的贸易权利受到严格限制。“我们的船，”科克斯写道，“只能去平户，不能去日本任何其他地方。”他知道，除非该命令被撤销，否则英国商馆只能撤出日本，这意味着他们在日本的好日子即将结束。

亚当斯带着科克斯和伊顿径直赶往江户城，以求秀忠改变主意。科克斯非常沮丧，对接待他们的老中说："皇帝与其颁布这样的命令，还不如直接把我们驱逐出日本，因为这样我们就没法在这里卖东西了。"科克斯竭尽全力说服秀忠收回成命，他甚至说如果失去贸易许可，他的性命恐怕难保，因为"詹姆斯一世或许会认为，贸易许可之所以被收回，是因为我们犯了错"。科克斯还说："我宁愿用性命来换取废除这项命令，否则我将无颜回英国。"

但秀忠不为所动。他没有被科克斯说服，而且决心将英国人限制在遥远的平户商馆。经过反复游说，他才有所妥协。他告诉科克斯，商馆分支机构现有货物可以根据原先的协议出售，但未来的贸易必须限制在平户。威廉·亚当斯则不受这条法令的限制，他凭借着广博的知识受到秀忠赏识，将军再次确认了他的武士身份，他仍然可以和其他日本武士平起平坐。科克斯希望秀忠能在贸易问题上改变主意，否则的话，他写道"我担心我们将不得不停止在日本的贸易活动"。但将军拒绝了，失望的英国人离开了江户。

他们动身前往平户途中，又遇到了一个几乎致命的挫折。亚当斯正在乡间的小路上骑马疾驰，一只鸟突然从灌木丛中飞了出来。"亚当斯船长的马受到惊吓，将他仰面摔到地上，他的右肩脱臼，脖子肯定也断了。"

几个人来到路边的住家，让亚当斯休息一下受伤的肩膀，第二天，他好了一些。但显然暂时无法继续前往平户。"亚当斯船长担心他的胳膊会再次脱臼，觉得最好在骏河待四五天。”

他最终在京都赶上了科克斯和伊顿，虽然肩膀仍然疼痛难忍，但还是和他们一起完成了全部旅程。1616 年 12 月 4 日，这三个失望透顶的人回到平户，他们的前途暗淡无比。但是，并不是所有人都像他们这么沮丧，尤其是理查德·威克姆，他确实有理由感到高兴。

第十一章

商馆破产

理查德·威克姆完全有理由满意自己的表现。当商馆步履维艰，科克斯为交易额下滑焦头烂额的时候，他一直经营着自己的业务，而且大获成功。他在日本生意兴隆，全力积攒个人财富。

那些被邀请至他的住处的人毫无疑问都会认为他做得非常好。他的房间堆满了财宝和珍品，箱子里装满了中国丝绸。他的财产清单显示这是一个挥金如土的人。他用高档瓷器进餐，用银茶壶泡茶，用精致的“酒具”喝啤酒。他的餐桌铺的是最好的桌布，洗手间里放着一个香膏盒，只要愿意，谁都可以让自己闻起来很香。他的卧室宛如一幅展示东方奇珍异宝的展厅，摆满了从东方收集的精美的藏品和纪念品，如日本的箱子、爪哇的长枪、暹罗的宝石。他的储藏室同样有很多异国之物，如为那些爱吃甜食的朋友准备的“香甜的糖果”，还有装在广口瓶里的“腌制食物”和大量酒类。

威克姆的财产超过一千四百英镑，对于一个年薪只有四十英镑的人来说，这不啻天文数字。当关于他的财产的消息传到伦敦时，公司高层大吃一惊，奇怪为什么威克姆可以挣这么多钱，“而公司却在同一个地方赔光了一切”。事实上，他们非常清楚威克姆如何积攒财富。他并没有尽心尽力为雇用自己并支付工资的平户商馆效力，而将精力用于为自己赚取利润。

威克姆渴望金钱。他在踏足日本之前就下定决心要发财，他对金钱的热衷令同船水手感到惊讶。他一到万丹，就开始用自己的积蓄购买货物，希望能在日本卖出，从中赚取差价。第一次尝试失败后，威克姆将这些货物运回万丹，让他的朋友送来胡椒、丝绸，“或者任何你们知道的能让我赚到钱的商品”。在其间的几个月里，他一直忙着用从英国带来的钱投机。

私人贸易在东印度公司是禁区，从事私人贸易者会遭到伦敦商人严厉谴责。公司高层竭尽全力限制以私人盈利为目的的交易，每艘船的船长都被指示要禁止他们的水手进行投机活动。当1611年萨里斯离开日本时，他明确命令科克斯的人不得自行买卖货物，伦敦商人颁布了“一条严格的禁令，规定任何人，不论是船长、商人、大副，还是水手或者任何其他人，都不得（私自）做生意”。

但是，有些人必定会无视这条禁令，更何况如果不是为了顺便做生意，根本没有几个水手愿意离开英国。甚至连船长也经常用自己的钱做一些投机生意。威廉·基林在指挥一次重要的探险活动时，甚至大胆地主张，应当授予其特殊的赦免权，允许他从事私人贸易。商人们“直接否决了”他的提议，不过提出给他双倍薪水。基林欣然接受了加薪，但继续要求允许他从事私人贸易。商人们意识到他可能辞职，别无选择，只能同意，但让他发誓保密，而且命令他阻止手下效仿。基林不仅没有食言，还惩罚了万丹商馆的几名职员，警告他们不得破坏公司条例，否则将“自寻死路”。

在平户的英国人中，大肆进行私人贸易的并非只有威克姆一人。尼尔森、塞耶斯和年轻的理查德·哈德森（“荷西安德”号留下的三名船员之一）都在偷偷和日本人做买卖。伊顿建立了他自己的漆器公司，甚至连“诚实”的科克斯也在用自己的钱做投机生意。一次，科克斯让威克姆帮他投资，但威克姆对让其他人赚钱不感兴趣。“我刚把钱给他，他就退了回来，”科克斯生气地写道，“他只用自己的钱（做生意）。”这种吝啬的态度一直让科克斯耿耿于怀，更别提威克姆还一直暗示自己和斯迈思爵士交情匪浅，以此逃避指责。

与亚当斯不同，这些英国人只结交了寥寥数名当地朋友，他们更喜欢和自己人待在一起。科克斯和威克姆刚到日本时是好友，但关系很快就恶化了。这点尤其令科克斯恼火，他和威克姆的共同之处明明比其他人都多。他和威克姆都将自己视为有教养、成熟的人，他们甚至都热衷于将自己在日本的经历记录下来。他们都喜欢读书，会花时间和金钱购置新书。威克姆拥有五十八卷“大小不一”的藏书，而科克斯让人从万丹送来历史书。两人偶尔会开一些智力上的玩笑，威克姆喜欢在自己的信中引用苏维托尼乌斯和西塞罗的话。和科克斯一样，他同样喜欢小道消息，尤其涉及女人的那种。他称一个日本女孩是他的“小狐狸”。

两人因为拥有许多共同点而走到一起，然而科克斯很快就厌倦了威克姆的粗野行为。威克姆傲慢、任性、性格急躁，大部分时间都和醉汉待在一起——也许是因为只有这些人能够容忍他。科克斯多少有些满意地提到威克姆不受欢迎，还补充说，那些和他虚与委蛇的人巴不得他早早死掉，这样他们就能获益。“我觉得其他英国人对他不感兴趣，只想要他的房子。”他写道。随着商馆的财务状况越来越糟，科克斯对威克姆越来越不耐烦。但是他也知道，彻底撕破脸会让生活难以维持。在一次激烈的争吵之后，他给威克姆写了一封信，说自己已经忘了“我们刚刚说过的话”。他很快就会发现，威克姆没有他那么宽宏大量。

商馆的其他人也开始争吵。虽然日本有很多值得赞美的东西，但是他们很快就厌倦了在这个陌生、不知妥协的国家过着单调的生活，而且开始讨厌彼此。威廉·尼尔森是最大的麻烦。他是商馆的助理簿记员，但对工作的兴趣显然没有酒精大。到达日本后不久，他就表现出了酗酒的倾向，而且情绪起伏不定，行为越来越不受控制。科克斯不得不反复叮嘱尼尔森不要逾矩，但他的告诫不仅没有效果，反倒助长了尼尔森的火气。一次，他突然暴跳如雷，辱骂科克斯。“他对我发火，”科克斯写道，“管我叫喝醉的蠢货，还说了很多其他令人难以忍受的刻薄话。”科克斯很快就受够了尼尔森的酗酒和“胡言乱语”，最后干脆对他不闻不问。他叹息道：“尼尔森先生每天都会辱骂商馆所有人，到头来遭受指责的反倒是我。”

约翰·奥斯特威克的烦人程度与尼尔森不相上下，他于1615年离开“荷西安德”号，留在商馆。科克斯对奥斯特威克的第一印象很差，称他是一个“自大、乖戾的年轻人，轻蔑地嘲笑所有人，认为没有人比得上他”。这种感觉是相互的，奥斯特威克很快就主动介入科克斯和他的手下的争端。他和尼尔森成了朋友，然后不断暗示科克斯公款私用。科克斯怒不可遏，但还是保持了冷静。他告诉奥斯特威克，“这种事他最好直接和我说，不要挑拨离间”。

这样一小群人定会拉帮结派，而作为领导的科克斯必定成为众矢之的。不过，他有一个忠诚、能干、勤劳的盟友——威廉·伊顿。他和科克斯很快发现他们有很多共同点。两人可能都来自斯塔福德郡，因为科克斯称他为“我的老乡”。他一定意识到了伊顿的不凡才能，经常派他去大阪、堺和京都从事贸易活动。即使在最困难、金钱最匮乏的时期，伊顿仍然忠心耿耿。科克斯在书信和日记中对他不吝赞美之词，称他是“一个真正诚实的人，是朋友中的朋友”。伊顿的忠诚也许是因为他在日本过得相对快乐。在结束了和前一个情妇短暂而灾难性的关系之后，他和当地一个名为龟藏的姑娘相爱了。他经常送给她丝绸和布料作为礼物；为了回报他的爱，龟藏为他生了一个儿子和一个女儿。

和威廉·亚当斯的关系最难处理。他们知道亚当斯和家康的友好关系可以使商馆受益无穷，经常向他寻求帮助和建议。科克斯坦率地承认，亚当斯对日本语言和风俗的了解给他留下了深刻印象。他深知，如果没有亚当斯在将军面前为他们据理力争，他们永远无法在这个国家立足。即便如此，他私下里仍不信任这名价值最大的职员，怀疑亚当斯秘密为荷兰人和西班牙人工作。这些传言从来没有得到证实，但科克斯直到三年后才承认他误会了亚当斯。和萨里斯船长一样，科克斯将亚当斯的冷漠误认为傲慢，而且没有意识到，亚当斯有充足的理由反感船员的酗酒和嫖娼行为。在将军面前替他们担保的是亚当斯，他既不会因此得到秀忠的赞扬，也没有得到科克斯的感谢。

直到科克斯看到亚当斯在将军面前为英国人的事业辩护时，他才意识到之前的评论有失公允。他在给伦敦东印度公司董事的信中告诉他们："我发现这个人性情温顺，而且愿意尽心尽力为阁下服务。"他后来评论道，亚当斯沉着冷静，和他手下那些不守规矩的职员有天壤之别。"我觉得我可以和他共度七年，不会有任何是非，之后才会出现大的口角。"

1616 年，亚当斯将英国商馆从破产边缘拯救了过来。科克斯为扩建商馆花了一笔钱，又耗资在江户和大阪设立分支机构。举办聚会和宴会也耗费了宝贵的资源。不仅如此，大阪城之战后的内乱导致威廉·伊顿损失了不少货物。此外，科克斯还为维修"荷西安德"号花费了三百英镑，这笔钱完全出乎意料。开销如此之大，商馆破产只是时间问题。

1615 年 11 月，亚当斯和东印度公司的合同正式到期，他最初并不打算续约。商馆的薪水过于微薄，而他不仅可以通过私人贸易赚钱，还可以从领地庄园获得稻米。不过，他知道科克斯正面临严重的经济困难。他和商馆职员虽然没有多少共同点，但不希望他们受到伤害。当月，他提出愿意在次年的大部分时间里为科克斯工作，帮助他摆脱一系列危机。

他从 1615 年冬到 1616 年夏的暹罗之行，为商馆搭建了一条生命线。亚当斯乘帆船"海洋探险者"号前往大城府——卢卡斯·安特尼建立的英国小商馆所在地，送给当地暹罗官员无数礼物。作为回报，他被允许购买大量苏木，这种商品在日本可以卖上不错的价钱。亚当斯买到了许多货物，他的帆船很快就装满了。他发现自己还需要两艘船才能将剩下的货物运回平户。

虽然亚当斯帮了科克斯一个大忙，但英国暹罗商馆的商馆长怀疑他的动机，对他和日本水手之间的紧密关系也疑心重重。本杰明·法里甚至当面指责他居然允许自己的船员在船上运私货。他说，“他（亚当斯）给予了（船员们）很多特权”，因此“极大损害了”东印度公司的利益。但是，法里不知道，这种事在日本水手当中很常见，而且是专门用来防止他们弃船的。

1616年，亚当斯返回平户，迎接他的是家康的死讯。他和科克斯立即动身赶往江户，直到返回平户之后才有机会卖掉苏木。这笔买卖为濒临倒闭的商馆注入了大量急需的资金。这批木材的售价是成本价的三倍，科克斯因此获得了一笔意外之财。所有人都很高兴，一下子恢复了自信。他们决定以奢华的方式庆祝圣诞节。“托马斯”号和“忠告”号仍然停在港中，它们在黄昏中鸣礼炮，“以庆祝耶稣降生”。商馆的财务状况有所好转，每个人都决定好好享受时光，科克斯雇了日本舞女为他们的宴会和聚会助兴。“忠告”号船长约翰·托藤注意到科克斯喜欢泡澡，于是送给他十八块肥皂，而李旦送给他两捆黑色塔夫绸和“十块很大的中国甜点”。科克斯给他的日本朋友的孩子们买了礼物，一个小女孩收到一把扇子、一个香盒和“一包纸”。

圣诞节过后，英国人开始关注一件越来越紧迫的事。近两年来，坦皮斯特·皮科克和瓦尔特·卡沃登一直杳无音信。他们在1614年春前往南圻，本应在出航四五个月后（或者再久一些）满载丝绸和兽皮返回。然而，科克斯听到了许多传言，这两个人不是被杀，就是被抓住了。根据一则绘声绘色的传闻，皮科克不小心落水，被口袋里的黄金拖入水中淹死。根据另一则传言，卡沃登从险境中脱身，很快就会返回日本。类似的传言两年间一直没有断过，但科克斯并没有费力寻找他们。直到1617年春，亚当斯自告奋勇表示愿意带领搜救队前往南圻时，科克斯才终于有机会采取行动。

亚当斯的新帆船“上帝的恩赐”号缺乏食物和缆绳，于是他前往长崎，在那里可以低价买到这些东西。他返回平户后发现平户藩主隆信很不满意，后者更希望亚当斯把钱花在他的领地。港口主要商人也不欢迎他的做法，他们仍然为科克斯售卖暹罗苏木一事吵个不停。一些脾气火躁的人（他们早就对亚当斯在幕府的成功嫉妒不已），派了三名心腹前往港口，命令他们惩罚并羞辱亚当斯。这些人做的不止于此。他们登上“上帝的恩赐”号，“猛地抓住亚当斯船长的胳膊，在他反应过来之前，使劲拧着他，让他疼痛不已”。亚当斯之前曾从马上摔下，肩伤仍未痊愈，他们的绞拧和拳头让亚当斯痛得要命，胳膊险些脱臼。就在亚当斯痛得大叫的时候，这些人开始攻击其他船员。他们抓住水手长约翰·菲比，威胁要把他砍成碎块，而塞耶斯也被“抓住头发”，扼住喉咙，难以呼吸。

形势看起来很严峻，因为袭击者“十分暴力”，似乎打算尽快解决他们。他们误以为亚当斯不再受将军保护，因此可以随心所欲地处置他。但是亚当斯挣扎脱身后，立即从和服里掏出一份文书，上面有秀忠的花押。他在空中挥舞着它，“亲吻它，把它举过头顶，既表示抗议，同时也见证他们对他的所作所为”。他的举动取得了立竿见影的效果。这份文书证明亚当斯仍然受将军保护，违抗者将被处死。袭击者看到它时脸色煞白，担心可能的后果，于是收起武器，匆忙逃回岸上。

亚当斯明智地选择忘记这个令人不悦的小插曲，于 1617 年

3月末起程前往南圻。经过差不多三个月的海上航行，他发现水越来越浑浊，这显然表明他离气势磅礴的广南河河口越来越近。第二天早上，亚当斯看到了河口，并小心翼翼地引导他的船溯流而上。

当地管理这段河道的官员对他的到来很感兴趣，询问他此行的目的。亚当斯解释说，他奉在日本的英国商馆长之命前来寻找皮科克和卡沃登。他用威胁的语气补充说，如果他们是在“没有任何冒犯之举的”情况下被杀死的，那么他将“寻求正义”。这名官员含糊地找了些借口离开了，不过保证会调查两人的行踪。此次见面后不久，当地国王的亲信来问候亚当斯，他显然知道亚当斯因何而来。这次，亚当斯更加直率。“我们告诉他……（我们）受英国国王之命，前来调查被派往这里的两名英国人的下落。”他还补充说：“我们听说他们在这里遇害……但到目前为止，我们仍然不清楚他们的死因。”这名亲信礼貌地听完亚当斯的话后，假装发怒，表示自己的国家与此事毫无干系。他告诉亚当斯，皮科克和卡沃登“不幸从一条小船上跌下去，淹死了”。

亚当斯确信这名亲信知道内情，但后者警告亚当斯不要深究此事：“事情已经过去了，无须再提。”亚当斯被这个人的轻蔑态度激怒，不停追问。他出乎意料地得到了答案。这名亲信突然生气地打断他：“两个人中更重要的那个经常出言不逊、傲慢自大，而且丝毫不尊重国王和我们的国家。”他意识到自己说得太多，突然闭口不语，拒绝提供更多信息。这更加深了亚当斯和塞耶斯的疑心，他们断定这里一定发生了什么不可告人之事。

在接下来的几天里，亚当斯就皮科克和卡沃登的事询问了当地其他商人。他得到了很多证词，大致还原了事情的来龙去脉。皮科克似乎受贸易前景的诱惑溯河而上，和日本商人万吾住在一起。这个商人表面上十分友善，但实际上是当地官员雇用的杀手。他们杀他的动机很简单——对皮科克的酗酒感到震惊，同时不满意他吹嘘英国人可以通过封锁沿海港口使南圻瘫痪。他的确切死因不得而知，不过科克斯后来记下了一则传言（也许是从亚当斯那里听来的），他“遭到算计……像鱼一样在水中被人用鱼叉杀死”。

瓦尔特·卡沃登的死就不那么神秘了。皮科克逆流而上时，他一直留在河口。他很可能从当地商人那里听说了朋友的死讯，由于害怕会遭受同样的命运，便乘小船逃跑。他不幸遭遇了暴风雨，船翻了，他没能游上岸。亚当斯曾经威胁说，如果两人中的任何一人被谋杀，他就会报复。但是他知道，现在的情况不允许他将威胁付诸实践。他也无法找回他们携带的大量白银，它们已经消失得无影无踪。更糟糕的消息是，当塞耶斯上岸准备购买丝绸时，他的所有钱都被抢走了。两人认为运气不站在自己一边，于是心情沉重地决定返航。科克斯和人数逐渐减少的平户商馆职员想必会强烈欢迎这个决定。

亚当斯不在的时候，贸易活动十分艰难，科克斯把越来越多的时间用在为果树修枝剪叶、照料金鱼、写作生动的书信和日记上。一次，他惊讶地看到尼尔森将一个巨大的木阴茎带回商馆。科克斯问笑个不停的尼尔森，他从哪里弄到这个东西。尼尔森解释说，他碰巧“发现了掌管男性生殖的普里阿普斯之神的祭坛，他长着硕大无比的生殖器”。希望怀孕的女人会向这个木阴茎祈祷。她们通常绕着祭坛转圈，“拿着木棍……形状像男人的小弟弟”。尼尔森很快意识到，这个木阴茎将成为平户商馆的一个很棒的装饰品，于是从那些疑惑不解的女人手里买到一个。

尼尔森的故事让科克斯想起了他在法国见过的一座生育祭坛，当时他正在巴约讷为托马斯·威尔逊爵士服务。神像同样有“硕大的生殖器……贵族妇女会向它祈祷”。她们会带着锋利的刀子严肃地走向这个阴茎，“削下或刮下那个棍子的一小点，把它混酒喝掉”。

虽然商馆在1617年的经营状况愈发糟糕，但科克斯从未放

理查德·科克斯对日本的宫殿神社（上图；有可能是京都附近的本能寺）印象深刻，在给英国朋友的信中有生动的描写。不过英国国王詹姆斯一世并不相信他的话，称这是“他听过的最响亮的谎言”

弃希望，他梦想着平户商馆有朝一日成为一个富有的大商馆。他一直认为，只有和中国通商才能做到这一点，在三年前写给伦敦董事的信中已经提议和明朝皇帝取得联系。“没有追求，”他告诉他们，“就没有收获。”他一直依赖威廉·亚当斯帮助自己度过危机。现在，科克斯决心亲自实现自己的目标。这将是一项艰巨的任务。和中国做生意比暹罗、北大年困难得多，因为北京的官员实行海禁政策，违者将被处死。科克斯获得丝绸的唯一希望是雇用中间人。

幸运的是，英国人的前房东李旦乐意帮忙。他既有钱又有影响力，还是平户人数不多的华人的首领。李旦和英国人的关系良好，是他们的货物的主要买家之一。他是英国商馆的常客，经常给科克斯和他的手下送来食物和布料。李旦请科克斯做其刚出生的女儿的教父，他们的友情因此进一步加深。科克斯答应了他的请求，给他的女儿取了教名伊丽莎白。

并不是每个人都像科克斯一样，相信李旦是诚实正直之人。荷兰人在一份资料中称他是“狡猾的人”，还以怀疑的口气补充道，他在平户和长崎都有豪宅，以及“几个漂亮的妻子和孩子”。其他人则指责他在钱上完全不值得信任，并说他夸大了其在中国沿海地区商人中间的影响力。科克斯对这些批评置若罔闻，毫不怀疑李旦的承诺。他写信给伦敦，告诉公司董事，他“早就希望与中国通商”，现在终于找到了突破口。他决定以商馆最后的资源为赌注，从中国输入丝绸。他预付给这个中国人一千五百英镑，这是一个惊人的数字，超出了商馆能够负担的极限。此外，科克斯还送给李旦昂贵的礼物。

科克斯鲁莽交易的消息被理查德·威克姆带到了万丹，他于1617年春乘离开日本的“忠告”号前往爪哇。科克斯认为威克姆对商馆最为熟悉，因此选择让他报告平户的情况。威克姆很快就证明自己确实适合这项任务，他利用这个机会尖锐批评科克斯的领导能力，乃至科克斯的一切，从不擅长管理财务到容易上当受骗。

威克姆对科克斯的猛烈抨击引起了万丹方面的注意。刚刚上任的商馆长乔治·鲍尔是一个声名狼藉的人，以贬低同行为乐。他曾严厉批评科克斯冗长而意义不明的信，把他视为一个啰唆的老人。“你的信内容丰富，但并不简洁；长篇大论，但充斥着闲言碎语和无用的废话。这与你的职位、年龄和经验并不相称。”他的感受很快得到英国国王詹姆斯一世的附和。他饶有兴致地读了科克斯的一封信，却“无法相信上面写的是真的”。他称这是“他听过的最响亮的谎言”。

鲍尔既反感又开心地听完威克姆的批评后，写了一封言辞犀利的信，批评科克斯的方法、性格、能力和诚实度。一封信被送往平户，另一封被送给伦敦的斯迈思爵士。科克斯读了这封信后，既害怕又觉得难以置信。它以惯常的“真挚的赞许和问候”开头，但很快就转为恶意谩骂。鲍尔告诉科克斯，他早就觉得后者“富有激情，但缺乏理性”。现在，听到威克姆对科克斯的无能的描述后，鲍尔宣称，他最担心的事已经得到验证。他批评平户的账簿记的都是琐事和传闻，而不是数字，还说商馆长科克斯近乎无能。他指责科克斯“毫无识人之明”，嘲笑他向“打算割断你的喉咙的人”寻求建议。他最恶毒的攻击针对的是科克斯处理中国贸易的方式。鲍尔告诉科克斯，自己曾被“诈骗之父”李旦骗过，斥责科克斯往一个贪婪的骗子的口袋里塞钱。

在给斯迈思的信中，鲍尔的言辞甚至更加激烈，他指责科克斯完全失去了对现实的把握。“他的想象力高过月亮，”他写道，“（他）自以为是，被欲望蒙蔽了双眼，蒙受损失之前根本意识不到自己的错误。”

鲍尔的信并不完全公正。例如，他对“丁香”号账簿的批评就是站不住脚的，科克斯已经给出了很好的理由来解释为什么内容不完整。他对科克斯提拔伊顿的批评同样站不住脚。科克斯只有七个人可供选择，而伊顿毫无疑问是其中最有能力的。但鲍尔最严厉的指控——科克斯在和李旦打交道时太容易上当，则有一定的道理。科克斯过于信任李旦，后者更善于做出空洞的承诺而非赚取利润。英国人往这个中国人的无底洞似的口袋里倒入了无数金钱和礼物，却没有意识到，李旦并不希望帮助英国人在中国立足，因为这会打破他的垄断地位。甚至在李旦的骗局被拆穿之后，科克斯仍然相信他是英国人进入中国市场的唯一希望，一个实现“我们所有人都为之奋斗的目标”的希望。

科克斯理解了鲍尔来信的意图后，给斯迈思爵士写了一封很长的回信。他反驳了所有对他的指控，警告斯迈思不要相信鲍尔信上写的任何东西。“有人对我恶意中伤，”他写道，“想让阁下讨厌我，这个人就是鲍尔先生。”他说鲍尔的指控只是单纯在“发泄怒气”，还说他很愿意回英国回应对他的指控。“最好的方式就是让我为自己辩护，如果上帝允许我看到我的祖国英国。”最终，这场风暴暂时平息，科克斯依旧留在平户。但鲍尔的批评并非毫无用处，他将怀疑的种子播入伦敦董事的头脑之中。它还给科克斯留下了一个难以解决的问题——威克姆返回日本后，应当如何处理他。

第十二章

破裂的友谊

理查德·威克姆带着给科克斯准备的最后一个惊喜回到平户。他称自己已经在日本待了差不多五年，对这个国家心生厌倦，准备和前同事们道别。

他本来可以早几年离开日本，因为萨里斯船长允许他任何时候都可以回英国。但威克姆为了赚钱一直待到1618年，直到他觉得已经攒够了钱，足以衣锦还乡。很早以前，他在给母亲的信中写道，他将离开日本，因为“一些错事以及和敌人的争吵”。他还写道：“我向您——最善良的妈妈保证，我将……在三年内回家。”不过，这么说主要出于责任感而非真心。三年期限早就过了，然而威克姆并不打算乘船离开日本。直到短暂访问万丹之后，他才突然想要回家。

威克姆给家人写了几封信，把这个决定告诉他们。他从来不是一个圆滑的人，直接在信中诉说不满和苦闷。他指责家人在自己远在异国他乡的这段时间没有只言片语，还说“父母和挚友居然把我忘得一干二净，着实令我惊讶”。他还说自己其实不想“抱怨这么一位善良、有爱心的母亲”，但“七年来，没有（从她那里）收到一封信”，确实令人震惊。

在给伯母的信中，他的语气更加严厉，责备她的家人在这段时间竟然没有写过一封信，“或许他们以为我已经死了，否则我很难接受我这么容易被人遗忘”。他让伯母代他向姐妹们问好，并刻薄地补充说“如果她们还活着”。

科克斯听说威克姆即将返回伦敦，非常担心。他已经因为威克姆的小肚鸡肠吃过一次亏，害怕后者会再次向斯迈思爵士告状，威克姆和斯迈思是朋友。遗憾的是，威克姆正打算这么做。他发誓要告诉伦敦商人，“这些年来，管理不善和判断失误严重妨碍了东印度群岛的贸易，而且损害了我国的声誉”。

威克姆对科克斯的批评颇有些恶人先告状的味道。威克姆对东印度公司的工作毫无热情，他的私人贸易对商馆的运营造成了不小的伤害。然而，他的意见肯定会得到伦敦方面的重视，科克斯等人很可能被召回英国，名誉扫地。东印度公司已经为平户商馆投入了大量资金，肯定要为失败寻找替罪羊。不过科克斯的运气向来不错，这次也不例外。威克姆一到万丹（这是他返回家乡的长途航行的第一站），便受瘴气影响，身体虚弱，高烧不退，不停打战，不得不卧病在床。在日本健康地生活了几年之后，他成了伤寒、疟疾和血痢的牺牲品。威克姆很快便咽了气，他对科克斯的指控也随之进入坟墓。

当他的遗嘱执行人开始清算他的钱物并评估他的财产时，他们发现他拥有惊人的一千四百英镑。当他悲痛欲绝的母亲——年迈的威克姆女士，惊讶地发现自己的小儿子竟如此富有，而且自己是巨额遗产的主要受益人时，她立即擦干眼泪，径直走向东印度公司总部，要求董事们归还钱财。但是，他们争辩说，这些钱是威克姆通过私人贸易赚来的，因此连一便士也不会给她。年迈的威克姆女士为此抗争了六年，甚至上诉至大法官法庭。她的坚持不懈最终得到了回报，公司屈服了，同意归还威克姆的遗产。经过漫长的等待，威克姆女士最终成了富有的女人。

威克姆的离去（先从江户，再从世上），使科克斯得以继续投身忙碌的社交生活而无须担心有人告密。亚当斯返回封地逸见村，和家人待了一段时间。然后，经过妥善准备，他开始了两次私人资助的旅行，分别前往中南半岛的南圻和东京（位于今越南）。与此同时，科克斯继续频繁在英国商馆举办晚宴，还邀请当地贵族参加。这些宴会的气氛通常很活跃，尤其当科克斯拿出他的“私酿”——一种很烈的威士忌时，宴会变得更加嘈杂。为了确保客人能够“尽兴”，科克斯找来许多舞女，而且宴会上通常有一个“盲人乐师在唱歌”。

他的晚餐确实靡费，但还是起了些作用。他可以通过宴会收集消息，从而大概知道东方其他地方发生了什么。在一次聚会上，科克斯得知暹罗商馆的一个英国职员孤独致郁，最终发了疯，攻击了一个荷兰商人，用绳子把他捆了起来，宣称他是自己的私人囚徒。在柬埔寨，一个贸易者厌倦了炎热的热带气候和长期的无聊生活，精神彻底崩溃。“（他）疯了，”科克斯写道，“还打算用一把装着两颗子弹的手枪自杀。”事实证明，他的枪法很烂，子弹没有击中他的主要器官，不过剧痛至少让他清醒了一些。

关于英国的消息（由葡萄牙和荷兰商人带来的），听起来匪夷所思，令人难以置信。科克斯听说，“在英国，天空中出现了巨大的十字架和荆棘王冠”。异象使詹姆斯一世和他的亲信惶恐不安，纷纷“跪下来向它祈祷”。一名天主教神父嘲笑他们的行为，并因此遭遇不幸——“神父的两只眼睛从眼眶中迸射出来，当场毙命”。

关于爪哇和香料群岛的消息虽然没有那么耸人听闻，但更加令人不安。荷兰人越来越积极地推进他们的贸易计划，不仅针对当地酋长，还针对贸易对手英国人。在开满丁香花的安汶岛，他们为了防止任何人打香料的主意，驱逐了英国商人并建起一连串防御工事；在附近的斯兰岛，他们威胁击沉任何打算做生意的英国船；在摩鹿加群岛的其他地方，他们要求当地酋长只能将香料卖给他们，“威胁说，如果他们胆敢和英国人做买卖，就杀掉他们”。香料群岛中最富庶的以肉豆蔻闻名的班达群岛的情况更加令人担忧。英国人于1603年第一次来到这个盛产香料的群岛，很快和当地居民缔结了亲善条约。现在，荷兰人正在建筑堡垒，图谋将英国人赶走，再也不允许他们返回，并逼迫当地酋长放弃对肉豆蔻的权利。

勇敢的纳撒尼尔·考托普率领一小群探险家，发誓要在班达群岛取得立足之地，但他们很快发现自己的敌人是一群恐怖的日本战士——荷兰人一直非常仰慕日本人的战斗能力，因此雇用他们为自己作战。

英国人约翰·亚历山大不幸被这些雇佣兵俘虏，被“带到……山中……双手反绑，身后跟着四个持刀的日本人”。他很快发现他们无所畏惧而且残酷无情。他们从不违抗命令，杀人不留活口。可怜的亚历山大盯着他们的日本刀，浑身颤抖，知道自己将惨死在班达群岛香气逼人的群山中。幸运的是，这些雇佣兵遭到一大群当地人的伏击，被逼回海岸。但是，日本人拒绝有风

荷兰人钦佩日本人的战斗能力，雇用他们为自己在香料群岛和英国人作战。这些令人生畏的战士可以不计后果地杀戮，效率惊人

度地交出他们的英国俘虏，即便他们的人数和装备都不如对手。“他们把他扔在小船上，五花大绑，将他踩在船舱当中，还把他的衣服从背上扒了下来。”双方花了很长时间谈判，亚历山大最终被释放。

不过，英国人在这个多事之秋并没有惹上什么麻烦，因为荷兰人集中力量对付葡萄牙人和西班牙人。但是，发生在班达群岛的一起事件令东方的气氛骤然紧张起来，1617 年，一艘荷兰船在班达群岛附近水域袭击了英国船“天鹅”号。激烈的海战随之爆发，数十名英国船员在密集的火力中受伤，一些人因失血过多而死，其他人则“失去了腿和胳膊，即便没有当场死亡，也失去了活下去的希望”。“天鹅”号被俘虏后，幸存的船员立刻被戴上镣铐运往班达群岛，并被关入地牢。科克斯的西班牙语翻译埃尔南多·希梅内斯告诉他：“荷兰人残忍地折磨我们的英国同胞。”事实甚至更加残酷。英国囚犯遭到拷打，没有东西吃，还被锁在荷兰人下水道的出口，“到了晚上，荷兰人的屎和尿就会掉到他们身上”。

科克斯虽然为这起袭击事件感到愤怒，但还是自信地认为这种事情不会在平户发生。他继续和荷兰人施佩克斯保持着良好关系，觉得两个相距不过百米的商馆永远不会相互争斗。他的自信部分源自将军的严格禁令，在日本领土引发事端的人将被处以死刑。科克斯和施佩克斯依然保持着良好关系，继续一起吃饭并饮酒作乐。两人都非常活泼且随和，不喜欢冲突。他们确实乐于互相帮助。他们会把对方的信送到万丹，会互通消息，还会互鸣礼炮以示敬意。一次，科克斯甚至允许施佩克斯利用返航的“荷西安德”号向爪哇运送大量乌木。

两人的友好关系很快被万丹知悉，那里的英国人和他们的荷兰邻居关系紧张。刻薄的英国万丹商馆长乔治·鲍尔批评科克斯和荷兰人的合作关系是“可憎的冒犯之举”，并且将此视为另一个证明其无能的例子。但是，鲍尔从来没有去过日本，完全不了解和荷兰人保持友好关系对英国人来说多么重要。他不知道平户和万丹的区别——平户是一个封闭的小港口，科克斯和施佩克斯需要依靠对方来获得新闻和情报。他也无法理解另外一个在日本的英国人和荷兰人需要保持良好关系的抽象原因。他们生活在世界的边缘，与外界隔绝，几乎完全无法和母国往来。思乡是一个非常现实的问题，明智的做法是和自己的邻居成为朋友。

施佩克斯听说科克斯因为与荷兰人合作而遭到训斥后，采取了极端做法。他写信给刚刚被任命为英国东印度公司“主席”的约翰·乔丹，为科克斯辩护。他写道：“我遗憾地听说，您在给理查德·科克斯船长的信中表示，您似乎对这种友谊和他给予我们的帮助感到不满。”他说自己不打算和英国人耍诡计，也不打算破坏他们的贸易活动。他还向乔丹保证，他的“动机很单纯，只是为相似的目标尽一份力，不会给阁下添麻烦”。他在信的最后提出了一条重要建议：“作为邻居和朋友，我们不应当拒绝互相帮助。”

施佩克斯为英国朋友辩护确实令人钦佩，但两人的友情是否牢固尚待考验。只要两个商馆的规模大体相当，两人在贸易上的竞争关系就不会很明显。但是，到了 1618 年 6 月，科克斯听到了一个令人不安的消息。平户藩主松浦隆信一直对英国人和荷兰人一视同仁，但此时出乎意料地给了荷兰人一条街上的五十栋房屋。不仅如此，他还派人帮他们拆除这些建筑，“扩建荷兰商馆，还建了两个新货栈”。

这则消息让科克斯陷入绝望。他仍然因为秀忠拒绝批准他在日本从事贸易而愤愤不平，在不久前给斯迈思爵士的信中悲叹道：“现在的情况比任何时候都糟糕，我们在日本做生意的权利被剥夺了。”东方其他地方传来的消息也令他越来越不安，荷兰人正在加大对英国人的攻击力度，尤其令他震惊的是，他们公开宣称英国国王詹姆斯一世是同性恋，一群商人还扯下了英国人的旗子，“轻蔑地把旗子撕成碎片，用碎布擦屁股”。

当科克斯听说隆信送给荷兰人的礼物时，科克斯尽力掩饰自己的戒心。他甚至去看了施佩克斯的扩建工程，并表示赞赏。新商馆的规模令他目瞪口呆，“确实非常大”。他惊讶地发现荷兰人还新建了其他精美建筑，包括一座“豪宅”，里面有宽敞的客厅、为商人准备的奢华房间、两间货栈、一间警卫室和一个鸽舍。用石头砌成的“坚固房屋”尤其令人印象深刻。科克斯意识到扩建后的荷兰商馆将改变平户的贸易现状，英国人将丧失竞争力。

他很快发现，贸易方面的竞争只是最小的问题。1618 年 8 月 8 日午夜时分，天气闷热，科克斯正在休息，突然有消息称，有人在平户外的一个岬角看到了一艘船。它驶向岸边的速度很慢，因为在“平静而炎热的夏季”，夜幕降临时风也停了下来。天色已晚，目击者分辨不出船籍，但据说那是荷兰人俘虏的葡萄牙或西班牙船。它显然刚刚参加了一场大海战，“因为桅杆已经折断……船体也有破损”。

荷兰人几乎不会将战利品拖入平户港，这次的事情令科克斯非常好奇。他派塞耶斯去荷兰人那里打探船只消息，并向施佩克斯表示，自己可以用英国商馆的小船“帮忙把它拖入港口，它离港口只有咫尺之遥，却没有一丝风”。没过多久，科克斯就得到了更多关于这艘被俘虏的船的消息。商馆雇用的医生敲开他的门，要求和他单独谈话。“（他）偷偷来找我，”科克斯写道，“告诉我港外的这艘船其实是英国船，荷兰人刚刚在摩鹿加群岛俘虏了四艘英国船，它是其中之一。”

科克斯错愕不已，他从未想过它可能是英国船。但是到了第二天早上，这种说法得到官方证实，这艘船是在一场激烈的海战中被俘虏的，“许多人战死，剩下的人成了俘虏”。中午，荷兰人拒绝了他的小船，还给了他一张便签，告诉他被俘的船是以“战争的名义”夺取的。后面的附言讽刺地写道，荷兰人“不需要我们的帮助就能把它（拖进港）”。

科克斯意识到事态严重，由于亚当斯当时不在平户，他只好独自处理这件事。他直接去拜访松浦家重臣，希望在日本人的帮助下，“明早登船”。他还请日本人帮忙查明“荷兰人是否把英国人视为敌人”。一旦收集了所有必要信息，科克斯就会正式向将军提出申诉。

这艘船（“参与”号）在光天化日下被拖入平户港，俘虏它的荷兰人丝毫没有掩饰自己的喜悦。这些新来的水手不遗余力地羞辱英国人，嘲讽他们，对他们的厄运幸灾乐祸。“（他们）胆大包天地把船拖了进来，”沮丧的科克斯写道，“还多次开火。”施佩克斯没有分享同胞的喜悦。和科克斯一样，事态的发展同样出乎他的意料，他知道即将发生什么。尴尬的施佩克斯急于向英国人表示遗憾，于是派翻译前往英国商馆，向科克斯保证，“他对发生的一切感到抱歉”。他还告诉科克斯，愿意立即交还船只。

科克斯觉得自己受到了侮辱，于是直截了当地拒绝了这个提议。施佩克斯对他的反应感到不安，“来到英国商馆……说了很多好话，表示可以归还船和船上的东西”。这是一个慷慨但空洞的提议。船的外壳已经被火炮击碎，俘虏这艘船的荷兰人“已经大肆洗劫一番”，船上空无一物。

科克斯为表示愤怒，有意拖延了一阵才去见施佩克斯。他告诉后者，自己“为发生的一切感到遗憾，希望这些事从未发生过。”尤其令他难以忍受的是，荷兰人在当地日本人注视下将战利品拖进港口。“夺走我们的船和货物已经罪大恶极，”他说道，“他们居然还做出如此恶毒之事。”施佩克斯只能连声道歉。他对科克斯的愤怒感到难过，并说转移货物的命令是万丹的上司下达的。科克斯反驳道，即使在战争时期，道德和不道德行为的界限仍然存在。“‘那么为什么，’我说，‘你们的指挥官让你们做窃贼，无差别地抢劫英国人、西班牙人、葡萄牙人和中国人。’”

施佩克斯耐心地听着。他急于重新获得科克斯的信任，告诉后者，即使英国和荷兰爆发全面战争，他的手下也不会受荷兰宣战的影响，而会去做“他们认为对的事”。他的安抚未能平息科克斯的怒气，后者觉得自己受到了伤害，迟迟无法消气。他告诉施佩克斯，他本人可以和荷兰人和好如初，“至于我的人，我无权干涉他们会不会这么做”。

平户的日本人和科克斯一样，难以理解这起突发事件。很多人前往荷兰商馆，“询问荷兰人为什么要这么对待英国人和他们的船”。荷兰人告诉日本人，英国人正在进口武器和火药，但这反而让他们更加疑惑。“‘为什么不可以进口，’（一个人）说，‘英国人是你们的附庸吗？他们必须服从你们（的命令）吗？’”只有一个人不觉得惊讶。数月来，隆信的兄弟信辰一直密切关注荷兰人和英国人的关系。他得出结论，这种友好关系岌岌可危。“他告诉我，”科克斯写道，“他早就注意到，我们虽然表面上相安无事，但其实各有各的打算，并不像真正的邻居或者朋友那样友好。”

和施佩克斯见过几次面后，科克斯紧急召集平户商馆的三名成员尼尔森、塞耶斯和奥斯特威克召开会议，讨论是否正式向将军提出抗议。他想“抗议荷兰人的无礼，他们不仅夺走我们的船，还公然将它拖进（港口）以羞辱我们”。经过简短讨论，他们认定荷兰人的冒犯之举十恶不赦，绝不能善罢甘休。科克斯本人被选中“进行一次困难重重的远航”，亚当斯和尼尔森将陪在他身边。

每当商馆遇到危机，科克斯和他的人就向亚当斯求助，因为他既懂日语，又有必要的人脉，只有他有能力解决问题和修复关系。现在，英国人再次向亚当斯求助。接下来的任务非常棘手，如果没有亚当斯，他们不可能见到秀忠。但是，他们做出决定后才发现自己面临一个头疼的问题——亚当斯不在这里。施佩克斯雇他帮助荷兰人改善和将军的关系，他将代表荷兰人谒见秀忠。施佩克斯之所以雇用亚当斯，用科克斯的话说，是因为他是“荷兰人和皇帝之间唯一的中间人”。

科克斯非常担心。如果秀忠刚刚接见了一个由英国人率领的荷兰代表团，他便不大可能认真对待科克斯的抗议。科克斯立即派人半路拦截亚当斯，后者十一天前离开平户，不久后将抵达京都。科克斯雇“快船”给江户送去一封信，希望能在亚当斯正式谒见将军之前送到。他在信中的指令非常含糊，只提到“他应该离开他们（荷兰人），等待我的到来”。他告诉亚当斯，“不要和他们一起见皇帝”。

与此同时，科克斯尝试游说有影响力的日本人。他得到隆信的兄弟信辰的支持，后者为了解英国人的不满，拜访了英国商馆。科克斯告诉他，自己打算告诉秀忠，荷兰人“只是一些窃贼和海上的流浪汉”，他将请求将军撤回授予他们的通商许可。信辰点头称是，并祝他一切顺利。

科克斯和尼尔森在事情发生两周后启程前往江户城，他们准备了天鹅绒和绸缎作为给秀忠的礼物。途中，他们在下关港短暂停留，在那里听说亚当斯已经收到消息，“将在京都等我”。但是在日本，好消息、坏消息总是结伴而来，这次也不例外。亚当斯并不打算取消陪荷兰人登城的计划。他答应要率施佩克斯的代表团谒见将军，并不准备废弃承诺。他不仅没有接受科克斯的请求，还警告后者，谒见将军是愚蠢之举。他说，将军不会因为发生在马来群岛的事惩罚荷兰人，还告诉科克斯，如果后者为此事申诉，英国商馆的事业将蒙受不可挽回的损失。

科克斯看到亚当斯的信后勃然大怒。他说这封信“既不合时宜，又不合情理，我甚至怀疑这封信根本不是他写的”。尤其令他恼火的是，亚当斯声称“他不是商馆职员”。科克斯指责他“已经完完全全荷兰化了”，这不是科克斯第一次这样指责他。但是科克斯没有意识到，亚当斯的忠告是经验之谈，而且十分恰当。他亲眼见到西班牙人和葡萄牙人在将军面前做过类似的事，而秀忠不予理睬，命令所有人退下，他因为被发生在日本海域之外的事打扰而十分生气。

不久之后，科克斯的江户之行遇到了更大的阻碍。尼尔森刚离开下关，那里就发生了一场“大地震”，房屋被夷为平地，大树被连根拔起，紧接着便是狂风暴雨。当他们到达石部附近的渡口时，“被迫停留一晚，因为水位高涨”。他们最终渡河到达见附，在那里遭到不守规矩的船夫的袭击。当他们最终到达大矶时，科克斯得了严重的胃病。“我头痛腹泻，以为自己要死了。”旅店的主人显然没什么同情心，要求科克斯立即离开。科克斯和尼尔森不得不另寻住处。

他们很快又碰到了一件尴尬事，而且更令人恼火。他们再次踏上旅途后不久就遇到了一群荷兰人，他们刚刚谒见将军，正在返回商馆的路上。科克斯对他们非常冷漠。“双方打了声招呼，”他写道，“然后就各自上路。”他和尼尔森很快见到了亚当斯，后者小心翼翼地离开了荷兰人的队伍。科克斯写道：“（他）在距离江户十里的地方见到了我。”听说马和仆人稍后便到，科克斯的怒气消了一些。令他高兴的是，亚当斯出乎意料地同意陪他谒见将军。亚当斯仍然认为这次的江户之行并不明智，不过他看出科克斯心意已决。亚当斯一边继续批评科克斯的申诉毫无意义，不会取得任何成果，一边不情愿地安排他们面见秀忠。

三人抵达江户时受到了热烈欢迎。平户藩主隆信当时在江户，他派了一队持长枪的士兵来迎接他们。亚当斯的儿子和女儿也在江户，他们准备了丰盛的宴席。江户正在庆祝，日本大名齐聚一堂，准备参拜日光东照宫，家康在上一年被葬在这里。寺庙、街道和庭院挤满了人，英国人加入他们的队伍，和德川家臣一起参加宴会，参拜神社。只有隆信闷闷不乐，他们拜访他时发现他感染梅毒，“非常虚弱”。科克斯写道：“他染上了严重的‘法国病’，我觉得他命不久矣。”

越来越多的人涌入江户，大街小巷人满为患。一次，三人跟着一大群人进入供奉军神弓矢八幡的神社。“我觉得里面有十多万人，”科克斯写道，“男女老少都在这一天来这里参拜。”这是一

江户是一座壮观的城市，最大的建筑群是将军的江户城（上图），此外还有众多寺庙和庭院。节日期间，大名和他们的家臣云集此处

幅壮观的景象，沿途到处都是衣着光鲜的演员和喜剧演员。“神社前，男女巫师牵着拴在鹰肚子上的绳子跳舞。”香客的慷慨令科克斯大吃一惊，“他们涌入数层高的塔，一个接一个将钱扔进一个小礼拜堂”。

三人获得了参拜德川家菩提寺的殊荣，它由僧侣守卫。“（他们）对我们非常友善，”科克斯写道，“打开大门让我们进去。”这是科克斯见过的最华丽的墓地之一，堪称“杰作”。旁边是两名殉死者的墓，“他们自杀了，去另一个世界陪伴家康”。科克斯甚至被允许进入内室，“里面摆着死者的像，所有日本人都跪在像前”。

每天早上，亚当斯都去江户城，希望能见到秀忠。但是，将军一直很忙，他沉迷于节日庆典和鹰狩之中。秀忠不想见科克斯，亚当斯作为商馆（不情愿）的中间人也遭到了拒绝。亚当斯和科克斯白白浪费时间，耐心消耗殆尽。“亚当斯船长再次登城帮我们申诉，”科克斯写道，“但只见到了老中。”

他担心亚当斯或许永远不会被允许谒见将军，而他的担忧似乎得到了证实。11 月 7 日，天空中出现不祥之兆，“五六天来，一颗彗星（或闪耀的星星）总会在黎明前出现，”科克斯写道，“它离太阳很近，我们只能看见长长的彗尾”。

同样壮观，但更恐怖的是当天上午在这座城市发生的大地震。它造成大恐慌，江户居民为了躲避掉落的木头，纷纷跑到街上。科克斯已经经历了几场地震，总结了一套理论来解释地震的成因。他发现地震通常发生在涨潮时，认为这是由于“退潮时，风涌入地下洞穴”，涨潮后“海水将其阻断，风为了寻找出口而引起地壳震动”。

地震过后是一场毁灭性的大火，在地震中幸存的建筑再次受到威胁。感染肺痨的尼尔森，看到整座城市火光冲天，异常激动，爬上屋顶，“只穿着衬衫和睡袍在上面坐了两三个小时”。好奇心令他付出了高昂代价，他“突然发高烧，还得了严重的流感”。将军的医师被叫了过来，但他们既无法让他退烧，也无法让他不受控制的颤抖停下来。他们无法确定，尼尔森已经被酒精掏空的身体能不能再撑过一次“高烧”。

江户的庆祝活动和灾难对科克斯和亚当斯来说非常不利。秀忠对英荷矛盾不感兴趣，不打算插手，因此拒绝接见英国人。他把这件事交给梅毒缠身的隆信处理，让他“主持正义”。事态的发展与亚当斯先前的警告如出一辙，他对科克斯的批评是正确的。科克斯发现自己不再受将军保护，感到十分屈辱。荷兰人听说秀忠对此事缺乏兴趣后非常高兴。他们知道，自己现在可以随心所欲袭击英国人而无须担心受到惩罚，也不会给自己带来危险。

科克斯返回平户后得知，在东方，英国人和荷兰人的关系进一步恶化了，两国已处于战争状态。伦敦派出一支全副武装的大型舰队，命令它以武力保护英国人的贸易活动，局势因此更加紧张。舰队指挥官是被称为“雄狮”的托马斯·戴尔爵士，他在荷兰和弗吉尼亚服役时以残忍无情著称。他十分高兴能得到和荷兰人交战的机会，率领庞大的舰队驶向爪哇。此时荷兰人在兵力和装备上均处于劣势，因为他们的很多船正在香料群岛执行任务，托马斯爵士决定抓住这个机会。1619 年 1 月 2 日，暴雨般的炮火标志着战斗开始。船上的一名英国人回忆道，他们给荷兰人“准备了大量炮弹当早餐，他们吃不下第二顿，只能狼狈地从我们面前逃走了”。

荷兰人确实逃离了战场，但不是因为惧怕英国人的炮火。他们向东航行是为了和舰队其他船只取得联系，然后就恢复了信心，再次投入战斗。这次，他们的战术更加有效。他们袭击落单的英国船只，追赶实力稍弱的战舰，最终击溃了这支强大的舰队。托马斯爵士庞大的舰队很快四散逃窜，他的计划就此破产。在崩溃和屈辱中，他集合起残余船只驶向印度。1619 年夏，他因疟疾死在那里。另一支分舰队的情况也好不到哪里。英国东印度公司董事约翰·乔丹率领他的舰队前往北大年，在那里遇到了等候已久的荷兰人。乔丹本人被狙击手射杀。

1619 年 8 月，荷兰船“天使”号驶入平户港，为科克斯及其越来越少的手下带来了这个坏消息。随船而来的还有荷兰商馆更多的职员和三名英国囚犯。事态的发展令人愈发担心。荷兰人对待英国俘虏的手段简直骇人听闻，他们给英国人戴上镣铐，殴打、折磨他们。在东方的其他地区，他们会带着俘虏的英国船员游街，以此向当地人证明，他们已经控制了公海。这样的事很可能在日本上演，而这势必会给平户人留下深刻印象。

科克斯和他的手下认为，他们无法拯救“天使”号上的三名英国俘虏，因为船停在海湾正中。但亚当斯决定采取行动。他虽然受热带病折磨，“病恹恹的”，正接受“治疗”，但还是从病榻爬起，开始策划一次大胆的营救行动。计划的具体内容对外保密，我们不知道他如何渡过海湾，登上“天使”号。他也没有解释如何打开英国俘虏的镣铐。但不管怎样，他确实偷偷攀上了荷兰船，解救了三名英国俘虏中的两名，将他们平安带到英国商馆。

科克斯听说亚当斯的成功后十分尴尬，因为他没有努力营救这些人。他在给斯迈思爵士的信中对此事轻描淡写，只提到“威廉·戈登和迈克尔·佩恩在威廉·亚当斯的协助下逃到岸上”。他只字未提第二天晚上的事——亚当斯再次施以妙计，成功解救了第三名俘虏威尔士人休·威廉姆斯。亚当斯并未大肆宣扬自己的壮举，考虑到他很可能因此失去为施佩克斯和荷兰人工作的机会，他的这种行为更显得伟大。

荷兰人得知俘虏逃脱后勃然大怒，要求英国人立刻归还俘虏。英国人很高兴能占据上风，坚决拒绝将他们交回。荷兰人更加生气，发誓将不择手段抓回他们。“他们发现自己无法抓回这几个英国人，”科克斯写道，“于是在岸上设伏。”但他们的策略失败了，因为那几个人安全地躲在大门紧闭的英国商馆里。

施佩克斯的人决定在英国商馆外耀武扬威，希望通过恐吓逼迫科克斯和他的人屈服。“他们在门外吓唬我们，”科克斯担忧地写道，“还用污言秽语辱骂我们。”“天使”号那些肆无忌惮的水手加入了他们的行列，竭力想挑起一场打斗，因为他们在人数上占有很大优势。科克斯坚定地拒绝打开商馆大门，外面的乌合之众因此更加恼火。他们“越来越愤怒，开始一波波冲上来，希望强行闯入我们的屋子，割断我们的喉咙”。眼见袭击者一次次冲击英国商馆，科克斯越来越不安，因为荷兰人的人数是英国人的百倍。幸运的是，建筑外有一圈坚固的栅栏，易于防守。但是，随着越来越多的荷兰人上岸，加上酒精的刺激作用，英国人担心自己的末日将至。他们不管在身体上还是精神上都筋疲力尽，荷兰人迟早会破门而入。

好在幸运女神又一次站到他们这边。平户当局担心暴力行为将引发严重后果，于是派一队日本士兵来帮助英国人抵御荷兰暴徒。“（他们）帮了我们。”科克斯写道。他轻松地看着日本人赶走了那群人并恢复了秩序。荷兰人别无选择，只能仓促撤退。

科克斯认为日本人的干预意味着这件事到此为止。当晚荷兰人的暴力行为停止后，他安心入睡。但是，他的如意算盘落空了。次日黎明，一队荷兰水手悄悄上岸，趁英国人不注意，强行从正门进入商馆。“十个人带着长枪和刀剑进入了我们的宅子，”科克斯害怕地写道，“打伤了约翰·科克尔和另一个人，他们以为其中一人已经死了。”入侵者迅速冲入商馆生活区，科克斯和他的手下正在那里酣睡。他们被可怕的刀剑声和火枪的声音惊醒，立刻意识到事态的严重性。

危急关头，亚当斯和当地日本人的良好关系发挥了巨大作用。科克斯发出警报几分钟后，一队日本士兵赶来支援他。他们冲进商馆，赶走了荷兰入侵者。“要不是我们的日本邻居帮忙，我们（早就）被他们杀死了。”荷兰入侵者被迫撤出商馆，留下一群疲惫、担惊受怕的英国人。

科克斯现在非常担心手下的人身安全，“不得不在我们的宅子里布置日本卫兵，为他们提供酒食，还发给他们工资”。令他稍微安心的是，隆信担心这样的混乱局面一发不可收拾，于是警告荷兰人，倘若再有骚乱，他将严厉镇压。不过，施佩克斯手下的暴徒几乎立刻违背了隆信的命令，科克斯绝望地给斯迈思爵士写了一封信，告诉他荷兰人“已经向我们英国人宣战，不管在海上，还是在陆上，用火与剑”。他们威胁将“夺取我们的船和货物，倾尽全力消灭我们，因为我们是他们的死对头”。

一支大型荷兰舰队的到来使形势更加严峻。好战的舰队指挥官发誓要杀死科克斯和他的手下，不过由于英国人仍受日本卫兵保护，这件事并不容易。于是，他转而悬赏他们的人头，任何杀掉他们的人都会得到报酬。“（他）给我的性命明码标价，”科克斯害怕地写道，“杀死我能得到五十雷亚尔，杀死其他英国人可以得到三十雷亚尔。”

不过短短两年时间，荷兰人从最亲密的朋友变为不共戴天的敌人。由于担心遭到暗杀，科克斯和他的人不敢轻易离开商馆。

第十三章

最后的命令

理查德·科克斯担心伦敦商人不相信平户商馆陷入险境，于是将自己面对的困难告知老朋友托马斯·威尔逊爵士。科克斯告诉威尔逊，他的人被一群愤怒、咆哮的暴徒包围。“一群忘恩负义的乌合之众……每日抢劫，干扰他人生活。”这些嚣张的荷兰水手构成了严重威胁，科克斯不得不恳求秀忠帮忙。但将军无视他的请求，拒绝干预此事。虽然秀忠“说了不少客套话，而且保证我们将得到公正处理”，但他向来对外国人之间的纠纷不感兴趣，坚持这件事应当由平户藩主处理。当葡萄牙代表为相同的事登城抗议时，他也没有表现出任何同情心。秀忠当面告诉他们，“他不会插手或者干涉他人事务”，并表示他们的船不是在日本海域被俘虏的。

与此相比，从长崎传来的消息更令将军不安。有传言说，一些遭放逐的耶稣会士秘密潜回日本，正受当地日本基督徒的保护。事实证明，这是真的。一些耶稣会士乘一年一度从澳门来的贸易船返回日本。他们发现通过这种方式进入这个国家相对容易，而且不会被发现，因为大型船只进港后，当地势必一片混乱。一旦登陆日本，他们就可以像幽灵一样消失，躲在安全的地方，只在晚上活动。他们有一个全国范围内的“地下”信息网络，可举行弥撒而几乎无须担心被捕。这是对秀忠禁教令的公然挑衅，他们将面临折磨和死亡的处罚。然而，这并没有吓倒这些狂热的神父。

1617年春，秀忠第一次得到耶稣会士已经返回日本的确切消息。两名传教士（一名耶稣会士和一名方济各会士）的行为尤其令他恼火，他们对禁教令不屑一顾，竟然公开布道。其中一人，让-巴斯蒂特·马沙多自称从十岁起就开始渴望在日本殉道（大概是因为他看了一些煽动性的故事），还说死亡那天将是他一生中最快乐的一天。这些话是不是真的，即将受到检验。他在大村纯赖的领地被捕，被指控违反秀忠的禁令。

他没有否认指控，也没有流露任何悔意。他告诉纯赖，他很乐意被以日本的方式——磔刑处死。结果，他只被砍成两截——头和身体，在首级和身体彻底分离之前，他被残忍地砍了三刀。每次被砍时，他都为自己遭受的苦难感谢耶稣。他的传教士同伴一同被斩首，行刑人不是普通的刽子手，“而是领主的侧近”。他们的尸体被埋入公墓，旁边有卫兵守卫，但即便这样也无法阻止公众的狂热。“病人被抬到墓地，希望能够恢复健康，”一名目击者写道，“基督徒从这次殉道中发现了新的力量，甚至连异教徒也钦佩有加。”死刑不仅没有吓倒当地基督徒，反而给了他们在公共场所礼拜的勇气。“皈依者随处可见，很多弃教者也回来了。”

纯赖的领地本就是日本基督教重镇，现在他发现这里正处于骚乱边缘。两名外国传教士受殉道鼓舞，大胆地穿法衣布道，局势进一步恶化。其中一名神父公然宣称，他不承认日本的天皇，只承认上帝。纯赖命人立即处决这两名神父，不过这次他格外小心。根据科克斯的记载，他将两人的尸体秘密掩埋起来，以避免尸体被当作圣物。“因为人们会用手帕或者衣服沾上这两人的血带走，”他写道，“（纯赖）下令在两人的脖子上绑上石头，把他们扔进大海。”严酷的命运仍然无法阻止信仰的勇气。每当新的殉道者被烧死或者斩首时，“基督徒便会在心中燃起巨大的热情和勇气……以至于他们不再想或者说其他任何事，除了如何仿效追随他们。”

耶稣会高层继续将基督徒的不幸遭遇归咎于威廉·亚当斯。他们在私人信件里对他的“充满恶意的卑劣报告”表示不满，不久后更是开始公开谴责他。在一本名为《近期日本国迫害天主教徒的简要报告》的书中，作者明确指出亚当斯是造成他们不幸的原因。他声称日本贵族对耶稣会士的敌意是因为“受了这个英国引航员的蛊惑，他说了很多中伤信徒和西班牙人的话”。据说亚当斯让“（将军）痛恨他们的人，还说他们做的所有事都是迷信”。另一本书声称，所有统治精英“都受到某个引航员的煽动”，这个人就是威廉·亚当斯。它指责亚当斯告诉秀忠，耶稣会士其实是伪装的士兵，来日本是为了“与他们作战，征服他们，占领这个国家和这里的土地”。

虽然上述指控并非无的放矢，亚当斯确实给那些曾经企图让他被处以磔刑的人造成了很大伤害，但这些外国传教士自身也并非没有过错。他们在大阪城的战斗中站在叛军一边，还一直鼓动皈依者不要服从大名命令，动摇了日本的封建秩序，这些都令将军怒火中烧。最糟糕的是，他们公然无视秀忠的禁令。家康曾经对他们的违抗行为“视而不见”，但秀忠决心采取行动。他对和外国人做生意没什么兴趣，而且急于加强对日本的控制，他的政策就是要消灭任何试图挑战其统治的人。如果达成这个目标需要屠戮基督徒（不管是欧洲人，还是日本人），他会毫不犹豫地这么做。

英国人意识到局势正在迅速失控，密切注视事态发展。他们注意到，尽管长崎有大量基督徒，但当地基督徒社区尚未受暴力影响。考虑到长崎奉行对基督教深恶痛绝，这件事着实令人意外。不过，这只是因为忙碌的长谷川左兵卫将日常事务交给代官村山等安处理，而后者几年前皈依了基督教。

虽然等安的皈依已是公开的秘密，但到目前为止，高层还没有采取任何行动。不过，传教士在纯赖的领地被处死几个月后，等安被仇人告发。他和他的家人被指控为基督徒，“而且窝藏国家的敌人——耶稣会士和传教士”。等安否认自己帮助耶稣会在日本秘密活动，但坚决拒绝放弃自己的信仰。他的固执激怒了高层，他们下令将他和家人一起活活烧死。这次处决以日本人惯常的效率执行。

科克斯在日记中写道：“长崎将有大规模宗教迫害。”他的预测是正确的，这座城市正遭受德川政权反基督教情绪的冲击。第一次禁教令颁布后，长崎的许多教堂已经被摧毁。但还有几座，比如宏伟的仁慈堂，得以幸免。现在，为了彻底抹掉基督教存在的痕迹，所有礼拜堂、教堂和墓石都被砸得粉碎。英国人目睹了此次灭教行动，心情激动，认为这意味着天主教在日本的终结。“一切都被夷为平地，”科克斯写道，“所有墓地都被掘开，死人的尸骨被挖了出来。”

秀忠为加深天主教徒的痛苦，命人在最富有和最有名的教堂废墟上“修建寺庙”。他还让“异教的僧侣住在里面，以彻底根除日本人对天主教的记忆”。甚至连信徒家中的小神坛也必须被摧毁，基督徒为纪念死者种下的开花的树必须连根拔除。“上面提到的树和神坛都要被毁掉，”科克斯写道，“种植树木的土也要掘出，他希望人们彻底忘掉这些事。”秀忠的“拆迁队”来长崎执行任务时，长崎所有基督教建筑都成为废墟，教堂的院子里散落着人骨和爬满了苍蝇的腐尸。

亚当斯和科克斯眼见耶稣会士的遭遇，心情复杂，从最开始的兴奋变为难过。他们完全没有料到秀忠竟然如此愤怒，教堂被毁被他们视为一出悲剧。科克斯在给斯迈思爵士的信中写道：“我并不因此而高兴。”不过，他说他很高兴看到访问长崎的英国人不必再受传教士和平信徒的羞辱。“那个主教还在时，”他写道，“一个人走在街上就会被他们称为路德教徒或异端。”现在，他补充道，“没有一个人敢这么说话”。那些曾经试图杀死威廉·亚当斯的传教士现在都闭上了嘴，留在日本的少数勇敢的天主教徒发现自己随时可能丧命。

宗教迫害不久便扩及日本信徒。1619年秋，科克斯在京都待了几天。他在那里听说，不久后许多基督徒将被公开处以火刑。他又打听到，至少五十二名最虔诚的基督徒将在鸭川干枯的河床上被活活烧死。受刑者包括几个完整的家庭，母亲和孩子坚定地拒绝背弃信仰。

大规模处决在日本很常见，而且通常会吸引很多人围观。公开火刑尤其会刺激大众情绪，折磨和痛苦带来了野蛮的戏剧性效果。火刑的旁观者还会帮忙准备火刑用的木头并将木柱固定在地上。“火刑执行前一天晚上，”荷兰人雷耶·吉斯波茨写道，“消息会被公布，行刑地点附近的家庭……必须带两根、三根、四根或者五根木头。”吉斯波茨写的是后来的一次火刑，但事实上每次火刑都十分残忍且恐怖。当地官员会身着华服早早到达现场，监督行刑工作。“（他们）会根据受刑人数竖起木柱，木材堆放在离木

斩首和火刑都会在执行前一晚公布。当地居民会帮忙布置刑场，还会带来木桩、木头和引火柴

柱约十米处。”布置好刑场后，他们会命人将受刑人带来，用绳子把他的胳膊紧紧绑在木柱上。火焰的温度越来越高，受刑人痛苦地跳来跳去，在旁观者面前出尽洋相，直至迎来可怕的死亡。

这次，五十二名基督徒被用马车拉到行刑地。女人和刚刚学会走路的孩子坐在队伍中间，男人和男孩坐在前面和后面。当这个严肃的队伍来到鸭川时，官员在聚集的旁观者面前宣布了他们的命运：“将军，全日本的统治者，因尔等切支丹之信仰，欲令尔等活活烧死。”

要烧死这么多人，行刑者不得不将几个人捆在同一根木柱上。男人背靠背绑在一起，母亲和孩子绑在一起。这样的场面令人绝望，很多围观者为之落泪。这次处决规模空前，当人们意识到他们将目睹恐怖的一幕时，先前狂欢节般的气氛突然消失，人群安静了下来。一位名叫特克拉的母亲将和她的五个孩子一起被烧死，马德琳的母亲和两岁的女儿蕾吉内被绑在一起，玛尔特将和她的两岁儿子贝努瓦一起被烧死。除了他们，还有一个八岁的盲童。

科克斯看到孩子和家人一起被绑在木柱上时，心急如焚。“他们当中，”他写道，“有一些五六岁的孩子。”耶稣会士早就帮助这些受害者为即将到来的磨难做好准备，他们出版了宗教小册子来讲解如何忍受严刑拷打和火刑的折磨。“被折磨时，想着耶稣受难，”一本祈祷书写道，“想着圣母玛利亚、诸位天使和圣徒正从天上看着你们的战斗。”

科克斯看着引火柴被点燃，火焰舔舐受害者。他惊讶地发现，这些遭受痛苦折磨的人“不愿意放弃他们的基督教信仰”，以强大的意志力忍受疼痛，旁观者为此感到震惊。火势越来越大，母亲们轻抚孩子的头，而孩子们则发出呻吟声，因为痛苦越来越难以忍受。“（他们）一边在母亲怀里被火烧，”悲痛的科克斯写道，“一边大喊‘主啊，请接受我们的灵魂’。”特克拉紧紧搂着四岁的

公开火刑总会吸引很多人，特别是当受害人是基督徒的时候。理查德·科克斯惊讶地发现受刑人“不愿意放弃他们的基督教信仰”，即便遭受痛苦的折磨

女儿露西，抱得如此之紧，以至于她们碳化的尸体最终被从木柱上取下来时已经完全合在一起。旁观者从来没有见过如此令人惋惜的场景，很多人流下了眼泪。所有人都说，今生再也不会碰到比这更可怕的事情了。

京都的公开火刑只是开端，随后迫害的规模和惨烈程度急剧上升。火刑后不久，长崎再次发生屠杀，殉道者的数量不断增加。“又有十六名殉道者，”科克斯写道，“其中五人被烧死，其他人被斩首，尸体被砍成碎块，装入袋中，扔进五十多米深的海里。”其中一人是葡萄牙商人多明戈・若热，他被指控窝藏两名耶稣会士。他被处决，尸体被砍成碎块。尽管暴行无处不在，但公众并未失去对基督教的热情，也没有停止对圣物的渴求。甚至连扔进海里的尸体也很快被找到，“基督徒把尸体运上岸，偷偷藏起来，当作圣物”。

对英国人来说幸运的是，亚当斯向秀忠申明了他们反对天主教的立场，因此他们在这次迫害中毫发无伤。但是他们仍然面临被竞争对手荷兰人谋杀的巨大威胁，而且不得不面对越来越严重的财政危机。商馆的货栈里还存有少量毛皮和大麻，但他们找不到买家。他们有大量苏木，但由于供过于求，乏人问津。甚至连丝绸的销量也从几个月前开始暴跌。商馆的人不再谈论利润，所有谈话都围绕着如何获取足够收入让他们活下去。伊顿认为，在即将到来的冬天，他们可能陷入无法喂饱肚子的窘境。他在给伦敦的信中哀叹商馆的惨状，还在信的最后写了一句绝望的话：“这里有很多张嘴，需要很多食物，上帝保佑。”

这很多张“嘴”中，不少是几个月前才到达日本的。平户商馆还在照料亚当斯从“天使”号上救下来的三名英国人，还有几名水手是被停泊在港口的大小船只留下的。对于已经深陷危机的商馆来说，多出来的这些人是不小的负担，因为他们通常因为疾病或受伤而无法工作。

令科克斯稍感欣慰的是，除了他，商馆最初的七个人中还有四人健在，能够帮助他在菜园里种一些食物。但是到了1620年3月，威廉·尼尔森罹患重病。他的健康状况向来不好，过量饮酒使他更加虚弱。每次发病后，他都会去壹岐岛的温泉疗养，多少会恢复一些。但这次，他过于虚弱，甚至无法前往温泉。根据科克斯的记录，尼尔森“病得非常重”，很可能再也无法康复。他高烧不退，很快就虚弱得无法起身。科克斯写道，尼尔森“日渐虚弱”，知道自己大限将至。3月的某天（具体日期不明），尼尔森咽下了最后一口气。平户商馆失去了最顽劣、最不守规矩的职员。

尼尔森死时没有留下遗嘱，但商馆职员都发誓，他生前“头脑还清楚”时指定科克斯为他的遗产受益人。科克斯被深深打动，后悔自己曾口出恶言。他在日记中写道：“如果上帝在尼尔森先生之前召唤我，那么……尼尔森也将得到我的（遗产）。”

尼尔森的死打击了英国人的士气。虽然他是酒鬼和废人，但仍然是日本英国商馆的创始人之一。身处地球另一极，经历种种磨难而活了下来，他们为自己感到骄傲，信心越来越足。但是，随着同伴逐渐减少，他们很快气馁了，开始想谁会是下一个病死或者被杀的人。皮科克和卡沃登早已过世，他们在南圻被杀，然后被丢进水中。威克汉姆在万丹病逝。尼尔森死后，商馆创始人只剩下四个——科克斯、亚当斯、伊顿和塞耶斯。亚当斯的健康状况也不好，科克斯不知道他到底得了什么病，很可能是在南圻染上的病复发了。这片热带海岸因疟疾而臭名昭著，这种使人日渐虚弱的疾病很容易复发。就在几个星期前，亚当斯还很健康，甚至能够在长舟竞赛中向科克斯发起挑战。而现在，这样的运动能力简直无法想象。在那场比赛之后，五十五岁的亚当斯的身体状况突然变糟。

对于科克斯和他的手下来说，这是一个可怕的消息。与在日本待了七年而一事无成的尼尔森不同，亚当斯对于商馆的生存来说至关重要。每当遇到危机，人们会自然而然地向他求助。他们在他的帮助下才得以谒见将军，他在商界的人脉同样不可或缺。当商馆濒临破产时，亚当斯乘船前往暹罗，挽回了局面，后来还发现了皮科克和卡沃登死亡的真相。商馆里有三个人最应该感谢亚当斯，他们被亚当斯从荷兰人的囚船里解救出来。其他人之所以能在日本的政权下活下来，同样是因为他的帮助和建议。现在，他卧病在床，面色苍白，人们很快意识到他不会康复了。

亚当斯自己也意识到了这点。1620 年 5 月 16 日，他把科克斯和伊顿叫到床边，向他们口授遗言和遗嘱。“我，威廉·亚当斯，水手，居日本十八或二十载，身有不豫但记忆尚佳，赞美我主，落命于此。”

他需要仔细考虑一番，因为他是个颇为富有的人。除了逸见的封地和江户的房产，他还攒下了大约五百英镑，这个数目不算小。他把自己的财产分成两份，一份留给阔别已久的英国妻女，另一份留给他在日本的孩子约瑟夫和苏珊娜。他完全没有提及他和平户女仆生下的第三个日本孩子。

亚当斯指定他在英国的女儿迪丽芙丝为英国那部分财产的主要受益人，第一任亚当斯夫人拿到的钱不能超过半数，其余的归孩子所有。“他担心她会带着所有钱再嫁。”

亚当斯也没有忘记他在日本的朋友。他把宝贵的地球仪、航海图和最好的刀赠给科克斯，把书和航海仪器送给伊顿，把自己收藏的最好的武具留给儿子约瑟夫，奥斯特威克和其他三个英国商人每人得到一件和服。虽然亚当斯经常被指责已经“荷兰化”了，但他没有给他荷兰朋友留下任何东西。

作为遗嘱的主要执行人，科克斯和伊顿悲痛地看着他在遗嘱上写下最后一句话：“我落笔于此，以上姓名皆有见证。”这是亚当斯最后的遗言。在纸上签下名字后不久，他的呼吸越来越浅，生命渐渐消逝。武士威廉，踏足日本的第一个英国人，就这样离开了人世。这标志着一个时代的结束。

他被葬在何处，如今已无人知晓。他可能被埋在平户北山树丛中规模很小的英国墓地。另一种可能是他长眠于封地逸见，那里是他的日本妻子最终安息的地方。为亚当斯撰写墓志铭的重任交给了理查德·科克斯，他用华丽的文字赞颂了这个让英国人在日出之国立足并生存下来的人。“对于威廉·亚当斯船长的离去，我悲痛万分，”他写道，“他得到两位日本皇帝（将军）的宠信，从未有基督徒在世界的这一隅享此殊荣。”他回忆道，亚当斯位高权重，“（他）可以随时谒见皇帝，而与此同时，很多日本国王只能站在外面等候。”

亚当斯确实拥有巨大影响力。他在耶稣会士被逐出日本的过程中扮演了重要角色，并且确保将军的禁教令不会伤害科克斯和他在平户的手下。数年间，他凭一人之力保证英国人得以在日本生存下去。现在，他过世了，他在幕府的巨大影响力随之而去。从这一刻起，再也没有人能够在将军面前为科克斯和人数越来越少的英国人辩护或抗争了。

亚当斯的死令科克斯备受打击。他早就意识到自己很难继续留在日本，亚当斯的死提醒他，他在日本的时间所剩无几。科克斯现在五十多岁，已经到了知天命的年纪。

令他惊讶的是，他发现自己不再为离开日本的想法感到悲伤。他在1620年给斯迈思的一封信中承认自己已经“厌倦了日本”。他建立中国、暹罗贸易网络的尝试显然已经失败，商馆继续在破产边缘徘徊。倒闭的危险不仅时刻威胁着科克斯，也打击了他的积极性，他“已经不再期望能在日本有所成就了”。

更令他苦恼的是，他在平户待了七年，却几乎没有积蓄。和一直谋取私利的威克姆不同，科克斯只偶尔涉足私人贸易。然而，他一直过着入不敷出的生活，为宴会、舞女和珍贵的金鱼投入了大量资金。不过，开销最大的还是马婷婀。几年来，科克斯给她买了无数珠宝和绸缎，为她在平户购置房产，还给她雇了几个丫鬟和仆人。直到此时他才知道，马婷婀以不忠回报他的善意。根据他的记载，她“品行不端”，“和六七个人有染”。

科克斯一直担心自己放荡的生活方式会让伦敦商人误以为他在从事私人贸易。他在给斯迈思爵士的信中坚称自己一直诚实正直。“我来时是英国的穷人，”他写道，“归国时依然一无所有。”

他还试图为自己的宴会辩护，称它们主要出于商业考量：“阁下永远不应该认为我是一个贪图享乐或纵欲的人。”

当科克斯还在考虑亚当斯去世后商馆如何运营的问题时，1620年7月23日，他听到传言，有人在平户外海看到一艘大型英国船只，据说它是一支庞大舰队的先锋。传言很快被证实是真的。“詹姆斯王室”号的船长马丁·布林证实，他确实是随一支大舰队出航的。他还带来了一个令人震惊的消息，已经交战四年多的英国人和荷兰人现在成了盟友，伦敦和阿姆斯特丹的东印度公司董事已经签订和约，双方不再采取敌对行动。他们不仅恢复了先前的关系，还建立了一支联合舰队——“防卫舰队”，任务是“袭击并消灭所有葡萄牙人和西班牙人，不管在哪里遇到他们”。

科克斯几乎无法相信自己的好运。他失去了一个保护者——亚当斯，马上有人取而代之。紧随“詹姆斯王室”号而来的三艘船分别是“月亮”号、“伊丽莎白”号和荷兰的“婚礼”号。几天之后，“伯爵”号驶入海湾，随后是另一队船。这些船的到来改变了局势。一夜之间，平户互相敌视的英国人和荷兰人达成和解，英国商馆的封锁很快被解除。科克斯和施佩克斯重修旧好，再次合作，此前他们因为这样的关系饱受批评。

英国商馆里那些饥肠辘辘的可怜人（他们还在为亚当斯的过早去世感到惋惜），听说缔结和平条约的消息后欣喜若狂。伊顿写道：“对于所有住在这里的人和……所有诚实的人来说，这是一个好消息。”几个月来，他们一直生活在死亡的阴影之下，除非有日本保镖陪同，否则不敢离开商馆。现在，他们可以安心入睡，无须担心遇袭。新抵达的舰队带来了安全保障、急需的食物和四大箱银币。

但是，它也带来了一千多名不守规矩的船员，他们迫不及待地想在当地妓院寻欢作乐。平户的皮条客对这些人的到来表示欢迎，认为可以利用这个机会大赚一笔。“当我们的人走在街上时，”科克斯写道，“日本人会友善地邀请他们进屋，给他们酒和妓女，直到他们酩酊大醉，最后一无所有（一些人光着身子出来）。”

亚当斯早就警告过让不守规矩的水手在平户上岸的危险，现在是最需要这条建议的时刻，但人们因为过于兴奋而忘记了它。一些水手沉迷于当地的享乐不能自拔，在妓女身上花光了所有积蓄。还有人打架斗殴，袭击所有挡了他们路的人。一次，他们和当地日本人发生口角，“一群醉醺醺的水手和日本人发生了争吵，甚至掏出了刀”。事实证明，这是一个致命的错误。他们遭到逮捕，被拖到田间，按照日本人的方式受到处罚。他们被斩首，尸体“留在原地，任由乌鸦和野狗啃食”。

打斗和纵情酒色的消息很快传到爪哇，刚刚就任英国防务委员会主席的清教徒理查德·福斯兰德暴跳如雷，对这些人的所作所为嗤之以鼻。福斯兰德非常重视纪律，发誓要清除东印度公司中声名狼藉的人。他先从自己的部下下手，爪哇的部分无能职员被赶回国，名誉扫地，另一些人则因为粗野的行为而受到惩罚。意大利出生的约翰·文森特因为被发现和当地妓女鬼混而被关了起来。

当福斯兰德将目光投向东方其他地区时，他看到的是一幅堕落、资不抵债的破败画面。几个偏远地区的商馆早就被遗弃，摩鹿加群岛的贸易几近停滞。英国于1620年失去了在盛产肉豆蔻的班达群岛的最后据点，当地的英国人虽然英勇抵抗，但无济于事。位于苏门答腊的占碑和北大年的小商馆濒临破产，“几乎倒闭”。在北大年，一名职员欠下了一百二十多英镑债务，当地统治者禁止他离开。类似的令人绝望的故事也发生在大城府。卢卡斯·安特尼曾经梦想通过开展对日贸易而使商馆繁荣，但事实证明根本不可能实现。防卫舰队也没有取得预想中的伟大胜利。1621 年 1 月，它首次驶入南海，但由于指挥不当错过了一支葡萄牙舰队，只俘虏了五艘几乎空载的帆船。第二次行动同样收获甚微，由于葡萄牙人的反击，袭击澳门的行动没有成功，从俘虏的船上劫掠来的物资大多用于重新装备舰队。福斯兰德做出了一个大胆的决定，将防卫舰队中的英国船只重新部署，他的做法最终导致同盟破裂。在取得值得夸耀的成就之前，合作精神已经荡然无存。

福斯兰德发誓要用严明的纪律重振平户商馆。当地英国人道德败坏的程度令他寝食难安。那些关于宴会、舞女的故事尤其令他反感，他将科克斯视为导致商馆不幸现状的罪魁祸首。他告诉伦敦商人，科克斯纵情狂饮的闹剧“不仅浪费了你们的财产，还毁了你们的人，使他们沉溺于野兽般的生活”。当福斯兰德听说了更多关于交换伴侣、纳妾和私生子的故事后，他反感至极。他说：“即使不理会他们在那边消耗了什么，单单看到这些人将黄金年华浪费在淫乱之事上，我就觉得遗憾。”

福斯兰德要让科克斯和他的手下为他们的不当行为付出代价，于是决定将他们招回爪哇。1622 年春，他给日本送去一封信，告诉科克斯、伊顿和塞耶斯，他们“已经在日本待了很长时间，该离开那里了”。

科克斯不打算遵从福斯兰德的命令。他担心自己将因为平户的惨状而受到指责，更何况他的账目也一团糟。他决定违抗命令，以账簿尚待整理为由，继续留在日本。但是，他误判了福斯兰德的心情和自身困境的严重性，反而在信中打趣说，如果他带着不准确的账簿到爪哇，“阁下可能命令我重返日本，我虽然年老不中用了，但到时候一定遵命”。

福斯兰德几个月后才收到科克斯的信，那时季风已起。对于科克斯来说，顺风会一直持续四个多月，在此期间福斯兰德无法派船到平户。在日本最后的时光里，科克斯重新过起了平静的生活，照料自己心爱的果园，喂养金鱼，在这片日出之地回顾过去十年的经历。很多事情值得记住和纪念，包括登城谒见将军、与幕府高官共餐、去寺庙参拜和参加僧侣的宴席。他们在与英国相隔两年航程的地方，在世界的彼岸设立商馆，并勉强维持了下来，他为此自豪。同样令他自豪的是，他的手下不仅身体健康，还能以常人无法想象的方式玩乐。然而，科克斯知道，如果不是亚当斯，这些都不会发生，他是英国商馆的无名保护神。

亚当斯死后，他和亚当斯的日本夫人一直保持着联系，还送给她一些精美的小礼物。1622 年 3 月，他送给她大量白色丝绸，还送给约瑟夫和苏珊娜一些绸缎和塔夫绸。他还送给她白银，并且表示愿意支付约瑟夫的学费。当他在亚当斯死后第一个圣诞节拜访这个家庭时，他将亚当斯的刀和匕首交给了约瑟夫。这个年轻人十分感动，“热泪盈眶”。

约瑟夫很快收到了一份更有价值的礼物。他的父亲去世后不久，将军将他召入江户城，将十二年前赐予威廉·亚当斯的所有特权都转赐给他。“他将领主的头衔授予他的儿子，”科克斯写道，“这个头衔正是另外一位皇帝赐给他父亲的。”约瑟夫·亚当斯还被允许继承其父的封地逸见。

一年后，在夏日的微风中，英国人怀着沉重的心情注视着“公牛”号驶入平户港。它带来一封信，写信人是愤怒的福斯兰德，他直截了当地提出了自己的要求。他轻蔑地称呼收信人为“科克斯先生和其他人”，猛烈批评他们“严重抗命”。福斯兰德写道，“我不知道你们为什么这么做”，但有的人“这么多年”还没学会服从上级的命令，实在令人震惊。

信的前半部分充斥着尖锐的批评，后半部分则是命令。科克斯需要将权力和账簿交给新来的约瑟夫·科克拉姆，后者将负责关闭商馆，以及追回“骗了你（科克斯）这么久”的李旦的欠款。福斯兰德非常担心科克斯会再次拒绝离开，因此在信的结尾重申了自己的命令，“以免你只看了前半部分就直接跳到最后”。

科克斯怀着沉重的心情读完这封信。他知道自己在日本的日子结束了，他在东印度公司的工作可能也保不住了。如果伦敦商人拒绝支付他的工资，他将在穷困潦倒中死去。对于詹姆斯时代的任何一位绅士来说，这样的命运让人不寒而栗，对于像科克斯这样在英国已经没什么朋友的人来说更是如此。

关闭商馆需要时间。他们需要知会日本官员，而且必须登城谒见将军。商馆的仆人得到了一小笔钱作为礼物，货栈里所剩无几的货物被装上“公牛”号。福斯兰德后来称它们是“垃圾和烂木头”，他大概是对的。从日本带走的东西价值微乎其微。科克斯和他的手下拖延了些时日，最后不得不挥泪告别日本。1623 年 12

月 22 日，“很多当地居民携家带口来为职员送行，有的人为他们的离去流下了眼泪”。对于威廉·伊顿的情人龟藏来说，这一天尤其悲伤，她不得不和丈夫、儿子道别。她恳求科克斯照顾这个小家伙，不久后再次写信请他帮忙。“比起他的父亲，我更仰仗您，”她写道，“请您善待他，悉心照料他。”

这些英国人也不愿意离开他们深爱的妻子和孩子。伊顿拥抱着他的女儿海伦娜，而塞耶斯和他的情妇、女儿做了最后的道别。科克斯开心地离开了他的情妇——水性杨花的马婷婀，他在她身上花了一大笔钱。他意外地没能使她怀孕，不过确实已经有许多笑话嘲笑他的男子汉气概不足。

12 月 23 日，一些荷兰商馆职员和很多“日本朋友”登上“公牛”号来和他们道别。科克拉姆船长本来急着离开，但是被泪水打动，因此决定推迟起航时间，这样就可以连夜再举办一次聚会。男男女女一直庆祝到晚上，漆黑的平户港回荡着欢笑声和音乐声。

最后一批客人回到岸上时天色已晚，宝贵的时光所剩无几。太阳升起前，船员们匆匆睡了几个小时，然后被叫到甲板集合。“公牛”号扬帆起航。夹杂着雪花的风从北方吹来，这会是海上寒冷的一天。

船离平户越来越远，岸边的建筑渐渐从视野中消失。接着，陆地越来越模糊，陡峭的青山融入天际。不久，平户彻底消失在地平线上。十年六个月十三天后，英国人放弃了日本。

数年来，破产的阴影一直笼罩着科克斯和他的手下；现在，噩梦成真。他们如果能把财富——公司垂涎的一袋袋白银带回伦敦，或许还可以挽回声誉。但是，平户商馆破产了，没有东西可以带回家。他们遗弃的住所，那些花了他们不少钱的货栈和房间，是东印度公司日本之梦的唯一遗迹。甚至连这些坚固的建筑都没有坚持太久。它们在飓风和暴雨的摧残下很快就坍塌了。仅仅过了几年，英国人存在的痕迹全部消失不见，仿佛他们从未来过。

公司早就打算将失败的责任推给他们的职员理查德·科克斯。但科克斯已经身无分文，他的热情也被召回的命令击碎了。他疲惫不堪，情绪低落，而且“暴躁易怒，反复无常”。离开日本后不久，他染上了危险的热带病，饱受疾病的折磨。科克斯在前往伦敦途中咽下了最后一口气，“在礼炮声中”被葬入大海。

埃德蒙·塞耶斯也死于途中，商馆创始成员中只有威廉·伊顿最终回到英国。他为了卸责，拒绝配合公司调查。当被问到在日本的劣行时，他只给出了“难以理解、含糊不清的答案”，商人很讨厌他的行为，解雇了他。他虽然长寿，但再也没有为东印度公司工作。

英国人在耻辱中不情愿地离开了日本，然而他们离开的时机恰到好处。他们从平户扬帆起航后不久，秀忠残暴的儿子家光便继承了将军之位。他对外国人怀着很深的恨意，继续驱逐他们，残忍程度更胜以往。耶稣会士是最先感受他的怒火的群体。少数留在日本的传教士和拒绝弃教的日本信徒被以最残酷的方式折磨。接下来是葡萄牙商人。他们在1637年遭到驱逐，永远不得返回。当他们的一艘船打破禁令时，船上所有人都被俘虏，然后被斩首。荷兰人也没有逃过将军的怒火。亚当斯去世后，没有人为他们的困境斗争，他们被赶出平户，只能待在长崎湾的离岛出岛上。他们还可以从事某种形式的贸易，但遭到严密监视，而且不得和日本人接触。

日出之地进入了锁国期。它受够了惹是生非、自相残杀的外国人。经过一个世纪的接触，日本对世界关上了大门，拒绝贪图丰厚利润的外国商人进入。少数敢于驶往那里或在附近海域遭遇船难的船员，会被逮捕、折磨，然后被处死。

直到两百年后，英国人（和其他外国人）才被允许再次踏足这个东方国度。间隔许久，再度参观东京的神社佛寺时，他们震惊地发现，这里的人仍然记得威廉·亚当斯，听过他在德川幕府出仕的故事，知道他为英国人和荷兰人发声，被家康视为顾问、导师，甚至是智者。他晋升旗本武士，被授予封地，受将军信任，这些给日本人留下了持久而深刻的印象。他在江户曾有一处宅邸，现在这附近被命名为“按针町”。

日本人也没有忘记为他祈求冥福。在亚当斯旧宅附近，有一座名为净土寺的寺院，信众每年一次聚在这里纪念他。据说亚当斯曾在净土寺参拜，而且寺里有亚当斯的供养塔，他们因此选择这里作为朝圣地。

两个世纪以前，亚当斯曾在寺中谦卑地参拜佛像。现在，信众在摇曳的烛光中一起缅怀按针大人，也就是那个莱姆豪斯出身的水手。两百年过去了，他的名字仍在这片土地如雷贯耳。

寺中烟气弥漫，佛钟在暮色里鸣响，他们开始为武士威廉的灵魂祈祷。

注释和参考文献

亚当斯和他的人留下了大量关于他们在日本新生活的材料。但是他们手写的信件和日记（大多藏于大英博物馆）字迹潦草，常常难以辨认。直到最近，只有一小部分被公开出版，但编辑质量堪忧。例如，当1883年哈克卢特学会第一次出版理查德·科克斯生动有趣的日记时，维多利亚时代的编辑做了大量删减。

在研究和写作《武士威廉》的过程中，我有幸获得了一套晚近出版的学术著作。1911年大英图书馆出版的安东尼·法林顿的两卷本《日本的英国商馆，1613—1623》是必不可少的资料。它收集了亚当斯全部的，以及他的同伴部分信件和日记，以及英国商馆的账簿、遗嘱和日记。它取代了哈克卢特学会1850年出版的托马斯·朗德尔的《16—17世纪日本帝国的记录》（*Memorials of the Empire of Japan in the XVI and XVII Centuries*）。

1978至1981年间出版的三卷本理查德·科克斯日记同样价值连城（请参阅第八章注释），它收录了1883年版缺失的所有材料。

德里克·马萨雷拉的杰作《别处的世界：16世纪欧洲与日本的相遇》（*A World Elsewhere, Europe's Encounter with Japan in the Sixteenth Century*）由耶鲁大学出版社于1990年出版。该书详细分析了在日本的英国、荷兰势力，并从经济的角度总结了英国平户商馆衰败的原因。

目前还没有研究天主教在日本传播史的专著。剑桥大学出版社于1951年出版的谟区查《日本的基督教世纪》（*Christian Century in Japan*）至今仍是该领域最权威的著作。这本书可以与伦敦泰晤士与哈德逊出版社的《他们来到日本：欧洲人日本见闻录》（*They came to Japan: An Anthology of European Reports on Japan, 1543–1640*）同时阅读。后一本书大量引用范礼安的《东印度耶稣会史》（*Historia del Principio y Progresso de la Compania*）、路易斯·弗洛伊斯的《日本史》（*Historia do Japao*）和葡萄牙传教士陆若汉的《日本教会史》（*Historia da Igreja do Japao*）。

迈克尔·库珀将陆若汉的《日本教会史》翻译为英文，书名为《日本岛》（*This Island of Japan, Joao Rodrigues's Account of Sixteenth-Century Japan*），于1973年出版。他修订后的新译本《陆若汉日本教会史》（*Joao Rodrigues's Account of Sixteenth-Century Japan*）即将由哈克卢特学会出版。

唐纳德·拉克在其杰作《欧洲形成中的亚洲》（*Asia in the Making of Europe*）中详细描述了这段时期的历史背景，该书共九卷，由芝加哥大学出版社于1963到1993年间出版。日本相关内容在第三卷第四部分第二十三章。另一本重要参考书是《讲谈社日本百科全书》（*Kodansha Encyclopedia of Japan*）。

注释列出的很多著作早已绝版，有些书（特别是二战后出版的书）在英国无处可寻。不过，东京的日本国际交流基金图书馆收藏了大量旅日英国人相关资料，超过其他各地。

笔者在注释中第一次提及某本书时，会给出该书的详细信息。

前 言

对伊丽莎白时代的世界观最刺激、最生动的描写可以参考理查德·哈克卢特的十二卷本《英国航海、旅行和地理发现全书》(*The Principal Navigarions, Voyages, Traffiques and Discoveries of the English Nation*)。哈克卢特从刚刚归航的水手和船长那里获取了一手材料，他的书包含了大量关于印度、非洲和美洲的信息。由于当时还没有英国人踏足日本，因此与日本相关的内容很少。增补版刊行于1598到1600年间，后来被收入1903到1905年间出版的哈克卢特学会丛书。

威廉·亚当斯属于视野不断扩大的一代人，他们开始认为世界是相通的。北极探险家乔治·贝斯特热情、雄辩地论证了这种可能性。他为马丁·弗罗比舍1576年探险记撰写的序言被收入哈克卢特学会1867年出版的《马丁·弗罗比舍的三次远航》(*The Three Voyages of Martin Frobisher*)。

第一章

对第一批到达日本的欧洲人的航行情况、他们留下的记录（包括对这些记录的可信度的考查），可以参考谟区查《日本的基督教世纪》。迈克尔·库珀的插图版《南蛮》(*Southern Barbarians*）和《日本的第一批欧洲人》(*The First Europeans in Japan*）由讲谈社国际于1971年出版。它们主要关注在日本的耶稣会士，大量引用弗洛伊斯和罗德里格斯的著作。关于早期葡萄牙探险家的信息还可以参考乔治·舒哈默的杰作《沙勿略传》(*Francis Xavier, His Life, His*

Times），这本书由耶稣会史研究院于1982年在罗马出版。

费尔南·门德斯·平托的《漂流记》（*Peregrinacam*）的第一个英译本《远游记》（*The Voyages and Adventures*）出版于1663年。

大友家的盛衰可以参考约翰·惠特尼·霍尔主编的《剑桥日本史》（*The Cambridge of Japan*）第四卷，第350—355页。

日本战国时代史的简单描述主要引自詹姆斯·默多克、山县五十雄著《日本史，1512—1651》（*A History of Japan during the Century of Early Foriegn Intercourse, 1512–1651*），初版由日本亚洲学会于1903年在神户出版。

若热·阿尔瓦雷斯对日本的描述可以参考谟区查《日本的基督教世纪》英译本第一章。方济各·沙勿略在日本的传教活动可以参考乔治·舒哈默的《沙勿略传》，第四卷的注释大量引用原始材料。

关于在日本的葡萄牙商人的最佳著作是谟区查的《来自澳门的大船》（*The Great Ship from Amacon*），这本书由海外历史研究中心于1959年出版。它收录了每年一次从澳门前往日本的朱印船的航海日志和日本公文书。

第二章

佩特和杰克曼1580年灾难性的日本远航可以参考理查德·哈克卢特的《英国航海、旅行和地理发现全书》第三卷。该书收录了威廉·巴罗的指导（259—263页）、迪博士的建议（262—263页）、哈克卢特的注释（264—275页）、航海日志（282—303页）。

理查德·威尔斯的《旅行记》（*A Historye of Travaile*）出版于1577年，他对中国和日本的报告同样收录在哈克卢特的《英国航海、旅行和地理发现全书》。威尔斯对“蓄着大胡子”的虾夷人的记述并非信口开河，参见萨维奇·兰多尔的《与可怕的阿伊努人独处》(*Alone with the Hairy Ainu*)的插图，这本书由约翰·默里出版公司于 1893 年出版。

冰山是所有北极探险家的噩梦，它对伊丽莎白时代的盖伦船构成了巨大威胁，对此的生动描述参见詹姆斯·麦克德莫特主编的《马丁·弗罗比舍前往巴芬岛的第三次航行》(*The Third Voyage of Marin Frobisher to Baffin Island*)第 197—200 页收录的托马斯·埃利斯的“真实记录”，该书由哈克卢特学会于 2001 年出版。

关于威廉·亚当斯的传记的说明，参见第五章的注释。亚当斯为尼古拉斯·迪金斯当学徒时有机会读到 1577 年出版的威廉·伯恩的《远洋指南》(*A Regiment for the Sea*)、1561 年理查德·伊登翻译并出版的马丁·科尔特斯的《航海的艺术》(*Art of Navigation*)和卢卡斯·瓦格纳的《水手之镜》(*Spieghel der Zeervaert*)。亚当斯在 1598 年已经是成熟的引航员，他的信显示，至少部分导航设备是他的个人物品。

第三章

威廉·亚当斯日本航行最完整的叙述参见 Dr. F. C. Wieder, '*De Ries van Mahu en de Cordes*', the Lindschoten Society, 1923-1925，该书介绍了船长、船员、装备、武器和目的地的详细信息。遗憾的是，它只有荷兰语版本。我非常感激玛乔琳·范德沃克为我翻译了该书的很多内容。

另一本稍简略的著作 Consantine de Reneville, *Recueil des*

Voyages，1702 有英译本，即出版于 1703 年的《荷兰东印度公司航海集》（*Collection of Voyages Undertaken by the Dutch East Company*）。西博尔德·德·韦尔特的航海日志收录于 Samuel Purchas，*Purcha His Pilgrims*（全二十卷）第二卷，后来被收入 1903 到 1905 年出版的哈克卢特学会丛书。威廉·亚当斯本人对此次航行的记录，大约写于 1605 到 1611 年间，被收入 Anthony Farrington，*The English Factory in Japan*。

我还选取了同时代人的记述以丰富故事背景。关于败血症，参见 Sir Richard Hawkins，*The Hawkins Voyages*，Hakluyt Society，1878，p. 138ff 和 Sir James Lancaster，*Voyage to the East Indies*，Hakluyt Society，1877。关于停航的危险，参见 *The Troublesome Voyage of Edward Fenton*，Hakluyt Society，1959。关于佛得角群岛，参见 Sir Richard Hawkins，*The Hawkins Voyages* 和 Hakluyt，*Principal Navigations*，Volume 11，p. 291ff 对托马斯·卡文迪许 1586 年环球航行的描写。关于西非女性的放荡，参见 Pieter de Maree，*Description and Historical Account of the Gold Kingdom of Guine*，1602，该书的英译本由剑桥大学出版社于 1987 年出版。

关于荷兰探险活动的背景，参见 George Masselman，*The Cradle of Colonialism*，Yale University Press，1963。

第四章

范礼安在日本传教活动的详情，参见 J. F. Moran，*The Japanese and the Jesuits*，Routledge，1993。该书介绍了各地的耶稣会士如何入乡随俗，书中有日本耶稣会士的部分，还介绍了耶稣会在日本的出版情况。书中大量引用范礼安的《日本耶稣会士礼仪指南》《日本巡察记》《东印度耶稣会史》。耶稣会的传教活动还可参见谟区查的《日本的基督教世纪》和迈克尔·库珀的《南蛮》。

The Travels of Pedro Teixeria, Hakluyt Society, 1902 收录了两篇葡萄牙人对“博爱”号抵达日本的描述，分别是 Diogo de Couto, ‘Decada Decima’ 和 Fernao Guerrerio, ‘Relacam Annual’。

亚当斯有充足理由担心被处以磔刑，弗朗切斯科·卡莱蒂的说法摘自 Michael Cooper, *They Came to Japan*。

唯一的英文版德川家康传是 L. Sadler, *The Maker of Modern Japan, The Life of Tokugawa Ieyasu*, Allen & Unwin, 1937。他的智略和参加过的战斗，详见 James Murdoch and Isoh Yamagata, *A History of Japan*。其中一整章是对关原之战的分析。

对于谒见家康的场面最好的描述来自罗德里戈·德·Y. 比韦罗·贝拉斯科，参见 Michael Cooper, *They Came to Japan*。神父迭戈对日本监狱的尖锐批评，参见 James Murdoch and Isoh Yamagata, *A History of Japan*, *Volume 2*, p. 604。

第五章

虽然有几部关于威廉·亚当斯的传记和论文，但大多只是简略描述了亚当斯和萨里斯、科克斯等人的关系。

P. G. Rogers, *The First Englishman in Japan*, Harvill, 1956 的概述非常有用; Richard Tames, *Servant of the Shogun*, *Paul Norbury Publication*, 1981 篇幅较短但相当准确。更早的论著，包括 Arthur Diosy, ‘In Memory of Will Adams’, *Transaction and Proceedings of the Japan Society*, 6, London, 1906 和 Ilza Vieta, 'English or Samurai: The Story of Will Adams', *Far Eastern Quarterly*, 5, Wisconsin, 1945。近著包括 William Corr, *Adams the Pilot*, Japan Library, 1995 和 *Orders for the Captain*, Wild Boar Press, Sakai, 1999。两本著作都收录了有趣的材料，但需要对历史背景有一定了解才能读得懂。

亚当斯在他的信中提到了为家康造船。传教士胡安·德·马德里丰富多彩的故事参见科克斯于1614年11月10日给托马斯·威尔森爵士写的信。还原“博爱”号其他幸存者的经历并不容易。荷兰人的资料提供了一些线索，科克斯和他的手下偶尔也会在信中提到他们的名字。

对长崎的描述部分根据日本屏风画。C. R. Boxer, 'The Affair of the Madre de Deus', *Transaction and Proceedings of the Japan Society*, 26, 1929有对“圣母”号的详细描述。对海战的描述，参见 Leon Pages, *Histoire de la Religion Chretienne au Japon, 1598-1651*, Charles Douniol, Paris, 1867-1870。关于雅克·施佩克斯到达日本和荷兰商馆的详情，参见 W. Z. Mulder, *Hollanders in Hirado*, Fubula van Dishoeck, 1985，亦可参见 Derek Massarella, *A World Elsewhere* 和 Anthony Farrington, *Jan Compagnie in Japan*, Martinus Nijhoff, The Hague, 1936。

施佩克斯谒见家康的经过，参见 Constantine de Renneville, 'Recueil des Voyages', 1725（全十卷）的第七卷。塞巴斯蒂安·维西亚诺的出使，参见 Michael Cooper, *They Came to Japan*。在他之前访问日本的是西班牙的菲律宾总督罗德里格·德·贝拉斯科·y·比韦罗，他的记述也收录于前面提到的第七卷中，亦可参见 E. M. Satow，'The Origins of Spanish and Portuguese Rvalry in Japan'，*Transaction of the Asiatic Society of Japan*，18，Tokyo，1890。

第六章

关于东印度公司最优秀、最全面的著作是 John Keay，*The Honourable Company*，Collins，1991。其他较好（不过有些过时）的作品包括 Marguerite Wilbur，*The East India Company*，Stanford University Press，1945 和 Beckles Willson，*Ledger and Sword*，Longmans，1903。

本书关于万丹的描述主要参考埃德蒙·史考特的航海日志，收录于 *The Voyage of Sir Henry Middleton to Moluccas*，*1604–1606*，Hakluyt Society，1943，此外还参考了詹姆斯时代其他船长的航海日志，他们都抱怨这里是"发臭的大杂烩"。

"环球"号的航海日志，收录于 Peter Floris，*His Voyage in the Globe*，Hakluyt Society，1934。英国暹罗商馆的情况，参见 John Anderson，*English Intercourse with Siam in the 17th Century*，Kegan Paul，1890。16 世纪东印度群岛和中南半岛的情况，参见 Hyughen van Lindshoten，*Voyage to the East Indies*，Hakluyt Society，1885。安修伊斯和他的手下的信收录于 *Letters Received by the East India Company*，various editors（six volumes），1892–1902。

詹姆斯一世给幕府将军的信，参见 Derek Massarella，'James I and Japan'，*Monumenta Nipponica*，38，Tokyo，1983。

萨里斯船长日本之行的航海日志，参见 *Voyage to Japan, 1613*，Hakluyt Society，1900。附录收录了萨里斯的信及其关于东方贸易前景的报告。该书只有萨里斯从万丹到平户的航行过程和他在日本几个月的经历。此前的航行，参见 Takanobu Otusuka，*The First Voyage of the English to Japan by John Saris*，Tokyo，1941。船上争吵的详情，参见 *Letters Received*。

第七章

“丁香”号抵达日本的情况主要参考 John Saris，*Voyage to Japan* 和理查德·科克斯的日记（详见第八章注释）。

关于日本人随意使用暴力的情况，有许多欧洲人的证言和记录。神父若奥·罗德里格斯的评论最初见于他的《日本教会史》（*Historia da Igreja do Japao*）中，英译参见 Michael Cooper，*They Came to Japan*。

平户商馆的英国职员经常在信中提到李旦。对他的经营活动最详尽的分析，参见 Seiichi Iwao，‘Li Tan, Chief of the Chinese Residents at Hirado’，*Tokyo Bunko Memoirs*，17，Tokyo，1958。

现在的平户是一座现代化、毫无生气的地方城市，已经见不到当年在这里居留十年的英国人的遗迹。当地曾计划在市中心修建几座仿詹姆斯时代的建筑。

第八章

萨里斯船长的“备忘录”，收录于 Anthony Farrington，*The English Factory in Japan*。科克斯成了最近几年一些论文的主题。其中最优秀的是 Derek Massarella，'The Early Career of Richard Cocks'，in *Transactions of the Asiatic Society of Japan*，3rd series，20，Tokyo，1985；Michael Cooper，'The Second Englishman in Japan'，*Transaction of the Asiatic Society of Japan*，3rd series，17，Tokyo，1982，亦可参见 Anthony Farrington，'Some Other Englishmen in Japan'，*Transaction of the Asiatic Society of Japan*，3rd series，19，Tokyo，1984。

多年以来，科克斯的日记只有哈克卢特学会 1883 年出版的两卷本。但是，该版本删掉了很多有趣的评论。完整版可见 Shiryo Hensan-jo，*Diary kept by the head of the English factory in Japan–Diary of Richard Cock*，*1615–1622*，Historiographical Institute，Tokyo，1978–1981。遗憾的是，该版本的印数很少。

科克斯的怪异描述，参见 Anthony Farrington，*The English Factory in Japan* 和 Peter Pratt，M. Paske Smith，*History of Japan Complied from the Records of the English East India Company*，J. L. Thompson，Kobe，1931。对英国商馆简单、优秀的介绍，参见 L. Riess，'History of the English Factory at Hirado，1613–1622'，*Transaction of the Asiatic Society of Japan*，26，Tokyo，1898；亦可参见 M. Paske Smith，*A Glympse of the English House and English Life at Hirado*，Kobe，1927。近期的论文，参见 *Study of Hirado City History*，Hirado Historiography Committee。1997 年 11 月出版的第三期收录了英国商馆平面图。对商馆设立过程最详细的描述，参见 Derek Massarella，*A World Elsewhere*。

卡莱蒂对长崎妓女的描述，参见 Michael Cooper，*They Came*

to Japan。其他关于日本的洁净程度、烹饪、建筑和艺术的有趣细节，参见神父若奥·罗德里格斯的《日本岛》。罗德里格斯花了很长篇幅描写日本的茶道。

梅希亚神父对针灸的描述，参见 Michael Cooper，*They Came to Japan*。更多信息参见 Engelbert Kaempfer，*History of Japan*（p. 263ff），Glasgow，1906。

第九章

对萨里斯返航英格兰的描述，参见氏著 *Voyage to Japan, 1613* 序言部分，亦散见于 *Calendar of State Papers*，Colonial Series，Volumes 2–4，1862–1878。

亚当斯的琉球之行，参见‘The Log Book of William Adams，1614–19’*Transactions and Proceedings of the Japan Society*，13 Part 2，1915 和 Anthony Farrington，*The English Factory in Japan*。原始手稿藏于牛津大学图书馆。

关于耶稣会士的传教活动和家康的 1614 年禁教令，参见 C. R. Boxer，*Christian Century in Japan*，亦可参见 Michael Cooper，*Southern Barbarians* 和 L. Sadler，*The Life of Tokugawa Ieyasu*。大阪城之战的详细过程，参见 James Murdoch and Isoh Yamagata，*History of Japan*；更加生动、具象的描述可参见 Pierre Francois Xavier de Charlevoix，*Histoire et description generale du Japon*，Paris，1736。

罗兰·托马斯爵士的“荷西安德”号航海日志，参见 Anthony Farrington，*The English Factory in Japan*，Volume 2，pp. 1030–1044。

第十章

消息从东方传到伦敦通常需要花数年时间。公文汇编，参见 *Letters Received* 和 *Calendar of State Papers*。当时的信件很少有编目，1682 年的某份文件将各种信件和日记描述为“乱七八糟地堆在（东印度公司）建筑的阁楼里”。

威廉·基林的 1607 年远航的航海日志，收录于 Samuel Purchas，‘Purchas His Pilgrims’，Volume 2。基林的 1615 年远航的航海日志，收录于 Michael Strachan and Boies Penrose，*The East India Company Journal of Captain Keeling and Master Thomas Bonner*，*1615–1617*，University of Minnesota Press，Minneapolis，1971。约翰·若丹在东方期间的日记，收录于 *The Journal of John Jourdain*，*1608–1617*，Hakluyt Society，1905。

弗朗索瓦·卡龙对自杀仪式的描述，收录于 Michael Cooper，*They Came to Japan*。

关于在日基督教更多的信息，参见 Page，Histoire de la Religion Chretienne au Japon。对基督教日益高涨的敌意，参见 George Elison，*Deus Destroyed*：*The Image of Christianity in Early Modern Japan*，Harvard University Press，1973。这还包括大量从原始资料中引用的内容。该书引用了大量原始材料。

第十一章

这一章的内容几乎完全引自理查德·科克斯的日记和 Anthony Farrington，*They English Factory in Japan*。理查德·威克姆的详细财产清单，参见 *The English Factory in Japan*，Volume 1，pp. 726–736。

亚当斯的大城府之行和南圻之行，同样参见 Anthony Farrington，*They English Factory in Japan*。南圻之行亦可参见 Edmund Sayers，*The English Factory in Japan*，Volume 2，pp. 1128–1140。

第十二章

理查德·科克斯的部分日记（1619 年 1 月到 1620 年 12 月）已经逸失。本书相关内容引自他和其他商馆职员的信。最有帮助的是科克斯给老朋友托马斯·威尔森爵士的信。

发生在香料群岛，尤其是班达群岛的战斗，参见拙著 *Nathaniel's Nutmeg: How One Man's Courage Changed the Course of History*，Hodder & Stoughton，1999。该书还有对 1605 年日本海盗袭击詹姆斯时代的探险者爱德华·迈克伯恩的描写。

对托马斯·戴尔爵士灾难性的任务和乔丹遇刺的讨论，参见 George Masselman，*The Cradle of Colonialism*。关于戴尔在弗吉尼亚的更多信息，参见拙著 *Big Chief Elizabeth: How England's Adventurers Gambled and Won the New World*，Hodder & Stoughton，2000。

第十三章

耶稣会士在日本失势的具体过程，参见 C. R. Boxer，*Christian Century in Japan*。基督徒遭迫害的细节，参见 Masakaru Anesaki，*A Concordance to the History of Kirishitan Missions*（supplement to Volume 6），1930。当时耶稣会士的记录更加生动，参见 Pedro

Morejon，William Wright trans. *A Brief Relation of the Persecution Lately Made Against the Catholike Christians in the Kingdome of Japonia*，St Omer，1619；*Exhortation to Martyrdom*（部分内容刊载于 C. R. Boxer，*Christian Century in Japan*）；Edmund Sale trans.，The Palme of Christian Fortitude，St Omer，1630。关于酷刑的描写，参见 Francois Caron，*A True Description of the Mighty Kingdoms of Japan and Siam*，1636（该书的英译本出版于 1663 年）。区谟查编辑的版本（1935 年由阿尔戈英雄出版社出版），还收录了雷耶・金斯伯兹对公开火刑的可怕描写。

亚当斯的遗嘱见于多本著作，最准确的版本参见 Anthony Farrington，*The English Factory in Japan*。关于防卫舰队的更多信息，参见 Derek Massarella，*A World Elsewhere*。该书是为数不多详细描写舰队失败的书籍之一。

威廉・伊顿是唯一活着返回英格兰的平户商馆职员，他的身体非常健康，一直活到 17 世纪 60 年代末。那时，东印度公司考虑重返日本，到其位于海盖特的家拜访了他。伊顿拒绝合作，公司的计划随之破产。

人们曾多次尝试寻找亚当斯的后代，但一无所获。在锁国期，任何有外国血统的人都会被驱逐出境，否则就会被处死。因此，即便约瑟夫・亚当斯有后代，他们也一定会隐藏自己的英国血统。

出版后记

探险总能勾起人们的兴趣，标志着东西方大规模交流之始的大航海时代的探险尤其令人兴奋。威廉·亚当斯，或称三浦按针，正是那个时代的最佳写照。他出身英国一户贫苦人家，本应默默无闻度过一生，却凭借时代的机遇，一路漂洋过海来到东方，在地球的彼端落得大名，直到今日仍受人敬仰。本书讲述的正是像他这样不惧死亡的威胁，在进取心、野心和欲望的驱使下开辟东方航线的英国探险家的故事。书中之人皆遭遇种种挫折，大多死于途中，只有少数抵达目的地。他们九死一生的经历令人动容，不屈不挠的精神令人起敬。但与此同时，他们流露出的偏见与傲慢又不得不让人感到遗憾。而一些人历尽磨难，成功横渡大西洋、太平洋后，却只是换了个地方虚度时光，实在令人惋惜。不过，无论如何，它绝不会无聊。

服务热线：133-6631-2326　188-1142-1266

读者信箱：reader@hinabook.com

后浪出版公司

2020 年 7 月

图书在版编目（CIP）数据

武士威廉 /（英）贾尔斯·米尔顿著；袁皓天译 . —广州：广东旅游出版社，2020.9（2023.6 重印）
ISBN 978-7-5570-2222-8

Ⅰ . ①武… Ⅱ . ①贾… ②袁… Ⅲ . ①传记文学—英国—现代 Ⅳ . ① I561.55

中国版本图书馆 CIP 数据核字 (2020) 第 066865 号

图字：19-2020-053 号
审图号：GS(2019)5541 号

出 版 人：刘志松
著　　者：[英] 贾尔斯·米尔顿
出版统筹：吴兴元
编辑统筹：张　鹏
特约编辑：方　宇
营销推广：ONEBOOK
选题策划：后浪出版公司
译　　者：袁皓天
责任编辑：方银萍
装帧设计：墨白空间
责任校对：李瑞苑
责任技编：冼志良

武士威廉
WUSHI WEILIAN

广东旅游出版社出版
（广州市荔湾区沙面北街 71 号）
邮编：510130
印刷：北京天宇万达印刷有限公司
字数：224 千字
版次：2020 年 9 月第 1 版
定价：60.00 元
开本：889 毫米 × 1194 毫米　32 开
印张：10
印次：2023 年 6 月第 3 次印刷